Femme fatale - isch

MISHA BELL

♠ MOZAIKA PUBLICATIONS ♠

Uitgegeven door Mozaika Publications, onderdeel van Mozaika LLC.
www.mozaikallc.com

Ontwerp cover: Najla Qamber Designs
www.najlaqamberdesigns.com

Fotografie: Wander Aguiar
www.wanderbookclub.com

Vertaling: Missy Veerhuis

ISBN: 978-1-63142-768-8
Print ISBN: 978-1-63142-770-1

HOOFDSTUK

Een

Ik steek mijn vinger in het siliconen poepgat van Bill.

"Wat doe je in godsnaam?" roept Fabio geschrokken fluisterend uit. "Dat is prikken. Je moet zachtaardig zijn. Liefdevol."

Grommend van frustratie trek ik mijn hand terug.

Het poepgaatje van Bill maakt een gulzig slurpend geluid.

"Zie je?" zeg ik. "Hij mist mijn vinger. Zo erg kan het niet zijn geweest."

"Luister, Blue." Fabio knijpt zijn amberkleurige ogen tot spleetjes. "Wil je mijn hulp of niet?"

"Goed dan." Ik smeer mijn vinger in en onderzoek mijn doelwit nog een keer. Bill is een siliconen torso zonder hoofd met buikspieren, een kont en een harde lul — of is het een dildo? — die uitsteekt, althans meestal. Op dit moment zit het arme ding tussen de buik van Bill en mijn bank geplet.

"Wat als je doet alsof het je poes is?" Fabio's neus

rimpelt van afkeer. "Ik weet zeker dat je *daar* niet als op de knop van een lift op moet drukken."

"Ik wrijf meestal over mijn clitoris als ik masturbeer," mompel ik terwijl ik meer glijmiddel aan mijn vinger toevoeg. "Of ik gebruik een vibrator."

Fabio maakt een kokhalzend geluid. "Je betaalt me niet genoeg om naar dat soort shit te luisteren."

Met een zucht cirkel ik een paar keer verleidelijk met mijn vinger om de opening van Bill en ga dan langzaam met alleen het topje van mijn wijsvinger naar binnen.

Fabio knikt, dus ik steek de vinger er dieper in en stop wanneer de eerste knokkel erin zit.

"Veel beter," zegt hij. "Richt nu tussen zijn navel en pik."

Ik krimp ineen. Ik haat het woord "pik" - en al het andere dat met vogels te maken heeft, dus ook hoe ze eten. Toch doe ik wat hij zegt.

Fabio schudt dramatisch zijn hoofd. "Niet je vinger buigen. Dit is geen kom-hier situatie."

Ik trek mijn vinger eruit en begin opnieuw.

Mijn vinger gaat er deze keer recht in.

"Huh," zeg ik als ik er met twee knokkels in zit. "Er zit daar iets. Voelt als een walnoot."

Fabio gnuift. "Dat *is* een walnoot, domkop. Ik heb die daar voor educatieve doeleinden ingeschoven. De prostaat - of P-spot - is ongeveer waar je nu bent, maar de echte voelt zachter en gladder aan. Nu je hem hebt gevonden, masseer je het zachtjes."

Terwijl ik van de walnoot van Bill geniet, schudt Fabio met de pop om te simuleren hoe een echte man zou reageren. Dan begint hij Bill ook een stem te geven, waarbij hij al zijn acteervermogen voor pornosterren gebruikt.

"Bill" kreunt en kreunt totdat hij, zoals Fabio het zegt, "een P-gasme heeft waar niks tegenop kan."

Ik haal mijn vinger er weer uit. Ik heb gemengde gevoelens over mijn prestatie.

Fabio pakt mijn kin vast en tilt mijn gezicht op. "Laat me je tong zien."

Met het gevoel alsof ik vijf ben, steek ik mijn tong helemaal uit.

Hij schudt afkeurend zijn hoofd. "Niet lang genoeg."

Ik trek mijn tong terug. "Lang genoeg voor wat?"

"Om bij de walnoot te komen, natuurlijk." Hij zucht theatraal. "Ik zal het moeten doen met wat ik heb."

Ugh. Mag ik hem slaan? "Zullen we aan zijn penis werken?"

Met nog een zucht draait hij Bill om. "Heb je die zuigtabletten genomen, zoals ik je had gezegd?"

Niet voor het eerst heb ik twijfels over mijn instructeur. Het doel van deze training is simpel: ik wil spion worden, wat inhoudt dat ik vaardigheden als verleidster/femme fatale op moet doen. Denk aan het personage van Keri Russell in *The Americans*. Volgens haar achtergrondverhaal in die show was ze naar een enge spionageschool geweest die haar verleiding had geleerd. Dergelijke scholen komen in films over Russische spionnen zelfs veel voor - de nieuwste was in *Anna* te zien. Helaas zijn deze scholen in het echte leven moeilijker te vinden. Dus ik dacht dat ik in plaats daarvan een professional in zou moeten huren, maar de prostituee die ik om hulp had gevraagd, had geweigerd. Hetzelfde geldt voor de vrouwelijke pornosterren die ik op social media had benaderd. Als laatste redmiddel had ik me tot Fabio gewent, een jeugdvriend die nu een mannelijke pornoster is. Omdat hij in de homoporno zit, beweert hij dat hij een man beter kan behagen dan welke vrouw dan ook.

"Ja, ik heb op de zuigtabletten gezogen," zeg ik. "Mijn keel is gevoelloos en ik voel mijn tong nog nauwelijks."

"Geweldig. Neem nu die hele piemel in je keel." Fabio wijst naar Bill.

Bezorgd kijk ik naar het formaat van Bill. "Weet je het zeker? Zouden de zuigtabletten de penis niet gevoelloos maken? Als Bill echt zou zijn, bedoel ik."

Hij trekt een wenkbrauw op. "Bill?"

Ik haal mijn schouders op. "Ik dacht dat als ik een relatie met hem heb, hij niet anoniem zou moeten zijn."

Fabio klopt op mijn schouder. "De zuigtabletten zijn er alleen om je wat vertrouwen te geven. Als je eenmaal ziet dat het past, dan ben je meer ontspannen voor het echte werk en dan hoef je niet verdoofd te worden. Maak je geen zorgen. Ik zal je een goede ademhaling leren en zo. Je zult binnen de kortste keren een pro zijn."

"Oké." Ik doe mijn sexy pruik af en leg hem op de bank. Voordat Fabio iets zegt, verzeker ik hem dat ik hem tijdens een echte ontmoeting op zal houden.

Nu ik comfortabel zit, leun ik voorover en neem Bill zo ver als ik kan in mijn mond.

Mijn lippen raken de siliconenbasis. Wauw. Dit is dieper dan ik in staat was om een van mijn exen in mijn mond te nemen - en zij waren niet zo groot. Mijn kokhalsreflex is gevoelig. Meestal geeft zelfs een tandenborstel me problemen als ik hem gebruik om mijn tong schoon te maken. Maar dankzij de verdoving is de siliconen dildo helemaal naar binnen gegaan.

Dat is interessant. Kunnen zuigtabletten ook helpen om waterboarding te weerstaan? Als ik een spion wil worden, dan moet ik leren om martelingen te weerstaan voor het geval ik gevangengenomen word. Natuurlijk is waterboarding niet mijn grootste zorg. Als de vijand toegang tot een eend heeft - of welke vogel dan ook - dan zal ik alle staatsgeheimen vrijgeven om het gevederde monster bij me weg te houden.

Ja, oké. Misschien had de CIA een goede reden om mijn kandidatuur af te wijzen. Aan de andere kant, in *Homeland* — nog een van mijn favoriete programma's — hadden ze Claire Danes met al *haar* problemen bij de CIA laten blijven. Wat me eraan herinnert: ik moet oefenen om mijn kin op commando te laten trillen.

Fabio tikt op mijn schouder. "Dat is genoeg."

Ik laat los en slik een overvloed aan speeksel in. "Dat was niet zo erg. Moet ik het nog een keer doen?"

Hij schudt zijn hoofd. "Ik denk dat je een motivatieboost nodig hebt."

Ik weet waar hij het over heeft, dus ik pak mijn telefoon.

"Ja." Hij wrijft als een schurk uit de vroege Bond-films in zijn handen. "Laat me de foto nog eens zien."

5

Ik haal de afbeelding van codenaam Hottie McSpion tevoorschijn.

Een undercover FBI-agent had deze foto genomen omdat hij achter een van de mannen aan zat, maar die is niet mijn doelwit. Nee. Iedereen denkt dat Hottie McSpion gewoon een willekeurig iemand is, maar *ik* geloof dat hij een Russische agent is.

Fabio fluit. "Zo veel premium mannenvlees."

Dat is waar. Op de afbeelding zit een groep buitengewoon heerlijk uitziende mannen rond een tafel in een *banja* in Russische stijl - een hybride tussen een stoombad en een sauna. De mannen hebben alleen een handdoek om en, in het geval van Hottie McSpion, een niet -reflecterende pilotenzonnebril die een soort anticondenscoating moet hebben. Met de zweetparels op ieders glinsterende spieren, zien ze eruit als een natte droom die tot leven komt.

"Ze spelen poker," zeg ik. "Daarom heb ik pokerlessen gevolgd."

"Ja, dat dacht ik al, aangezien de foto Hete Pokerclub heet." Fabio spreekt de laatste twee woorden opgewonden uit. "Je realiseert je dat dat als de titel van een van mijn films klinkt?"

Ik haal mijn schouders op. "Een FBI-agent heeft deze afbeelding zo genoemd, niet ik. Ze zaten achter een andere man aan die in die kamer aanwezig was en ik heb als onderdeel van de samenwerking tussen de agentschappen meegeholpen."

Fabio tikt op het scherm om op Hottie McSpion in te zoomen. "En hij is degene die je zoekt?"

Knikkend neem ik het beeld nog een keer in me op.

Hottie McSpion heeft de hardste spieren van dit toch al indrukwekkende stel en de sterkste kaak. Zijn gebeeldhouwde mannelijke trekken zijn vaag Slavisch, een feit dat me eerst wantrouwend naar hem maakte. Zijn haar is donkerblond en zo gezond als het haar in een reclame voor shampoo. Zelfs mijn pruiken zijn niet zo mooi.

Als ik zou horen dat deze man het resultaat was van Sovjet-genetici die hadden geprobeerd om het perfecte mannelijke exemplaar/supersoldaat/veldagent te creëren, dan zou het me niet verbazen. Het zou me ook niet verbazen als ik erachter zou komen dat hij de inspiratie voor het Russische equivalent van een Ken-pop was (Ivan A. Pieceof?). Zelfs als ik niet zou denken dat hij een spion was, dan zou ik dat pokerspel infiltreren om die stomme bril van hem af te rukken en zijn ogen te zien. Hoewel ik me ze voorstel als-

"Je kwijlt," zegt Fabio. "Niet dat ik het je kwalijk kan nemen."

Ik was bijna in het verraderlijke speeksel gestikt. "Nee, dat doe ik niet."

"Ja, natuurlijk. Zeg eens eerlijk, ga je achter hem aan omdat hij misschien een spion is of omdat je met hem wilt trouwen?"

"De eerste optie." Ik verberg mijn telefoon. "Spion of niet, trouwen is voor mij uitgesloten. Mijn huidige houding ten opzichte van daten deelt een acroniem met de naam van het bureau waarvoor ik werk: Zonder Verplichtingen. Maar daar gaat het hier niet om. Als ik in mijn eentje een spion ontmasker, dan zal de CIA dit zeker opmerken en hun afwijzing van mijn kandidatuur heroverwegen. En zelfs als ze me niet aannemen, dan heb ik Amerika veiliger gemaakt. Russische spionnen behoren nog steeds tot de grootste bedreigingen voor onze nationale veiligheid."

"Natuurlijk, zeker," zegt Fabio. "En dat hij een kanjer is heeft niets te maken met het feit dat jij je specifiek op hem concentreert."

Ik frons. "Dat hij een kanjer is, is de reden waarom hij de perfecte agent is. Denk aan James Bond. Denk aan Tom Cruise in *Mission Impossible*. Denk aan-"

Fabio steekt zijn handen op alsof ik dreig om hem neer te schieten. "De dame protesteert te veel, denk ik."

Ik gebaar naar de siliconen fallus. "Moet ik het nog een keer doen? Ik denk dat de verdoving is uitgewerkt."

Om een onbekende reden voel ik me super gemotiveerd om iemand te deepthroaten.

Fabio pakt zijn telefoon. "Tuurlijk. Ga jij daaraan werken, maar ik moet gaan. Mijn Grindr-date wacht op me."

Hij laat me een foto van een pik zien.

"Kerel," zeg ik. "Krijg je op je werk niet genoeg actie?"

Fabio tikt speels tegen de erectie van Bill en het zwaait als een ondeugende pendel heen en weer. "Dit is waarom ik de hemel dank dat ik me tot mannen aangetrokken voel. Hun seksuele driften zijn zoveel sterker."

"Dat is seksistisch. Alleen omdat vrouwen niet alles wat beweegt willen berijden, wil nog niet zeggen dat we een zwakke geslachtsdrift hebben."

Hij tikt weer tegen de mannelijkheid van Bill - of is het zijn dummieheid? "Als je pik en poepgat niet altijd pijn doen, dan ontbreekt je zin in seks. Meer is het niet."

Ik krimp weer ineen. Wat heeft het gepik van vogels - moordmachines die ze zijn - met penissen gemeen? Waarom zou je het mannelijke orgaan niet een python, een braadworst of een honingdipper noemen? Elk van deze zou meer geschikt zijn.

Fabio grijnst en tikt nog een keer tegen het betreffende aanhangsel. "Sorry dat ik 'pik' zei. Ik ben zo een-"

Voordat hij zijn zin af kan maken, komt er een waas van vacht langs. Een gigantische kat landt op de buikspieren van Bill en hij slaat met vlijmscherpe klauwen tegen de pendelachtige fallus.

Met een kopstem schreeuwend, trekt Fabio zich terug van het toneel van de zich ontvouwende haatmisdaad.

De eigenaar van de klauwen is mijn kat, Machete, en blijkbaar is hij nog niet klaar want hij harkt zijn klauwen over wat er nog van de dummieheid van Bill over is.

"Dat is gewoon obsceen." Fabio staat met gekruiste benen, alsof hij moet plassen. "Je zou met je kat naar een therapeut moeten gaan."

Alsof hij begrijpt wat mijn vriend zojuist heeft gezegd, werpt Machete hem een katachtige, haatdragende blik toe.

Zoals gewoonlijk kan ik me voorstellen wat Machete in een nachtmerrieachtige wereld waar katten zouden kunnen praten zou zeggen:

Het siliconen mannetje kon niet aan Machete ontsnappen. De zachtere, vlezige zal de volgende zijn.

"Kom hier, schatje," zeg ik en duik naar beneden om de kat te pakken.

Machete moet zich vandaag buitengewoon grootmoedig voelen, want hij laat me hem vasthouden en me mijn ogen behouden.

Fabio grinnikt en ik kijk hem vragend aan.

"Je kat probeerde Bill te vermoorden," legt hij uit.

Machete blaast naar Fabio.

Machete is niet geamuseerd. Uma Thurman heeft veel talent, maar ze kan geen Machete spelen.

Ik grijns. "Hij moet je dat een pik hebben horen noemen." Ik gebaar naar Bills rampspoed. "Mijn lieverd beschermt me tegen alles wat met vogels te maken heeft, dus ook voor hoe ze heten." Ik aai Machete's zijdeachtige vacht en wordt met diep gespin beloond. "Toen ik hem voor het eerst kreeg, doodde hij voor mij wat een ganzenkussen bleek te zijn."

Fabio kijkt naar de deur. "Ik weet alleen dat hij eruitziet alsof hij voordat je hem adopteerde in veel illegale straatgevechten heeft gevochten. En er veel heeft verloren."

Het is waar. Machete zag er zelfs nog slechter uit toen ik hem in het asiel had zien zitten. Het was ook de enige keer dat ik me kan herinneren dat ik hem op wat voor manier dan ook kwetsbaar heb gezien.

Onnodig te zeggen dat ik mijn werkbronnen heb gebruikt om zijn vorige eigenaren op te sporen en kort daarna zijn ze op mysterieuze wijze op een niet-vliegenlijst komen te staan... net voor ze op een grote vakantie zouden gaan.

Ik stop even met aaien en er wordt weer naar Fabio geblazen.

"Ik kan maar beter gaan," zegt Fabio en hij deinst achteruit.

Ik volg hem. Er verschijnt een videogesprekvenster op een van mijn muurmonitoren. Ja, ik heb meerdere wandmonitoren. Mijn inrichting is thuis op alle films geïnspireerd waarin spionnen iemand vanuit een bewakingskamer bekijken.

Fabio vergeet het gevaar van de kat, stopt, en kijkt naar het scherm. Als mijn vriend er een van Machete's soort was, dan zou zijn nieuwsgierigheid hem al lang geleden hebben gedood.

"Het is mijn videoconferentie met Gia en Clarice," leg ik uit. "Je kunt gaan."

Fabio tuit zijn lippen. "Wie is Clarice?"

"Mijn pokerlerares," zeg ik. "Ga."

Hij lijkt op het punt te staan om met zijn voet te stampen. "Maar ik wil Gia even gedag zeggen."

"Goed dan." Ik neem de oproep aan en zowel Gia als Clarice verschijnen op het scherm.

HOOFDSTUK
Twee

DE BLEKE VROUW DIE OP MORTICIA ADDAMS LIJKT, is mijn zus Gia — een van mijn twee zussen die geen deel uitmaken van mijn nest van identieke zeslingen.

Ja, ik heb vijf zussen die honderd procent van mijn DNA delen. Gia heeft ook een zus met wie ze honderd procent van haar DNA deelt, haar tweelingzus Holly.

Ik ben een beetje jaloers op de tweeling. Om te beginnen hebben ze minder identieke klonen van elkaar. Ze zijn ook naar onze grootmoeders vernoemd, terwijl mijn nest hippity-dippity-namen heeft gekregen die onze ouders tijdens een bijzonder uitgebreide LSD-trip moeten hebben bedacht.

Neem mijn naam: Blue Hyman. Het klinkt als iets wat je moet breken om een van die aliens in *Avatar* te ontmaagden. Maar aan de andere kant, hadden ze geen telepathische seks via hun enge paardenstaarten? Dezelfde paardenstaarten die ze trouwens bij dieren gebruikten. Oh, en mijn naam is in mijn vak ook verschrikkelijk. Nadat ik iets op een paar computers had gedaan — waarvan de details geheim zijn — begonnen mijn collega's me BSoD te noemen, zoals in Blue Screen of Death.

Gia schraapt haar keel en ze kijkt van Fabio naar de beschadigde lul van Bill. Op haar gezicht is een van haar kenmerkende sluwe grijnzen te zien. "Kinky."

Fabio rolt met zijn ogen naar haar. "Smerig, zoals gewoonlijk."

Clarice zet haar piratenhoed goed. "Is dat je liefje?"

"Nee," zeggen Fabio en ik, terwijl Gia "Ja" zegt.

Ach, whatever. Het is geen belediging om aan te nemen dat ik iets met Fabio heb. Hij ziet er goed uit, net als het Italiaanse model waar zijn moeder genoeg naar verlangde om zijn naam aan haar zoon te geven. De naakte borst van deze Fabio zou in een roman uit het begin van de jaren negentig ook niet misstaan.

"Goed," zegt Gia. "Misschien is hij geen vriendje, maar Blue heeft hem in het verleden gepijpt."

"Ik heb hem niet gepijpt," zeg ik. "We speelden *laat me de jouwe zien, dan laat ik de mijne zien.* Dat was één keer."

"Ja. En dat was genoeg." Fabio trekt een grimas en ik moet weerstand bieden om Machete niet naar zijn gezicht te gooien.

"Oh ja," zegt Gia. "Was dat niet toen Fabio zich realiseerde dat hij beter af is als homo?"

Ik vernauw mijn ogen tot spleetjes naar haar. "Heb jij op de middelbare school niet beweerd dat je met hem naar bed was geweest?"

Er verschijnt een zeldzame uitdrukking op Gia's gezicht, een schuldige uitdrukking. "Het was een grapje." Ze kijkt Fabio recht aan. "Een persoonlijke grap."

Het was geen grap en dat weten we allemaal. Om de een of andere reden deed Gia haar uiterste best om iedereen te laten denken dat ze de sletterigste van ons achten was.

"Jongens," zegt Clarice. "Die man is niet de lieverd naar wie ik vraag." Ze wijst naar Machete. "Ik bedoel *hem*."

"Ah." Ik krab Machete onder zijn kin en hij sluit gelukzalig zijn ogen. "Hij is wel mijn liefje."

"Wat is zijn naam?" Clarice pakt een schattige Pers op en houdt hem voor de camera. "Dit is trouwens Hannibal. *Mijn* liefje."

Clarice heeft een kat met de naam Hannibal?

Natuurlijk heeft ze dat.

Als Machete zijn ogen opent en Hannibal ziet, blaast hij gemeen.

Machete houdt niet van pluizige, verwende katten. Staat die snoet ook niet op een blikje Fancy Feast? Machete vraagt zich daardoor af of dat hele ras een stel kannibalen is.

Ik moet het Hannibal nageven dat hij er onverstoord uitziet. Of hij weet dat de kat voor hem hem niet via het scherm kan bereiken of hij is net zo dapper als Machete.

"Dus, Clarice," zegt Fabio. "Hoe zit het met dat piratenkostuum? Is dat een goochelaarsding, zoals Gia's vampieroutfit?"

Dat is het. Mijn zus en Clarice zijn goochelaars en de manier waarop ze zich kleden is voor hun toneelpersonages. Al heb ik geen idee hoe de piratenoutfit die Clarice draagt zich tot haar specialiteit verhoudt: speelkaarten. Misschien is poker de link? Piraten speelde poker en Clarice weet veel over dat spel, daarom is zij mijn lerares.

Voordat iemand kan antwoorden, is het de beurt aan Hannibal om tegen Fabio te blazen. En — hoewel het mijn verbeelding kan zijn — hoor ik woorden in het geblaas: *Noem mijn onderdaan nog een keer een piraat en ik eet met wat tuinbonen en een lekkere Chianti je lever op.*

Machete vergist zich in het doelwit van het geblaas en hij verdubbelt zijn vijandigheid. Niet voor het eerst vraag ik me af of ik hem zou kunnen trainen om mijn hulpspion te zijn. Hij kan in sommige situaties intimideren en in andere moeilijk bereikbare plaatsen infiltreren.

"Ik moet echt gaan," zegt Fabio, terwijl hij zijn blik heen en weer beweegt tussen de twee boze katten. "Ik ben te laat voor mijn date."

"Ik zal met je meelopen naar de deur," zeg ik met een kwaadaardige grijns. Hij zal niet zo gemakkelijk aan Machete ontsnappen.

"Niet nodig," zegt hij, maar Machete en ik volgen hem toch. Als hij weg is, doe ik de deur van het appartement op slot en laat Machete in de keuken achter om te eten.

Als ik terugkom in de woonkamer, ontbreekt ook de kat van Clarice uit het zicht van de camera. Moet op jacht zijn, op zoek naar iemand om te kannibaliseren.

"Zo jammer dat hij homo is," zegt Clarice. "Ik zou

hem ook de mijne laten zien als hij me de zijne liet zien."

Inderdaad jammer. Fabio is lekker en hij zou behoorlijk neukbaar zijn als we ons niet tot hetzelfde geslacht aangetrokken zouden voelen. Nou ja, bijna. In tegenstelling tot Fabio, die helemaal Team Y-chromosoom is, zou ik ook met Claire Danes, Keri Russell en een paar andere actrices naar bed gaan die spionnen hebben gespeeld die ik bewonder.

Hoe dan ook, Fabio is een vriend die alle zeslingen delen, deels omdat we samen zijn camouflage waren op de middelbare school. Tot op de dag van vandaag denk ik dat hij ons als één persoon met een meervoudige persoonlijkheidsstoornis ziet.

"Ik wed dat Fabio populair is in het pornogenre waar een homo een heteroseksuele man verleidt," zegt Gia.

Ik trek mijn wenkbrauwen op. "Kijk je homoporno?"

Gia haalt haar schouders op. "Ik kijk alle porno. Ben je met de jouwe bevooroordeeld?"

Ik schud mijn hoofd. Domme grappen terzijde, Gia is de zus die mij het beste begrijpt, ondanks dat ze geen deel uitmaakt van mijn nest. We houden allebei van misleiding. Magie en spionage hebben dat gemeen. Ook — en dit is een grote — zijn we voor altijd door dezelfde traumatiserende gebeurtenis verbonden, codenaam de Zombiemeesslachting.

Kijk, onze ouders wonen op een boerderij waar ze allerlei soorten dieren redden — en daar ben ik helemaal voor, behalve dat ene geval waarin ze een vogel hadden geadopteerd die de koolmees wordt genoemd of, zoals het ook bekend staat, de zombiemees. De reden voor de tweede naam is net zo bloedstollend als alles wat met vogels te maken heeft. Deze monsters hebben dorst naar de hersenen van vleermuizen en af en toe die van andere vogels — inclusief kippen, wat ik op die vreselijke dag heb gezien.

Mijn hartslag gaat omhoog als ik het nog een keer herbeleef.

Het pikken.

Het bloed.

De hersenen die overal lagen.

De vervloekte Zombiemees, met zijn bloederige snavel en ogen die dorst hadden naar meer hersens, kijkt me aan.

Hitchcocks *The Birds* viel in het niets bij die horrorshow.

Sinds die dag ben ik doodsbang voor vogels en ik vermijd ze ijverig in alle vormen, inclusief gekookt.

Hé, ik ga tenminste niet dood aan de vogelgriep.

Wat ik niet snap is waarom ik hier alleen in sta. Vogels zijn dinosauriërs. Iedereen heeft *Jurassic Park* gezien. Waren de velociraptors die erin zaten eng? Ja. Zouden ze enger zijn geweest als de makers van de film niet humaan waren geweest en ze juist hadden afgebeeld, met veren en al? Dat had zeker gekund.

Ja, dat klopt. In werkelijkheid hadden velociraptors veren en waren ze net zo groot als een grote kalkoen.

Pure brandstof voor een nachtmerrie.

"Hé, zus, ik maakte maar een grapje," zegt Gia, die duidelijk niet begrijpt waarom mijn gezicht net zo bleek is geworden als dat van haar. "Zullen we aan de slag gaan?"

"Juist." Ik schud de vreselijke herinneringen van me af. "Laten we dat doen. De wedstrijd is vanavond."

"Bij de bijnier van Houdini," zegt Gia. "Ben je er klaar voor?"

Ik vouw een vinger. "Ik heb alles doorgenomen wat Clarice me heeft geleerd." Ik vouw nog een vinger. "Ik heb *Casino Royale* opnieuw bekeken." Ik vouw nog een vinger. "Ik heb *Rounders* voor het eerst gezien — en zoals Clarice zei, was John Malkovich geweldig als Teddy KGB en de jonge Ed Norton en Matt Damon zagen er heerlijk uit."

"Dan neem ik aan dat dat een ja is," zegt Gia.

Ik knik. "Nu wil ik gewoon je mening horen over hoe ik de goochelaarsmoves uitvoer die je me hebt geleerd en wil ik eventuele last minute pokertips van Clarice horen."

Gia trekt hun camera dichterbij. "Doe de bewegingen."

Ik pak de pruik die ik aan de infiltratie heb toegewezen en trek hem over mijn stekelhaar. Vervolgens pak ik een pokerfiche met mijn telefoonnummer erin geëtst en ik steek het onder de pruik, bij mijn linkeroor. Ten slotte pak ik de microcamera/GPS-gadget en verberg die bij mijn rechteroor.

"Hier." Ik ga stiekem met mijn vingers onder de pruik en haal de chip tevoorschijn, terwijl ik hem in de vingergreep vasthoud die Gia me heeft geleerd. Blijkbaar is dit een klassieke zet die in elk beginnersboek over magie met munten wordt geleerd. Het komt erop neer dat de munt/pokerchip niet zichtbaar is in mijn hand.

"En hier is de camerabeweging." Ik haal stiekem de gadget eruit en houd hem in een meer geavanceerde greep — opnieuw uit de boeken over magie met munten. Ik maak dan een foto van de kamer, net als wat ik bij de pokerwedstrijd wil gaan doen en bevestig het apparaat stiekem aan de muur met wat goochelaarswax.

"Goed gedaan," zegt Gia. "Het is duidelijk dat je hebt geoefend."

"Wat is het exacte plan?" vraagt Clarice.

"Ik zal de pokerchip stiekem aan het doelwit geven en hopen dat hij me belt," zeg ik. "Hier ga ik ook wat foto's mee maken." Ik maak de gizmo los van de muur.

"Onopvallend." Clarice bekijkt het apparaat bewonderend. "Maar wat als ze je voor de wedstrijd op elektronica scannen?"

Ik doe mijn pruik af en laat ze het gaas aan de binnenkant zien. "Hier zit een kooi van Faraday in genaaid." Bij Clarice's lege blik zeg ik, "Het houdt elektromagnetische signalen tegen."

Gia grinnikt. "Zoals die hoeden van aluminiumfolie die voorkomen dat buitenaardse wezens meeluisteren."

Ik zet de pruik weer op. "Aluminiumfolie zou geen goede kooi van Faraday zijn en dat weet je."

"Kinderen," zegt Clarice. "Het is mijn beurt om advies te geven."

We kijken haar allebei verwachtingsvol aan.

"Praat aan tafel niet over pokerstrategie," zegt ze.

"Je hebt bij mij misschien die gewoonte gekregen, maar het kan je tijdens een echte wedstrijd duur komen te staan."

"Dat zal ik niet doen," zeg ik. "Wat nog meer?"

"Pas op voor de disclaimer," zegt ze.

"Wat is dat?" vraagt Gia.

"Het is wanneer iemand iets zegt als, 'Ik ben het zat dat je de hele tijd wint. Ik zet alles in.'"

Ik bloos. Dat voorbeeld komt uit een spel dat we een paar weken geleden hadden gespeeld.

"Wat doe je als iemand dat zegt?" vraagt Gia.

Clarice ziet er zelfvoldaan uit. "Natuurlijk ga je ervan uit dat het een act is en de echte reden dat ze all-in gaan is omdat ze een sterke hand hebben."

"Ik zal ervoor zorgen dat ik dat niet doe," zeg ik. "En ik zal een oogje in het zeil houden voor anderen die het doen."

Clarice geeft me nog een paar aanwijzingen en ik luister vol waardering. Uiteindelijk zegt ze, "Oké, je bent er zo klaar voor als je maar kunt zijn."

"Bedankt," zeg ik.

"Wat maakt het uit of je wint of verliest?" vraagt Gia. "Ik dacht dat het punt was om gewoon met het doelwit in dezelfde kamer te zijn."

Ik rol met mijn ogen. "Bedoel je behalve er niet als een dwaas uitzien?"

Ze knikt.

Ik zucht. "De inleg voor deze wedstrijd is een half miljoen dollar. Dat geld wil ik graag houden."

Beide paar ogen op het scherm worden groter tot ze

komische proporties aannemen. Ik denk dat ik dat kleine detail ben vergeten te vermelden. Oeps.

Gia schraapt haar keel. "Waar heb je zoveel geld vandaan gehaald? Ik wist niet dat de NSA zo goed betaalde."

"Ik werk voor No Such Agency," zeg ik op de automatische piloot. "En nee. Ze betalen niet *zo* goed. Ik heb net een deel van mijn bitcoin verkocht."

Aangezien ik op de universiteit cryptografie heb gestudeerd, was het voor mij logisch om in cryptocurrencies te investeren en mijn investeringen zijn de afgelopen jaren behoorlijk gegroeid. Voor een vijfentwintigjarige ben ik best goed af. Toch zou ik het erg jammer vinden als ik die inleg zou verliezen.

"Dat wist ik niet." Clarice kijkt beteuterd. "Ik denk dat ik geen kans heb om ooit naar die wedstrijd te gaan."

"Ik maak een deal met je," zeg ik. "Als ik dankzij je training vanavond mijn geld verdubbel dan zal ik het voor je betalen. Het addertje onder het gras is dat je je winst met mij deelt."

"Deal," zegt Clarice met glimmende ogen. "Ik ga rijk worden!"

"Uh-huh," zegt Gia, haar negerend. "Ik begrijp waarom je zo proactief bent met al het voorbereiden. Een verdomde half miljoen. Ik weet dat je die dure auto hebt, maar ik had geen idee dat je zo rijk was. Dit is de eerste keer dat ik jaloers op je saaie hoofdvak ben."

"Ik ben niet zo rijk," zeg ik. "Tenminste, meestal niet. Crypto is de laatste tijd gewoon op dreef, dus ik heb de auto en nu dit. Ik vergeet de inleg even, het zou er gewoon verdacht uitzien als ik naar die wedstrijd zou komen en er niks van zou bakken. Het zijn duidelijk een stelletje pokerhaaien of mensen die denken dat ze dat zijn."

Ze beweegt wulps met haar wenkbrauwen. "Ik weet zeker dat ze een *vrouw* wel wat speling zullen geven." Als ze de blik van Clarice en mezelf ziet, voegt ze er snel aan toe, "Ik bedoelde dat niet op een seksistische manier. Het is een spel vol naakte spetters die schijnbaar in het geld zwemmen. Het wordt een rijke dame misschien niet kwalijk genomen dat ze daarheen wil om haar ogen te trakteren... of misschien om haar toekomstige echtgenoot te ontmoeten."

"Dat herinnert me eraan," zegt Clarice. "Waarom zijn de jongens die bij die club spelen zo knap?"

Ik haal mijn schouders op. "Ik weet zeker dat er af en toe ook wel onaantrekkelijke spelers zullen zijn. Maar ik wed dat nadat ze de anderen hebben gezien, hun gevoel van eigenwaarde een duik neemt en dat ze waarschijnlijk niet meer terug willen komen. Ik zou ook niet graag Bikram Yoga doen terwijl ik door modellen van Victoria's Secret omringd zou zijn."

"Dat klinkt wel logisch," zegt Clarice. "Ik heb me ook afgevraagd waarom je zo zeker weet dat je doelwit daar zal zijn. Je weet niet wie hij is of wat hij doet. Misschien is hij gewoon voor die ene wedstrijd voor iemand ingevallen."

"Dat is waar," zeg ik. "Maar als hij een spion is, dan zou het logisch zijn als hij door zou gaan en zich onder die mensen zou mengen. De meesten van hen zijn rijk en machtig, waardoor ze geweldige connecties hebben."

Gia en Clarice knikken wijs.

"Oké, jullie twee," zeg ik. "Ik moet gaan."

"Laatste vraag," zegt Gia. "Waarom doe je dit?"

Gaat dit tot een Fabio-achtige 'je wilt hem'-statement leiden?

"Dat is topgeheim," zeg ik. "Het is op een need-to-know basis en jij hoeft het niet te weten."

"Maar serieus," valt Clarice bij. "Ik wil het ook weten."

Ik haal mijn schouders op. "Ik denk dat ik de CIA wil laten zien dat ze ongelijk hadden om me af te wijzen."

"Waarom zou je überhaupt voor hen willen werken?" vraagt Clarice. "Ze hebben een slechte reputatie. De FBI is misschien een betere keuze."

"FBI-agenten zijn geen spionnen," zeg ik. "Ze doen undercoverwerk, maar het is niet hetzelfde."

"De NSA bespioneert," zegt Gia. "En ze hebben ook een behoorlijk waardeloze reputatie als dat is wat je zoekt."

"De hele dag achter een computer zitten is niet mijn idee van spioneren," zeg ik. "Ik wil veldwerk doen en vanavond zal ik een voorproefje krijgen van het echte werk."

"Nou, veel succes," zegt Gia.

"Wacht even," zegt Clarice. "Je hebt nooit uitgelegd hoe het met de goed geschapen pop op je bank zit."

"Oh, nee." Ik maak met de zijkant van mijn mond een sissend geluid. "Ik denk dat de verbinding zo wordt verbroken."

Gia grinnikt. "Voor je gaat, wilde ik je nog vragen... Kom je naar mijn goochelshow kijken?"

"Tuurlijk. Stuur me de details maar." Daarmee hang ik op voordat ze me verder kunnen vertragen.

Het is tijd om me voor te bereiden op de infiltratie van de Hete Pokerclub.

HOOFDSTUK
Drie

HET BELANGRIJKSTE EERST. Moet ik hiervoor mijn inbrekerspak dragen?

Nee. Dat zou zinloos zijn. Je speelt naakt.

Ik trek in plaats daarvan mijn beste zwemkleding aan. Hopelijk laten ze me het aanhouden.

Nu ik mijn kleding heb uitgekozen, breng ik make-up aan en geef prioriteit aan het volgende: waterdichtheid, zodat het in de banja niet gaat druipen, en verbetering van de sexappeal, zodat Hottie McSpion me daarna zal willen bellen.

Ik zet mijn pruik met de kooi van Faraday op mijn hoofd, slenter naar de deur en controleer hoe laat het is.

Shit. Het is later dan ik dacht. Ik zal naar de ontmoetingsplek moeten rijden in plaats van lopen.

Mijn telefoon pingt met een deurbelwaarschuwing.

Vreemd. Ik verwacht niemand.

Ook al sta ik binnen het bereik van mijn kijkgaatje, pak ik mijn telefoon en bekijk de videobeelden van mijn slimme deurbelcamera.

De persoon achter de deur lijkt op mij, vooral ik met de pruik die ik momenteel draag.

Rossig blond haar, hoge jukbeenderen, sterke kin, groenachtige ogen – duidelijk een van mijn nestgenoten. Ik denk dat ik op basis van de manier waarop ze gekleed is weet wie het is, maar voor het geval dat vraag ik, "Welke van hen ben je?"

"Olive," zegt ze.

Yep. Wat ik al dacht. Olive — of Octopussy zoals ik liefdevol aan haar denk. Niet omdat ze me aan het personage uit de Bond-film uit 1983 doet denken, maar omdat ze door octopussen geobsedeerd is.

Ik open de deur en ze stapt naar binnen.

Oh nee. Ik heb geen tweelingtelepathie juju nodig om vast te stellen dat ze van streek is.

"Mag ik bij jou blijven?" flapt ze eruit in plaats van hallo te zeggen.

"Natuurlijk. Wat is er gebeurd?"

Als mijn zus me nodig heeft, dan verplaats ik de infiltratie. Zelfs als dat betekent dat ze de inleg behouden die ik al heb ingestuurd.

"Alsjeblieft," zegt Olive. "Ik wil er niet over praten."

Ik pak haar hand. "Gaat het met je?"

"Ja," zegt ze, ook al zijn haar ogen overdreven helder, op de 'ik hou tranen tegen' manier. "Ik heb gewoon wat rust nodig. Is dat goed?"

"Natuurlijk," zeg ik, hoewel ik me steeds meer zorgen maak.

"Ik heb ook wat tijd voor mezelf nodig." Ze kijkt me smekend aan. "Denk je dat ik een lang bad zou kunnen nemen?"

"Geen probleem." Er is duidelijk iets mis, maar ik snap dat ze haar ruimte nodig heeft. "Ga in bad, dan praten we daarna wel."

Ze wendt haar blik af. "Ik had gehoopt dat ik op je bank neer zou kunnen ploffen en daarna wat zou kunnen slapen. Is dat goed?"

Ze wil vandaag niet praten over wat haar dwarszit. Prima. Ik geef haar tot morgen en dan is het verhoortijd.

"Heb je me hier nodig?" vraag ik. "Ik was op weg ergens naar toe, maar—"

"Ga alsjeblieft." De woorden klinken alsof ze smeekt, waardoor ik gewoon wil blijven.

"Weet je het zeker?"

"Heel zeker. Ik heb een plek nodig om te zijn, geen gezelschap."

"Goed dan. Volg mij." Ik loop met haar door mijn appartement en leg uit waar alles is wat ze nodig heeft. Als we het beest tegenkomen, zeg ik, "Je herinnert je Machete."

Hij kijkt lui naar ons op, dus ik zeg streng tegen hem, "Dit is Olive. Behandel haar zoals je mij zou behandelen."

Hij likt zijn poot, zijn harige gezicht staat verveeld.

Alle mensen zien er voor Machete hetzelfde uit, maar vooral jullie twee om de een of andere reden. Wie Machete voedt, mag blijven leven... voor nu.

Als we naar de woonkamer terugkeren, ziet Olive Bill op de bank liggen en wrijft ze in haar ogen.

"Oh ja, kun je hem in de kast in mijn slaapkamer gooien?" vraag ik.

Het is een bewijs van hoe overstuur ze is dat ze in

plaats van te plagen of vragen te stellen, gewoon knikt, alsof het opbergen van dummy's met beschadigde dildo's volkomen normaal is.

"Weet je zeker dat je me niet wilt vertellen wat er aan de hand is?" vraag ik.

"Nee. Ga alsjeblieft." Olive zet haar handen op haar heupen. "Het lukt me zo wel."

Ze kan morgen maar beter al haar geheimen verklappen. Ik aarzel niet om slaaptekort — of haren trekken — te gebruiken om informatie te krijgen. Op dit moment ben ik bijna net zo nieuwsgierig naar de problemen van Olive als naar de missie van Hottie McSpion.

"Goed dan." Ik draai me om naar de deur. "Mi casa es su casa."

Ik voel me nog steeds ongemakkelijk als ik wegga, maar ze ziet er zo opgelucht uit dat ik toegeef. Wat er ook is gebeurd, ze wil voorlopig alleen zijn.

Een rit in de lift later stap ik de parkeerplaats in de kelder van mijn gebouw op en mijn opwinding over de infiltratie keert terug.

Ik kijk hoe laat het is.

Fuck. Ik ben laat.

Ik ren naar mijn auto, een Aston Martin DBS V12. Of, zoals ik erover nadenk, de auto waarin Daniel Craig als James Bond in *Casino Royale* en *Quantum of Solace* reed.

Terwijl de krachtige motor tot leven komt, zet ik de *Mission Impossible*-muziek op volle toeren en stippel ik mentaal mijn route uit.

De ontmoeting is in de buurt van de Manhattan-

kant van de Brooklyn Bridge en aangezien ik bij Battery Park woon, is de afstand die ik moet overbruggen maar een paar blokken. Meestal duurt het ongeveer zes minuten om er te komen, dat is afhankelijk van het verkeer. Aangezien de bijeenkomst op het punt staat om te beginnen, moet ik dat halveren, verkeer of niet.

Ik draai aan het stuur en geef gas.

Als ik de parkeerplaats uitvlieg, rijd ik bijna een dame aan die aan de overkant van de gang woont.

Oeps.

Met het illegaal getinte glas op mijn ramen kan ze me tenminste niet achter het stuur zien zitten. Hopelijk.

Met gierende banden sla ik Water Street in en knal bijna tegen een gele taxi aan.

De taxichauffeur knippert niet eens. Hij heeft erger meegemaakt. De man van wie ik rijlessen had gehad had zelfs zijn tanden door een van die taxi's gebroken.

Ik torpedeer vooruit, scan naar voetgangers voordat ik door rood licht rij en bid dat ik niet door een agent ben gezien. Gelukkig kom ik ermee weg, en ook met het vernietigen van de snelheidslimiet. Als ik de beroemde Wall Street bereik, rijd ik door nog een rood licht. Vanaf hier zijn alle stoplichten groen totdat ik Pearl Street inrij.

Als ik echt de brug op zou gaan, dan zou ik de oprit nemen, maar dat doe ik niet, dus ik zwenk een parkeerplaats op, mijn banden piepen en het stuur schokt in mijn handen. Ik spring uit de auto, laat mijn sleutels erin zitten en gooi een biljet van honderd dollar naar de bediende in de buurt.

"Ben je gek?" vraagt hij met open mond.

"Ik ben over een paar uur terug," zeg ik. "Houd het wisselgeld maar en ik geef je nog eens honderd fooi als mijn auto helemaal oké is."

Voordat hij me kan vragen om een formulier in te vullen, een ontvangstbewijs te schrijven of iets anders te doen om me te vertragen, sprint ik naar buiten en ren ik naar de ontmoetingslocatie.

Als ik daar aankom, kijk ik hijgend hoe laat het is.

Een minuut te laat.

Mijn contactpersoon bij de FBI had me gewaarschuwd dat deze mensen punctueel zijn, maar hopelijk is een enkele minuut geen probleem.

De ontmoeting was volgens de instructies van mijn contactpersoon op het Dark Web geregeld. Ik was onder de indruk van de organisatoren van de Hete Pokerclub. Ze hadden me een e-mail gestuurd die ik ondanks al mijn vaardigheden niet kon traceren. Een zelfvernietigende e-mail, in feite zeer *Mission Impossible*.

Om nog maar over de locatie te zwijgen, die is geweldig. Een brug. Dat is een klassieker voor zaken als de uitwisseling van gevangenen à la *Bridge of Spies*, dus het is een geschikte plaats om mij gevangen te nemen... een soort van.

Ik maak handgebaren zoals me is opgedragen en zie aan de overkant van de straat twee gemaskerde mannen uit een zwarte Chevrolet Suburban stappen.

Zij moeten de mensen zijn waarmee ik heb afgesproken.

Yep. Een van hen maakt het antwoordende handsignaal.

Mijn contactpersoon had me gewaarschuwd voor wat er daarna zou komen, dus ik voel me een beetje ongerust. Ik ben de eerste vrouw die ik ken die dit doet. Wat als ze besluiten om mijn geld te houden en iets onuitsprekelijks tegen me doen in plaats van poker te spelen?

Maar nee. Vrouw of niet, dat zou slecht zijn voor de zaken, want het zou toekomstige spelers kunnen afschrikken. Trouwens, als er iets ongewensts gebeurt, dan kan ik altijd mijn Krav Maga-vechtvaardigheden gebruiken. En als dat niet lukt, dan kan ik ze vertellen waar ik werk. Het doden van overheidsagenten is echt slecht voor zaken — kijk maar naar *Sicario*.

Maar wat ik mezelf ook vertel, mijn knieën knikken als ik de straat oversteek. Mijn Krav Maga-instructeur zou me nu een kippetje noemen — een domme uitdrukking. Voor mij betekent een kip zijn een gevederd monster zijn, niet het voelen van angst. Ik denk dat als het om kippen gaat, ik een kip ben, maar deze mannen zijn zo eng niet.

"Hallo," zeg ik als ik bij ze ben.

Hé, mijn stem is vast. Punt voor mij.

"Wat is de toegangscode?" zegt de meest linkse man.

Ik zeg het.

"Stap in," zegt hij.

Yep. Ik stap in een louche zwart busje. Tijd om te kijken of ik geschikt ben voor veldwerk.

De herinnering aan mijn uiteindelijke doel geeft me energie en ik spring bijna duizelig in de auto.

Hel ja, ik ben hier geknipt voor. Er zou zelfs een foto

van mij in het woordenboek onder 'kickass-spion' moeten staan.

De bijrijder draait zich mijn kant op. Naast zijn masker draagt hij een paar van die dikke, gigantische zonnebrillen die ouderen dragen om schittering te verminderen.

Misschien gaat dit hulpje binnenkort met pensioen?

"Geef me je telefoon," eist hij.

Hmm. Hij klinkt niet zo oud.

Ik geef hem mijn telefoon en hij zet hem uit.

"Je kunt hem in je zak houden, maar zet hem pas aan als we je hier terug hebben gebracht," zegt hij. "We zullen het weten als je het eerder doet."

Dus ze zijn van plan om me terug te brengen. Dat is een opluchting. Natuurlijk zou hij dat zeggen, zelfs als ze van plan waren om me in vogelvoer te veranderen.

"Ik zal hem uit laten," zeg ik.

"Goed." Hij haalt een zwarte tas uit het dashboardkastje en tempert wat er nog van mijn enthousiasme over was. Mijn contactpersoon bij de FBI had me voor dit deel gewaarschuwd, maar toch. Een zwarte zak over je hoofd is hoe je in een terroristische kerker belandt, niet bij een pokerspel.

"Wat ben je daarmee van plan?" vraag ik, terwijl ik een verontwaardigde — en zeer rijke — pokerspeler channel.

"Ik wil niet dat je ziet waar we heengaan," zegt de man met zonnebril. "Totdat je een vaste klant wordt, houden we de locatie van de club liever privé."

Huh. Mijn FBI-contactpersoon wist niet dat de tas een tijdelijke maatregel is. Ik denk dat mijn verbazingwekkende vrouwelijke listen de tongen al losmaken.

Ik knipper mooi met mijn wimpers. "Wees alsjeblieft voorzichtig met mijn haar."

Het laatste wat ik wil is dat die pokerchip en camera uit mijn pruik vallen. Ik zou de wedstrijd dan zeker niet halen en misschien terug naar huis ook niet.

De man kijkt naar mijn onberispelijke kapsel/pruik en vervolgens naar een van zijn collega's.

De andere man haalt zijn schouders op.

De zonnebrillenman reikt in het dashboardkastje en haalt de ducttape eruit.

Uh-oh. Is dat voor mijn mond? De FBI-contactpersoon had daar niets over gezegd. Fuck. Heb ik mijn hand al overspeelt voordat ik zelfs maar aan de pokertafel heb gezeten? Als ik de mond gesnoerd word, dan kan ik ze niet vertellen dat ik een agent ben.

Voordat ik iets kan zeggen, doet de man zijn zonnebril af, scheurt een stukje tape af en plakt het in de lenzen.

Oh. Is hij—?

Yep.

Klaar met het veranderen van zijn bril in een geïmproviseerde blinddoek, zet hij hem op mijn gezicht.

Hoe meegaand. Mijn Yelp-review van de Hete Pokerclub is zojuist van één ster naar drie gegaan.

Vervolgens doet iemand oorbeschermers over mijn oren. Mijn FBI-contactpersoon dacht dat ze van het type zijn dat op schietbanen wordt gebruikt. Je kunt nog steeds horen, maar het geluid is zwaar gedempt.

"Rijden," hoor ik iemand zeggen, maar de stem is zwak.

We beginnen te bewegen.

Een rustgevend deuntje klinkt uit de luidsprekers van de auto. Zelfs zonder de oorbeschermers hoor ik waarschijnlijk niet wat er buiten gebeurt.

Ik gluur naar beneden en opzij.

Nee.

De bril is net zo goed als een zwarte tas als het om het blokkeren van mijn zicht gaat.

Als ik Liam Neesons 'zeer specifieke vaardigheden' van *Taken* had, dan zou ik zelfs zonder zicht of geluid kunnen zien waar we heen gaan. Helaas kan ik dat (nog) niet, maar ter verdediging, mijn FBI-contactpersoon kon dat ook niet.

Geeft niet. Ik heb een gadget met GPS. Als ik lang genoeg leef om het uit mijn pruik met Faraday kooi te halen, dan weet ik de locatie van de Club.

De stem van een zangeres voegt zich bij de muziek. "You're beautiful..."

Is dat Nelly Furtado? Maar welk liedje is dit?

Als het antwoord komt, is het net zo verontrustend als mijn situatie.

Nelly zingt, "I'm like a bird, I'll—"

Ik wil de rest niet horen.

Een lied over vogels? Wat nu, een jingle over Hitler? Charles Manson? Daffy Duck?

Ik reciteer cryptografische algoritmen in mijn hoofd om de horrormelodie voor de rest van de rit niet te hoeven horen.

Na ongeveer een half uur stoppen we. Dat betekent dat we in Brooklyn, Midtown of zelfs Queens zouden kunnen zijn als we te hard hebben gereden en geen verkeer tegen zijn gekomen.

Iemand leidt me bij de hand en we lopen over asfalt en dan vloerbedekking. Uiteindelijk voel ik tegels onder mijn voeten.

Er is ook een geur die sterker wordt. Chloor en citroen. Dat moet zijn wat ze gebruiken om de sauna bij het pokerspel te desinfecteren.

Hé, ze hebben me tenminste niet in een dienstlift-constructie laten zakken of me in een waskoker gegooid.

Na nog een korte gang komen we in een kamer waar het chloor en citroenaroma door kleedkamergeuren wordt overstemd. Er moeten naakte bezwete mannen in de buurt zijn.

Iemand doet mijn zonnebril en oorbeschermers af.

De kamer is licht, dus het duurt even voordat ik wat kan zien.

Voor me staat de bullebak die me de bril gaf en naast hem staat nog een gemaskerde persoon, duidelijk een vrouw.

Ze houdt twee handdoeken vast - een detail dat me niet bevalt.

"Mevrouw Black zal voor je zorgen," zegt de man en hij vertrekt met een zonnebril in de hand.

"Om veiligheidsredenen vragen we je om de herenkleedkamer te gebruiken," zegt mevrouw Black

35

op een opgewekte toon. "Wees gerust, de mannelijke spelers zitten al aan de tafel en als je klaar bent, krijg je hier voorrang op een man die besluit om op hetzelfde moment als jij uit te laten betalen."

"Bedankt," zeg ik.

"Je fiches liggen op tafel en je kunt ze daar achterlaten als je klaar bent. We zullen je elektronisch uitbetalen." Ze duwt de handdoeken in mijn handen. "Kleed je uit en trek dit aan."

Ze draait zich om.

Ik doe alles uit behalve mijn bikini en schraap mijn keel.

Ze draait zich om.

"Mag ik hierin spelen?" vraag ik.

Ze kijkt me onderzoekend aan. "Ik zal je moeten controleren."

"Hoe bedoel je?"

"Als je het topje wilt behouden, dan moet ik je borsten onderzoeken, en —"

"Begrepen." Ik haak de bikinitop los. "Ik zal een handdoek om mijn middel dragen."

Het is moeilijk om zeker te zijn met het masker op, maar ik denk dat ze opgelucht is dat ze mijn vagina niet hoeft te onderzoeken.

Ze klopt op mijn bikinitopje, bekijkt mijn borsten nog een keertje — er is niet veel om naar te kijken — en ze geeft het topje aan me terug. "Laat je kleren daar achter en stel een combinatie in." Ze gebaart naar een open kluisje.

Ik laat haar zich omdraaien terwijl ik mijn bikinibroekje voor een handdoek ruil. Dan doe ik mijn spullen in het kluisje en laat me door haar naar de andere kant van de kamer leiden.

"Daar." Ze wijst naar een grote houten deur met een klein glazen raam dat helemaal beslagen is, zoals de auto in de *Titanic*.

Ik kijk haar aan. "Dus ik moet gewoon naar binnen gaan?"

Ze knikt. "Je stoel staat voor je klaar."

Ik nader bezorgd de deur.

Na dit alles zit Hottie McSpion misschien niet echt aan de andere kant van de deur. Of misschien is hij er, maar blijkt hij niet in me geïnteresseerd te zijn. Of die kamer kan met kwaadaardige vogels gevuld zijn.

Nee. Dat laatste is tegen de Conventie van Genève.

Ik haal diep adem, open de deur en stap naar binnen.

HOOFDSTUK
Vier

EEN GOLF VAN HITTE SLAAT ME IN HET GEZICHT ALS DE
DEUR VAN DE SAUNA ACHTER ME SLUIT. Ik knipper met
mijn ogen en vecht tegen de drang om door de stoom te
hoesten. De pokertafel voor me is precies zoals ik op de
foto had gezien. De halfnaakte mannen eromheen zien
er ook hetzelfde uit, althans op het eerste gezicht. Als ik
ze van dichterbij bekijk, zie ik een paar nieuwe
gezichten, waaronder een onaantrekkelijke man die,
zoals ik zou vermoeden, zich erg ongemakkelijk lijkt te
voelen gezien de mannelijke schoonheid om hem heen.

Over mannelijke schoonheid gesproken, daar is
hij dan.

Hottie McSpion — gebeeldhouwd gezicht,
vliegeniersbril en alles. Hij ziet er in het echt nog groter
uit en likbaarder met al die zweetdruppels die langs die
romp met harde spieren lopen.

Mijn hart springt in mijn keel.

Hij is niet alleen *hier*, maar de enige lege stoel staat
naast hem.

Mijn plek.

Als in een roes bewegend plof ik blindelings in die stoel. Het is een wonder dat ik niet op zijn schoot beland.

Een teleurstellend wonder.

"Hallo," zeg ik, terwijl ik bijna de stapel pokerfiches omgooi die iemand voor me heeft klaargezet.

De bezwete mannen bestuderen me aandachtig terwijl ze me begroeten, maar ik geef alleen om de aandacht van mijn doelwit.

Hottie McSpion draait zich mijn kant op en tilt zijn zonnebril op. "Welkom."

Wauw.

Ik droom er al zo lang van om zijn ogen te zien, maar op de een of andere manier overtreffen ze zelfs mijn onmogelijke verwachtingen. In plaats van blauw of grijs, de kleuren die typisch zijn voor blond haar, zijn ze donker bosgroen, met honingvlekjes die ze tot aan de rand van lichtbruin brengen. En die donkerbruine wimpers.

Ik moet mijn FBI-contactpersoon bij de zaak betrekken, want ik ben er vrij zeker van dat het een misdrijf is voor een man om wimpers van die lengte en dikte te hebben.

"Bedankt," weet ik uit te brengen, terwijl ik me realiseer dat het enige woord dat hij tot nu toe heeft geuit, geen spoor van een Russisch accent heeft.

Niet dat dit iets bewijst. Hij zou een agent kunnen zijn die diep undercover zit, zoals in *The Americans*.

Iemand pakt de kaarten en begint te schudden.

Shit. Ik moet mijn hoofd bij het spel krijgen.

Met dat in gedachten de kamer doorzoekend, kijk ik naar iedereens stapels fiches.

Een paar jongens, waaronder McSpion, hebben die van hen netjes neergezet. Volgens Clarice betekent dat dat ze meer georganiseerd en methodisch zullen zijn in hun spel, terwijl de slordig uitziende stapel van de bleke man tegenover me het tegenovergestelde betekent.

Ik let in het bijzonder op één speler. Hij heeft een sculptuur van zijn fiches gemaakt, een duidelijk teken van iemand die voor poker leeft.

Terwijl de kaarten worden gedeeld, leg ik mijn stapels fiches netjes, waardoor mijn elleboog die van McSpion raakt.

Allemachtig. Het is als een schok die regelrecht mijn tepels in schiet, codenamen Sergeant en Kapitein.

Ik gluur naar McSpion.

Zijn neusgaten staan wijd open en een zweetdruppel rolt over zijn voorhoofd, maar verder is het moeilijk te zeggen of hij last heeft gehad van de aanraking of het zelfs maar heeft opgemerkt. Vervloek die zonnebril die zijn mooie ogen verbergt.

Aan mijn kant lijkt de toch al hete temperatuur in de kamer omhoog te schieten. Ik zweet terwijl vloeibare warmte zich tussen mijn benen verzamelt - dit kan maar beter het effect zijn van de sauna en niet van die aanraking met de elleboog. Oh en de lekkere geur van mijn heerlijke buurman helpt ook niet op het gebied van tussen de benen. Ik bespeur iets houtachtigs – esdoorn, denk ik - met een vleugje lavendel.

Als de laatste kaart wordt gedeeld, koelt mijn

opwinding af. Verdere hulp daarbij is de man met de slordige stapel. Ik betrap hem erop dat hij ongegeneerd naar mijn borsten staart.

Ik kijk even naar beneden om er zeker van te zijn dat Sergeant en Kapitein niet te zien zijn. Het laatste wat je in een kamer vol mannen wilt, is een tepel die om het hoekje komt gluren.

Nee. Sergeant en Kapitein zijn verborgen, maar dankzij die ontmoeting met McSpion staan ze in de houding, klaar voor de strijd - een situatie die zelfs door alle vulling in mijn bikinitopje zichtbaar is.

Het spel begint, dus ik zet Slordige Stapel uit mijn hoofd.

Godzijdank voor Clarice. In een oogwenk verdien ik vijfduizend dollar. De dopamine-hit is sterk, hoewel de nabijheid van McSpion een deel van de eer verdient. Geen wonder dat sommige mensen verslaafd raken aan gokken.

In de volgende ronde pakt McSpion de pot en in de ronde daarna is het Slordige Stapel, hoewel ik vermoed dat hij gewoon geluk heeft gehad.

Hij legt zijn fiches op zijn rommelige stapel. "Ik zou willen dat dit strippoker was," zegt hij zonder het oogcontact met mijn borsten te verbreken.

"Hou je mond," gromt McSpion.

Verdedigt hij mijn eer? Is dat aardig of seksistisch van hem? Ik kan zeker voor mezelf spreken.

"Het geeft niet," zeg ik, mijn stem doorspekt met honing. "Maar als ik strippoker had willen spelen, dan had ik mijn vergrootglas meegenomen."

Voor het eerst kijkt Slordige Stapel op van mijn borsten, zijn uitdrukking verward.

"Je weet wel." Ik kijk naar zijn handdoek. "Om je micropenis te zien."

Slordige Stapel klemt zijn kaken op elkaar en iedereen ziet er ongemakkelijk uit, behalve McSpion — die met een grijns op zijn gezicht mijn kant op draait, zijn bril weer optilt en naar me knipoogt.

Fuck mij, hij heeft een kuiltje in zijn linkerwang. Heter nog, er zit een dun laagje haar op zijn knokkels – iets waar de foto van hem me niet op had voorbereid.

Ik voel tintelingen tussen mijn benen en het komt zeker niet door de sauna.

Ik *hou* van knokkels met haar tot het punt waarop ik ooit Rogaine op de knokkels van mijn ex-vriendje heb gedaan — en toen dat niet werkte, heb ik er voor mijn verjaardagsseks nepwenkbrauwen op geplakt.

Het begon allemaal na het zien van Sean Connery en Pierce Brosnan als James Bond en Elijah Wood als Frodo in *Lord of the Rings*. Frodo was niet bepaald een spion, maar hij sloop wel (spoiler alert) Mordor binnen.

Godzijdank ligt er een handdoek tussen mij en de stoel. Herinneringen aan de verschillende Bond-mannen helpen me niet om mijn vocht binnen te houden.

Wat zou McSpion doen als ik onder zijn handdoek zou grijpen en hem van zijn walnoot zou laten genieten? Misschien ook aan zijn —

Waar denk ik in vredesnaam aan? Ik ben degene die McSpion moet verleiden om me al zijn geheimen te vertellen. Ik kan zijn kuiltjes en harige knokkels — of zijn walnoot — niet hetzelfde met mij laten doen.

Het wordt hier ook belachelijk warm. Naast het oefenen met Clarice, had ik ervoor moeten zorgen dat ik het uithoudingsvermogen voor de saunatemperatuur zou ontwikkelen.

Nou, daar is nu niks meer aan te doen.

Met een wilskracht dwing ik mezelf om me op het spel te concentreren.

Gelukkig is het bedrog aan de pokertafel voor mij iets natuurlijks, zoals het dat voor James Bond in *Casino Royale* was.

Ik verlies al snel honderdduizend, maar leer veel over de pokerverhalen van mensen. Slordige Stapel overdrijft als hij ongeïnteresseerd is, maar blijft wedden als hij iets heeft. De onaantrekkelijke man zucht om het te laten lijken alsof hij een slechte hand heeft, maar het is elke keer weer een act. Een andere kerel gaat rechter zitten als hij sterke kaarten heeft. Een ander schuift sierlijk zijn fiches en doet alsof hij zich zwak gedraagt terwijl hij eigenlijk sterk is.

Ik vang zelfs de gewoonte van de gebeeldhouwde speler op. Hij gluurt stiekem naar zijn fiches als hij een sterke hand heeft.

De enige persoon wiens verhalen ik nog steeds niet ken, is McSpion, maar het is genoeg om die van alle anderen te kennen.

Met mijn kennis begin ik te winnen en tegen de tijd dat ik bijna flauwval van een hitteberoerte, lig ik een kwart miljoen voor.

Oké. Als mijn vrouwelijke listen geen indruk op

McSpion hebben gemaakt, dan hebben mijn pokervaardigheden dat misschien wel. Toegegeven, hij heeft zijn fiches verdubbeld, maar hij zou mij in ieder geval als zijn gelijke kaartspeler moeten zien — en me in ieder geval moeten bellen om over poker te praten.

Tijd om hem mijn nummer te geven en me uit de voeten te maken.

Bij de volgende deal sluip ik met mijn hand naar mijn pruik en als niemand kijkt, schuif ik het gegraveerde pokerfiche eruit.

Mijn hartslag is waanzinnig. Er is een reden waarom mensen met hartaandoeningen sauna's moeten vermijden. Ze moeten duistere zaken in sauna's nog meer vermijden.

Als ik met dit fiche gepakt word, dan kan ik in grote problemen komen. Afgezien van mijn telefoonnummer, kan het meenemen van je eigen chip als fraude worden gezien. En als ze zich eenmaal beginnen af te vragen waar ik de chip heb verstopt, dan vinden ze misschien de gadget — en daarmee betrapt worden zou nog erger zijn.

Het goede nieuws is dat niemand naar me kijkt behalve Slordige Stapel en zijn blik is nog steeds op mijn borsten gericht. Het slechte nieuws is dat dit met zweethanden veel moeilijker is.

Toch lukt het me om het fiche niet te laten vallen terwijl ik hem vastpak zoals Gia me dat heeft geleerd.

Aangezien de kaarten zijn gedeeld, controleer ik de mijne.

Twee azen en twee zessen. Mooi. Dankzij de statistieken die Clarice in mijn hoofd heeft gedrild en mijn vermogen om mentaal getallen te kraken, heb ik een reden om gelukkig te zijn. Dit zou een enkel paar en alle hoge kaarten verslaan. En als ik nog een aas of zes krijg, heb ik een Full House — wat niet alleen de show is waar de Olsen-tweeling hun start heeft gekregen.

Het wedden begint en ik gebruik dat als dekmantel om mijn hand over de dichtstbijzijnde stapel van McSpion te laten glijden terwijl ik het fiche met mijn telefoonnummer loslaat.

McSpion werpt er een nauwelijks waarneembare blik op en gaat dan verder alsof er niets is gebeurd.

Oef.

Ik ben niet gepakt.

Tenminste, ik denk niet dat ik dat ben.

Toch kan de beveiliging elk moment binnen komen vallen. Of hij zet mijn chip in en het kan eindigen in die van-

Nee.

Zoals ik had gehoopt, heeft hij het snel door.

Hij schuift mijn fiche van de stapel en schuift hem onder zijn handdoek.

Fuck mij.

Ik krijg een glimp van zijn bovenbeen. Ik wist niet dat ik een vrouw was die van benen hield, maar ik denk dat ik dat wel ben.

Gaat hij het in zijn kont steken? Bij zijn walnoot?

Tijd om te gaan.

Maar wacht.

Ik krijg de aas die bij mijn paar hoort.

Ik heb een Full House.

Ik zou gek zijn om deze kans niet te grijpen. Slechts

drie andere handen zijn sterker dan dit. Ik moet alleen oppassen dat ik mijn vrolijkheid niet aan iedereen aan tafel laat zien.

Fuck. McSpion moet iets van me weten. Dat of er is een andere reden waarom hij fold.

De anderen echter niet, dus uiteindelijk doe ik twee zeer aangename dingen tegelijk: ik verdubbel mijn geld en laat Slordige Stapel zonder fiches zitten.

Als ik van aan vleugelsgerelateerde uitdrukkingen hield (wat ik zeker niet doe), dan zou dit een perfect voorbeeld zijn van 'twee vliegen in één klap slaan'. Eigenlijk is die uitdrukking niet de slechtste. Het doden van twee vliegen is tenslotte een goed begin. 'Beter een vogel in de hand dan tien in de lucht,' is veel erger. Zeg eerst die hand maar vaarwel. Ten tweede klinkt 'beter in de hand' vaag seksueel, wat aan ménage à trois doet denken, bestialiteitsstijl. En als we het over seks hebben, waarom wordt het 'de bloemetjes en de bijtjes' genoemd, twee soorten die zich zo anders voortplanten dan mensen? Moet het leggen van eieren een onderdeel van dat gesprek zijn? Wil je nachtmerries hebben? Als dat zo is, lees dan meer over eendenreproductie. Spoiler alert: genitaliën in de vorm van schroeven en wat beleefd 'gedwongen copulatie' wordt genoemd zijn prominent aanwezig. Moet ik zelfs ingaan op zoiets als 'de vroege vogeltjes vangen de wormpjes' of is er een meer angstaanjagende manier om afstand te meten dan in 'vogelvlucht?'

"Dit is bullshit," zegt Slordige Stapel (of moet ik Niet Bestaande Stapel zeggen?) en hij kijkt me boos aan. "Je hoort hier niet."

Ik geef hem mijn meest vernietigende blik. "Serieus? 'De vrouw hoort hier niet thuis?' Als je niet de hele wedstrijd naar mijn borsten had zitten staren, had je misschien wat fiches over gehad. Laat de volgende keer je pokerstrategie niet door je micropenis leiden."

"Tjeef." Hij staat op. "Ik ben weg."

Iedereen staart naar hem en het siert hen dat de mannen unaniem afkeurend kijken.

McSpion komt overeind, de spieren in zijn brede schouders spannen zich aan. Zijn diepe stem is laag en gevaarlijk. "Er is maar één zeurderige teef in deze kamer en ik kijk naar hem."

Terwijl de aandacht van me af is, haal ik stiekem mijn gadget tevoorschijn en verberg het in mijn hand. "Je gaat nog niet weg," zeg ik tegen Slordige Stapel terwijl ik ook opsta. "Ik ga me uit laten betalen en ik krijg voorrang als het om de kleedkamer gaat." Zo. Ik zou nog een hand of twee kunnen spelen, maar hij noemde me een teef, dus ik laat hem, zoals de verliezer die hij is, zonder fiches aan de tafel wachten.

"Fuck dat." Hij begint in de richting van de deur te lopen. "Ik ga."

McSpion stapt voor hem en verspert hem de weg. "Iedereen was het erover eens dat de dame voorrang zou krijgen als het om de kleedkamer gaat. Ga zitten of ik zorg ervoor dat je gaat zitten."

Verdorie. Normaal gesproken zou ik het neerbuigend vinden als een man dat namens mij zou doen, maar in dit geval is het slipje smeltend heet — niet dat ik een slipje draag.

Aangezien ieders aandacht nog steeds op

Slordige/Geen Stapel is gericht, maak ik met mijn gadget een foto van de kamer.

Een van de spelers van de FBI-foto gooit een fiche naar Slordige Stapel.

"Hier," zegt hij. "Je bent weer terug in het spel. Betaal me later maar terug."

Mopperend gaat de klootzak weer zitten.

Grote fout. De man aan wie hij nu geld schuldig is, is een van de vaste klanten - en volgens het FBI-dossier over hem zou hij lid van de maffia kunnen zijn. Slordige Stapel kan maar beter het geld hebben om hem terug te betalen.

"Bedankt," fluister ik in het oor van McSpion terwijl hij weer gaat zitten en dan ga ik er vandoor voordat ik een tweedehandse testosteronvergiftiging krijg.

———

Als ik terug in de kleedkamer ben, realiseer ik me hoe oververhit ik eigenlijk ben.

Ik zou elk moment flauw kunnen vallen.

Shit. Ik moet nog één ding doen.

Achteroverleunend alsof ik op adem wil komen — wat ik toch moet doen — bevestig ik mijn gadget met de was aan de muur.

Zo. Nu heb ik, als een viezerik, een videofeed in de herenkleedkamer.

Ik kan maar beter zo snel mogelijk weggaan. Ze hadden beweerd dat ze het zouden weten als ik mijn telefoon aan zou zetten, ze zouden de gadget dus ook kunnen detecteren.

Ik pak de handdoeken die in de buurt liggen en veeg het zweet van mijn gezicht en lichaam. Ik durf onder de gegeven omstandigheden niet te douchen. In plaats daarvan kleed ik me zo snel aan als dat mijn oververhitte toestand toelaat en ik steek mijn hoofd uit de kleedkamer.

Een van de gemaskerde mannen zegt dat ik moet wachten en verdwijnt. Een minuut later komt hij met de geïmproviseerde blinddoek van daarstraks en zijn eigenaar terug.

De terugweg voelt sneller aan, waarschijnlijk omdat het zalig zonder liedjes over vogels is.

Als de oorbeschermers en zonnebril zijn verwijderd, vraagt de eigenaar van de zonnebril waar hij me af kan zetten.

Ik wijs naar de parkeerplaats.

Ze rijden me naar binnen.

Mijn auto staat klaar om te vertrekken. Ik denk dat de man die ik eerder een fooi had gegeven, de andere honderd wil hebben.

"Je kunt gaan," zegt een van de gemaskerde mannen.

Ik sta op het punt om te vertrekken als ik het zie.

Een duif.

Hij zit recht boven mijn bestuurdersdeur.

Ik zit aan mijn stoel gekluisterd. Ik kan nu echt niet in de buurt van die auto komen.

"Ik zei dat je mag gaan," gromt dezelfde man.

"Ik heb je gehoord, maar er is een probleem. Dat." Ik wijs met een onvaste vinger naar de duif.

"Wat?" Hij kijkt uit het raam, zijn ogen samengeknepen.

"De vogel," zeg ik. "Kun je hem alsjeblieft weghalen?"

Hij mompelt iets onverstaanbaars, verlaat de Suburban en begint de duif weg te jagen.

Mijn Yelp-recensie is nu vijf gloeiende sterren. Ik hoop alleen dat de man voor zijn moed niet te duur hoeft te betalen.

Wie duiven 'ratten met vleugels' noemt, heeft het mis. In vergelijking met duiven zijn ratten schattig en knuffelbaar, ze zijn ook een stuk schoner en dragen minder ziektes. Zelfs voor vogels zijn duiven eng. Hun ogen zijn kraalachtig en lijken je altijd aan te staren en ze zijn totaal niet bang.

Hier is een idee voor een horrorfilm. Stel dat een duif je dood wilde hebben. Je zou het kwaadaardige wezen, in afzondering (zonder zicht of geluid), tot 2100 kilometer afstand kunnen vervoeren en het zou zijn weg terug vinden. Wetenschappers weten niet hoe ze dit doen, wat logisch is. Puur kwaad werkt op mysterieus griezelige manieren.

En laten we niet vergeten, als je kind astma heeft, dan zal het spul dat duiven op hun vleugels dragen het veroorzaken. Als een duif je aanraakt en je weet te blijven leven, dan krijg je op zijn minst schurft. En als je er echt vriendschap mee zou sluiten, dan zou je een emfyseem-achtige aandoening kunnen krijgen die de vogelhouderslong wordt genoemd.

Ik zou door kunnen gaan, maar dat zou wreed zijn.

Wacht eens even. Zag ik hem net zijn pistool pakken?

Onduidelijk, maar iets wat hij doet, jaagt het monster uiteindelijk weg, dus ik ga naar buiten en bedank mijn held uitbundig.

"Mag ik je een fooi geven?" vraag ik aan het eind.

Hij schudt grimmig zijn hoofd.

"Nou, als ik ooit je baas ontmoet, zal ik hem zeker over je geweldige klantenservice-vaardigheden vertellen."

Mijn redder gromt iets en keert terug naar zijn zwarte Suburban. Ze rijden weg en snel.

Als ik in mijn auto stap, komt de parkeerwachter van eerder opdagen. "Afspraak is afspraak."

Ik geef hem zoals beloofd het geld en start de motor.

Voordat ik wegrijd, besluit ik de live feed van de gadget te bekijken — en het is maar goed dat ik dat doe.

In het zicht van de camera staat niemand minder dan Hottie McSpion zelf en hij lijkt iets van plan te zijn.

HOOFDSTUK

Vijf

IN DE HANDEN VAN MCSPION IS EEN APPARAAT TE ZIEN
DAT IK EERDER HEB GEZIEN. Het is een verouderde manier
om in iemands mobiele telefoon te infiltreren en bij No
Such Agency is ons verteld dat we voorzichtig moeten
zijn dat iemand hem niet op ons gebruikt.
Kanttekening: zulke gadgets zijn voor mijn bureau niet
nodig. We kunnen met onze handen op onze rug
gebonden in de meeste smartphones komen.

Zoals ik al had vermoed is hij een spion. Waarom
zou hij anders zo'n apparaat bezitten? De betere vraag
is: waar heeft hij dat ding tijdens het spel verstopt?

McSpion beweegt zich geheimzinnig en loopt naar
een nabijgelegen kluisje.

Ik durf er mijn inleggeld om te wedden dat het
kluisje niet van hem is. Hij is duidelijk op zoek naar de
telefoon van iemand die nog in dat spel zit.

Zo ja, hoe kent hij iemand anders zijn pincode?

Plotseling gaat de deur van de kleedkamer open en
stapt een gemaskerd persoon naar binnen die ook een

soort apparaat in zijn hand heeft. Als ik moest raden wat het doet, dan zou ik zeggen dat het de mensen van de Hete Pokerclub waarschuwt wanneer iemand zijn telefoon aanzet.

Staat McSpion op het punt om op spionage betrapt te worden?

Hij reageert met indrukwekkende snelheid en laat zijn infiltratietechnologie op de tegelvloer onder zijn voeten vallen. Het breekt. Hij stapt met een blote voet snel op een van de stukken en bedekt de rest met de andere.

Dat zal pijn doen, maar het bewijs van zijn geniepigheid is verdwenen.

Ik krimp ineen terwijl ik hem zijn voeten naar een ander kluisje zie slepen, die van hem moet zijn.

Tot mijn verbazing gaat de beveiligingsmedewerker niet voor McSpion.

In plaats daarvan komt hij op mij af — als in, op de camera.

Oh shit.

Yep. Hij grijpt mijn gadget, waardoor mijn zicht alle kanten op gaat.

"Is dit van jou?" vraagt de beveiligingsman aan Hottie McSpion, terwijl hij het kleine stukje technologie bekijkt.

"Nee," zegt McSpion. "Dat heb ik nog nooit gezien."

De beveiligingsman laat mijn gadget vallen en stampt erop, zodat ik de rest niet kan horen.

Fuck. Ik wist dat er een kans was dat het apparaat zou worden gevonden, maar ik had niet gedacht dat het zo snel zou gebeuren.

Zal Hottie McSpion zich uit die hachelijke situatie redden? Zo niet, wat gaan ze dan met hem doen? Ze gaan hem toch zeker niet vermoorden? Dat lijkt een te heftige reactie, maar je weet maar nooit.

Wat nog belangrijker is, waarom maak ik me zorgen om een vreemdeling die hoogstwaarschijnlijk een buitenlandse agent is?

Dat doe ik niet. De pijn in mijn borst is gewoon een schuldgevoel over het feit dat het mijn gadget was die hem bijna in moeilijkheden had gebracht.

Ja, dat moet het zijn.

Toch overweeg ik even om op een reddingsmissie te gaan. Naast de video heeft mijn gadget ook de GPS-coördinaten van de locatie van de Hete Pokerclub vastgelegd.

Ik typ de coördinaten in op de GPS.

Het is in Midtown. Het zit precies in het midden van een hotel met de naam The Palace.

Interessant. Hotels hebben stoombaden en sauna's, dus waarom geen banja?

Ga ik erheen om een medespion te redden, ook al werkt hij voor de andere kant?

Nee. Mijn kracht is onopvallendheid, niet spierkracht. Het komt wel goed met hem. Ze zullen waarschijnlijk de beveiligingscamera controleren en zien dat hij niet in de buurt is geweest van de plek waar de gadget was geplakt.

Shit.

Zouden ze *mij* kunnen ontdekken?

Ik zal het weten als ze me niet betalen.

Voor nu rij ik gewoon naar huis.

Als ik mijn appartement binnenkom, loop ik op mijn tenen de woonkamer in.

Olive ligt op de bank te snurken, met Machete die naast haar ligt.

Verrader. Zo slaapt hij meestal bij mij. Ongetwijfeld kan hij niet eens het verschil tussen ons zien.

Ik pak een deken en leg het over mijn nestgenoot.

Nu ik terug ben, moet ik de verleiding weerstaan om haar wakker te maken en haar te laten vertellen wat er met haar is gebeurd.

Machete opent een groen oog en blaast naar me.

Maak Machete nooit zo wakker. Hij kan je met slechts een veeg van zijn achterpoot doden.

Ik rol met mijn ogen naar de kat, ga naar de keuken en drink een hele fles water op.

Wc en douche zijn het volgende.

Als ik eenmaal schoon en enigszins gehydrateerd ben, plof ik op mijn bed en val in slaap.

HOOFDSTUK
Zes

I̲k̲ ̲w̲o̲r̲d̲ ̲w̲a̲k̲k̲e̲r̲ ̲e̲n̲ ̲p̲a̲k̲ ̲m̲i̲j̲n̲ ̲t̲e̲l̲e̲f̲o̲o̲n̲.

Nee.

Hottie McSpion heeft niet gebeld.

Dat betekent niet dat hij gewond is geraakt — of dat hij het fiche met mijn nummer kwijt is geraakt. Het is pas de ochtend erna. Sommige mannen wachten drie dagen of langer om te bellen.

Ik tik op het scherm en controleer de bankrekening die ik heb gebruikt om de inleg voor het spel te verstrekken.

Gescoord! Het geld staat er al op. Clarice zal blij zijn. Aangezien ik meer dan verdubbeld heb wat ik in heb gelegd, zal ik haar terugbetalen zoals beloofd.

Ik denk dat de mensen van de Hete Pokerclub niet wisten dat de gadget die ze vonden van mij was of het heeft ze er niet van weerhouden om uit te betalen.

Ik spring van het bed af, ren naar de badkamer en poets mijn tanden. Dan zie ik Olive in de woonkamer.

Ze is wakker en heeft een fles industriële sunblock in haar hand.

"Hé, zus. Heb je lekker geslapen?" vraag ik.

Ze glimlacht naar me — een goed teken. "Je kat is beter dan Ambien. Zodra ik hem knuffelde, was ik weg."

"Daar is hij goed in. Dus..." Ik zet mijn handen op mijn heupen. "Ik heb je je ruimte gegeven. Nu is het tijd om te praten."

Ze knijpt een klodder sunblock in haar hand en bedekt haar gezicht ermee. Ik tik met mijn voet terwijl ik toekijk hoe ze de lotion ijverig over haar onbedekte huid aanbrengt.

Ik zucht. "Serieus? Ik maak me zorgen om je. Hoe zou jij je voelen als je in mijn schoenen zou staan?"

Ze biedt mij de sunblock aan.

"Nee, bedankt," zeg ik. "We zijn binnen."

Ze trekt de fles niet terug. "Er zijn binnen nog steeds schadelijke lichtstralen. Ze gaan door glas, worden door je gloeilampen en elektronica uitgestraald en —"

Ik pak de crème. "Ga je me vertellen wat er met je is gebeurd als ik dit gebruik?"

Ze knikt.

Ik smeer mezelf met de witte smurrie in. "Vertel op."

"Brett en ik zijn uit elkaar," zegt ze met een haperende stem.

"Brett, de man bij wie je in bent getrokken?" Ik masseer de sunblock in mijn wangen.

"Ik heb hem betrapt op vreemdgaan." Ze balt haar handen tot vuisten. "Toen ik zei dat het voorbij was, schreeuwde hij tegen me en begon hij me uit te schelden."

Ik knijp zo hard in de tube sunblock dat het een slurpend geluid maakt dat me aan de geluiden doet denken die uit Bills siliconenkontgat kwamen — hoewel de anale associatie misschien iets te maken heeft met het feit dat ik haar ex een nieuwe wil geven.

"Wat heeft hij gezegd?" vraag ik, terwijl ik de dreiging in mijn stem verberg voor het geval ze nog gevoelens voor Brett heeft.

"Het kan me niet schelen wat hij heeft gezegd." Ze snuift. "Hij heeft me Beaky niet mee laten nemen."

"Hij wat?" grom ik. Op een meer normale toon vraag ik, "Wie is Beaky?"

"Mijn octopus," zegt ze.

Door de verwarring ben ik even mijn woede op Brett vergeten. "Waarom zou je een octopus Beaky noemen? Dat klinkt als een vogelnaam."

Een vreselijke naam, vergelijkbaar met Freddy, Jason en Chucky.

"Octopussen hebben een soort snavels," zegt ze. "En Beaky heeft een grote."

"Waarom zou je me dat vertellen?" Nu heb ik bleekmiddel voor mijn hersenen nodig. Bang zijn voor vogels is al moeilijk genoeg. Ik wil niet ook nog eens weekdieren moeten vermijden. Sommige zijn heerlijk.

"Kun je me helpen om Beaky terug te krijgen?" vraagt ze, er ellendig uitziend. "Ik denk niet dat Brett hem vrijwillig terug zal geven."

"Geloof me, je krijgt je octopus terug." Ik wrijf de

resterende sunblock in mijn onbedekte huid. "We kunnen samen zorgen dat Brett hem opgeeft, of —"

"Laten we de of doen," zegt ze. "Ik wil Brett nooit meer zien."

Ik geef haar de sunblock terug. "Ik kan wel zonder jou gaan."

"Dan zal hij denken dat je mij bent en tegen je schreeuwen."

Ik gnuif. "Ik zou hem dat graag zien proberen. Ik sta te popelen om mijn Krav Maga-vaardigheden te gebruiken."

Ze schudt haar hoofd. "Wat is plan B?"

Ik denk snel. "We wachten tot hij maandag naar zijn werk vertrekt en dan —"

"Ik wil geen twee dagen wachten. Hij weet niet hoe hij goed voor Beaky moet zorgen."

"Goed dan. Ik kan ervoor zorgen dat hij vandaag het huis moet verlaten. Dan gaan we Beaky halen."

"Ik ben dol op dat plan."

"Goed. Laat me met wat mensen praten."

"Bedankt," zegt ze terwijl ik me omdraai om naar mijn slaapkamer te gaan. "En hier." Ze duwt de sunblock in mijn handen. "Vergeet niet om elke twee uur opnieuw aan te brengen."

———

Een half uur later ben ik klaar met stap één van mijn snode plan.

"Brett wordt gearresteerd voor een cybermisdrijf en

naar de FBI-kantoren naast mijn werkgebouw gebracht," zeg ik tegen Olive.

Ze knippert naar me vanaf de bank in de woonkamer. "Welk cybermisdrijf? Hoe? Waarom —"

"Details zijn geclassificeerd. De missie begint over vier uur."

Ze klapt opgewonden in haar handen. "Dank je wel. Beaky moet —"

Mijn telefoon gaat.

Het is een onbekend nummer.

"Sorry, zus," zeg ik. "Ik moet deze opnemen."

Zonder haar antwoord af te wachten, sluit ik mezelf op in de slaapkamer en neem op.

"Hallo?"

"Hé daar," zegt een diepe, sexy mannenstem. "Leuk pokerfiche."

HOOFDSTUK
Zeven

MIJN HARTSLAG GAAT OMHOOG. "HÉ! JOUW POKERFICHES
WAREN OOK NIET SLECHT."

Wacht, wat? Dat slaat nergens op.

Hij grinnikt. "Hoe heet je?"

"Blue," zeg ik.

"Zoals de kleur?"

"Nee," zeg ik. "Nee, zoals een deprimerende
stemming."

"Nou, leuk je te ontmoeten, Blue. Ik ben Maxim."

Verdorie. Hij probeert het niet eens. Maxim, in
verschillende spellingen, is een veel voorkomende
naam in Slavische landen zoals Moeder Rusland. De
oorsprong ervan is de Romeinse *Maximus*.

Ik vind het een leuke naam. De Romeinse versie
stemt me hoopvol voor wat hij onder zijn handdoek
zou kunnen hebben gestopt.

"Maxim," zeg ik. "Zoals het tijdschrift dat vrouwen
objectiveert?"

Hij grinnikt weer. "Je mag me Max noemen als dat feministischer klinkt."

"Max," zeg ik, terwijl ik het woord proef en wens dat het zijn lippen waren. "Dat is iets beter, maar laat je wel als de beste vriend van de man klinken."

Eigenlijk doet Max me aan de Min-Max stelling en zijn toepassingen in cryptografie denken en dan hoop ik weer dat wat hij onder zijn handdoek heeft Max is en niet Min.

"Bedoel je niet de beste vriend van een vrouw?" vraagt hij. "Ik ben geschokt dat je zo'n seksistische uitdrukking gebruikt."

"Het spijt me als ik je delicate gevoeligheden met zo'n schaamteloos seksisme heb beledigd, Max. Ik zal in het vervolg beter opletten."

Ik kan hem bijna horen grijnzen terwijl hij zegt, "Dat zou ik op prijs stellen, Blue."

"Wat is je achternaam?" vraag ik, in een poging om nonchalant te klinken.

Zodra ik zijn volledige naam heb, zal ik hem hebben.

"Stolyar," zegt hij.

Serieus, het gebrek aan moeite dat hij doet om zijn Russischheid te verbergen is beledigend. Heeft hij te veel James Bond films gezien, zoals ik? Bond vertelt iedereen om de een of andere reden ook zijn echte naam, zelfs vijandige spionnen. Maar ja, Stolyar is een typische beroepsnaam in het thuisland van Max. Het betekent ofwel 'schrijnwerker' of 'timmerman' — ik zal mijn Russische woordenboek er nog eens op na moeten kijken.

Bovendien was de manier waarop hij het uitsprak precies zoals een Rus dat zou doen. De 'L' in het midden was een zachte medeklinker. Een moedertaalspreker van het Engels zou zijn tong moeten breken om het zo te zeggen.

Geweldig. Nu denk ik aan de tong van Max. En, eraan gerelateerd, aan op zijn gezicht zitten. Wat nu, kreunen als een medewerkster van een sekslijn?

"Stolyar," zeg ik en maak er een punt van om met mijn tong mijn verhemelte aan te raken terwijl ik de 'L' zeg, zoals mijn Russische leraar ons gedrild had om te doen — meestal zonder succes, moet ik eraan toevoegen.

"En wat is *jouw* achternaam?" vraagt hij.

Interessant. Hij geeft geen commentaar op mijn uitspraak van zijn naam. Misschien was mijn 'L' zo erg dat hij mijn inspanning niet eens heeft opgemerkt? Of misschien trekt hij daar de grens als het om het verbergen van zijn Russische afkomst gaat?

"Hyman," zeg ik gespannen. Als hij een grap maakt die met maagden te maken heeft, zal ik hem zeggen dat hij zijn commen —

"Dat is mooi," zegt hij.

"Oh ja?"

Hij heeft duidelijk een van die spionagescholen doorlopen die verleiding onderwijzen. Met nauwelijks enige moeite geeft hij me het gevoel dat ik dat nummer van de *West Side Story* wil zingen, omdat ik me ook "Oh, zo mooi," en misschien zelfs "geestig," maar absoluut niet "gay" voel.

"Blue is ook mooi," zegt hij.

Verdorie. Hij is goed. Ik moet hier heel voorzichtig zijn.

"Max is ook niet zo slecht," zeg ik. "Associaties met honden terzijde."

"Dank je. Dus hoe zit het met dat pokerfiche?"

Ik haal mijn schouders op voordat ik me herinner dat hij me niet kan zien. Hopelijk. Als ik een paar minuten had, dan zou ik *hem* misschien door de camera van zijn telefoon kunnen zien.

"Ik had dat bij me, omdat me was verteld dat er veel aantrekkelijke mannen bij de wedstrijd zouden zijn," zeg ik. "Ik ben vrijgezel, dus ik dacht dat ik mijn nummer misschien aan een van hen wilde geven."

Hé, ik ga hier niet voor subtiel.

"Ik voel me speciaal," zegt hij. "Bedankt dat je het fiche aan mij hebt gegeven."

"Jij was de voor de hand liggende keuze." Ik grijns gemeen. "Dichtbij genoeg voor mij om het fiche in je stapel te laten glijden zonder dat iemand het merkt."

Hij lacht. "Dus het was net als in onroerend goed: locatie, locatie, locatie?"

"Niet alleen dat. Je fiches waren netjes gestapeld. Je algehele gebrek aan afschuwelijkheid heeft je zaak enigszins geholpen."

"Ik ben trots op mijn gebrek aan afschuwelijkheid," zegt hij. "Ik ben blij dat je het hebt opgemerkt."

"Het is je beste kwaliteit. Koester het."

"Ik vind het leuk om met je te praten," zegt hij, waardoor ik het gevoel krijg om weer dat nummer te gaan zingen. "Maar ik denk dat ik je nog liever zou willen zien."

Oké, ik moet die school opsporen waar hij naartoe is geweest. Zij weten duidelijk meer van verleiden dan Fabio. Maar aan de andere kant, wij vrouwen zijn eenvoudigere wezens als het hierom gaat: geen walnoten in de spleten van onze kont, het is niet nodig om mensen met onze geslachtsdelen te wurgen — de lijst gaat maar door.

"Wil je een videogesprek voeren?" vraag ik.

"Wat dacht je ervan om elkaar in de echte wereld te ontmoeten?"

Is dat omdat hij niet aan videobellen doet? Misschien is de geen-video een spionageding? Misschien wil hij niet dat zijn gezicht wordt vastgelegd? Of misschien denkt hij dat een webcam kan stelen wat voor de ziel van een Russische spion doorgaat.

"Afspreken zou op een openbare plaats moeten plaatsvinden," zeg ik. "We weten niets van elkaar. Ik zou een seriemoordenaar-taxidermist kunnen zijn die ervan houdt om trofeeën van niet-afschuwelijke mannen te maken."

"Gezien hoe specifiek dat is, ben ik het eens met het idee van de openbare plek. Wat dacht je van Central Park?"

Hij vraagt me op een date, toch? Zo ja, doe ik dan echt mee? Nou, waarom niet? Daar was het fiche voor. Dit is mijn kans om erachter te komen of hij een spion is.

Yep. Daarom ben ik opgewonden. Het is puur professioneel. Dat is mijn verhaal en daar blijf ik bij... tenzij er marteling door een mus bij komt kijken.

"Tuurlijk," zeg ik. "We kunnen elkaar op de trappen

van het Metropolitan Museum ontmoeten. Wanneer had je in gedachten?"

"Weet je... het is een mooie zaterdagochtend." Hij klinkt ineens extra lekker. "Ik ben vrij als jij dat bent."

Nu? Wil hij me nu zien? Ik ben er nog niet klaar voor. Ik moet mijn verleidingsvaardigheden verder aanscherpen en een actieplan opstellen. Misschien kan ik hem bijvoorbeeld ontvoeren, naar een privé-eiland brengen en wachten tot het Stockholmsyndroom begint? Maar nee. Ik moet aanstaande maandag werken en No Such Agency laat me niet op afstand werken.

"Ik heb de aankomende paar uur iets," zeg ik, terwijl ik me operatie Saving Private Beaky herinner. "Misschien een andere —"

"Dat is geweldig," zegt hij. "Ik heb maar twee uur voor een zakelijke afspraak. Als we snel zijn dan hebben we genoeg tijd voor een wandeling."

Mijn hart bonst van opwinding. Ik denk dat het gaat gebeuren. "Oké, wanneer kun je er zijn?"

"Vijftien minuten?"

"Maak dat voor mij een half uur," zeg ik. Het zal de snelste me gereed maken in al mijn jaren als vrouw zijn, maar ik ben klaar voor de uitdaging.

"Afgesproken," zegt hij. "Ik zie je straks."

Hij hangt op en ik spring op en neer in (puur professionele) opwinding.

Ik haast me om me klaar te maken. Aangezien hij me met de pruik met de kooi van Faraday heeft gezien, zal ik die moeten dragen of iets wat er qua kleur en haarlengte op lijkt. Ik ben nog niet klaar om hem over mijn stekeltjeshaar te vertellen — een gemak voor pruiken waar ik plotseling spijt van krijg. Gelukkig heb ik toevallig een nog betere versie van de pruik van gisteravond. Met mij erin, zal Max niet de enige zijn die in een shampooreclame zou kunnen schitteren. Haar bepaald, kies ik een rok, schoenen en make-up die codenaam Maximus in Max zijn broek zouden moeten laten trillen, ervan uitgaande dat hij iets aan mij aantrekkelijk vindt, wat waarschijnlijk het geval is, gezien het telefoontje en het afspraakje en alles.

"Wauw," zegt Olive als ik de woonkamer binnenstap. "Dat is een behoorlijk mooie look voor de redding van een octopus."

"Dit is niet voor Beaky," zeg ik. "Ik heb eerst even met een vriend afgesproken. Maak je geen zorgen, ik ben op tijd terug voor onze missie."

Ze bekijkt me van top tot teen. "Honderd dollar zegt dat je vriend een mooie penis heeft."

Ik grijns. "Ik ben zo optimistisch dat ik het al Maximus heb genoemd."

Ze haalt een fles sunblock tevoorschijn, ik heb geen idee uit welke opening het komt. "Wil je dit meenemen? Je zult je opnieuw willen insmeren als je de zon in gaat."

"Nee, dank je," zeg ik en sprint naar buiten om een taxi aan te houden.

———

Ik stap uit de taxi, scan de MET-stappen en stik bijna in mijn tong.

Max staat met een zonnebloem in zijn hand al op me te wachten.

Hoe kan zijn haar er vandaag nog beter uitzien? Draagt hij ook een pruik?

Alsof de prachtige manen nog niet genoeg waren, is hij in een maatpak gekleed, dat nu officieel mijn tweede favoriete pak van hem is, waarbij de eerste zijn verjaardagspak is.

Oh, en heb ik de stropdas al genoemd? Die laat hem eruitzien alsof hij op het punt staat om een martini, geschud niet geroerd of wodka rechtstreeks... uit de fles te bestellen.

"Hoi," zegt hij, terwijl hij me de bloem overhandigt en ik hem nader.

Ik wou dat ik de vlinders in mijn buik op kon laten houden. De zonnebloem is lief, hoewel deze specifieke plant een vreemde keuze is voor een date. Een roos of een lelie zou traditioneler zijn. Het voelt bijna als spionagehandel. Als ik een mede-Russische spion was, dan zou ik hem misschien een pompoen teruggeven, aangezien beide zaden produceren die goed zijn voor je cardiovasculaire gezondheid.

"Je hebt kleren aan," flap ik eruit.

Hij lacht me met dat verwoestende kuiltje toe. "Dat heb jij ook."

Briljant gesprek. Misschien moet ik hem vertellen dat de lucht blauw is, wat misschien ook als spionage klinkt.

"Ik ben Blue... nog steeds." Ik steek mijn hand uit.

"Max." Hij schudt mijn hand, zijn met honing gestippelde ogen glinsteren.

Heilige fuck.

De eerdere elleboogaanraking heeft me hier niet goed op voorbereid.

Mijn handpalm voelt aan alsof die net in een clit is veranderd en hij eraan gelikt heeft. En eraan gezogen heeft. Mijn hele lichaam zoemt van seksuele energie. Kapitein en Sergeant brengen Max een scherpe militaire groet en mijn echte clitoris — wiens codenaam geclassificeerd is — verlangt naar de behandeling die mijn handpalm zojuist heeft gekregen.

Voordat ik een openbaar orgasme heb — of in Slavische tongen begin te spreken — trek ik mijn hand weg.

"Wil je die kant op?" Ik wijs in de richting van East 80th Street.

"Prima." Hij biedt me zijn arm aan alsof we een getrouwd stel zijn die een wandeling gaan maken. "Zullen we?"

Nou, ik denk dat als je in Rome bent, je dan moet doen dan zoals de Russen doen. Ik steek mijn hand door de kromming van zijn elleboog, en het gevoel van zijn gespierde arm brengt me bijna weer in een orgastische razernij.

We beginnen te lopen. Het groen, de bomen en de banken die overal staan herinneren me aan die filmscènes waar spionnen een geheime afspraak hebben. In tegenstelling tot die films doen we echter niet alsof we elkaar niet kennen.

Een stel vrouwen met kinderwagens kijkt me met ongegeneerde jaloezie aan.

Ja. Blijf maar lopen. Hij is van mij.

"Dus," zeg ik. "Hoe ben je aan die pokertafel beland?"

Hij vertraagt. "Denk je niet dat dat meer een vraag voor een derde date is?"

Derde date? Ik ben van plan om hem tegen die tijd te hebben verleid en als dat gebeurt, dan zal hij me tijdens intieme gesprekken alles vertellen wat ik wil weten. Of — als mijn vaardigheden in de slaapkamer op peil zijn — zou hij zelfs verder kunnen gaan. Mijn poesje moet wel zo goed zijn. Voor mijn land. Het verdergaan gebeurt in spionagefilms de hele tijd, meestal wanneer een vijandige femme fatale met de hete held naar bed gaat, vooral als hij James Bond is.

"Sorry," zegt hij. "Ik ben nogal op mijn privacy gesteld en zoals je weet, heeft de Club betrekking op het Dark Web. Hypothetisch gezien."

Op zijn privacy gesteld. Een klein understatement?

"Hypothetisch gezien, natuurlijk," zeg ik. "Wat kun je me wel over jezelf vertellen?"

Hij haalt zijn schouders op. "Help me het te beperken."

"Je bent vrijgezel, toch?"

Dat kan je maar beter zijn.

"Ja en jij zei dat jij dat ook was." Zijn kuiltje is zichtbaar. "Ben je dat nog steeds?"

"Yep. Hoewel ik onderweg hierheen een heleboel huwelijksaanzoeken heb gekregen. Jouw beurt. Waar heb je op school gezeten?"

Hij zal zeker niet zomaar in 'Moskou' eruit flappen.

"York University," zegt hij. "Hoe zit het met jou?"

York University? Zoals in Toronto. Zoals in Ontario. Als in... Canada?

Volgens mij is het daar koud, dus een Rus zou zich daar thuis voelen.

"Ik heb op de California State University gezeten," zeg ik. "Wat heb je gestudeerd?"

"Internationale betrekkingen," zegt hij terwijl hij voor een standbeeld van drie beren stopt.

Huh. Internationale betrekkingen is precies wat een spion zou studeren. Moet ik me door zijn gebrek aan subtiliteit beledigd voelen?

"Hoe zit het met jou?" vraagt hij, zijn ogen op de beren gericht.

"Cyberbeveiliging," zeg ik.

Meer specifiek heb ik een Master of Science in Nationale Cyberbeveiliging, maar zo gedetailleerd ingaan op het toegeven van wat ik voor de kost doe, komt te dichtbij. Niet dat ik van plan ben om het te verbergen. Mijn baan zou misschien zelfs bij de verleiding kunnen helpen. Als hij besluit dat hij *mij* naar de andere partij over wil laten stappen, dan wordt de kans op die derde date groter. Trouwens, als hij voor de Russen werkt, dan weet hij misschien al waar ik werk, aangezien ik hem mijn naam heb verteld.

De enige reden dat ik zijn naam nog niet heb opgezocht, is dat ik haast had om hier te komen.

"Wat voor werk doe je?" Hij wendt zich van de beren af en houdt zijn hoofd schuin, terwijl hij me met die prachtige bosgroene ogen aankijkt.

Huh. Misschien weet hij het *niet*. Of hij kan goed doen alsof.

"Mijn baan heeft met mijn hoofdvak te maken," zeg ik. "Het meeste is geheim. Sorry."

"Zeg maar niets meer," zegt hij zonder met zijn ogen te knipperen.

Aha. Hij begrijpt de noodzaak van geheimhouding — alweer een aanwijzing dat hij een spion is.

Terugkerend naar de beren, mompelt hij, "Is dat geen geweldig beeld?"

Tuurlijk. Als je heimwee hebt naar Moeder Rusland, waar — zoals iedereen weet — beren door de straten zwerven en in rivieren van wodka zwemmen.

"Ze zijn wel leuk. Ik hou meer van het standbeeld van Alice in Wonderland." Ik wijs de kant op waar we heen gaan.

"Ja," zegt hij, terwijl hij me zijdelings aankijkt. "Het konijn is goed gedaan. De muis ook. En de kat."

Oh, dus hij houdt niet alleen van beren. Het zijn blijkbaar alle dieren?

Dat of hij beseft dat de beer een weggevertje was.

Ik hoop dat het geen dekmantel is. Toen ik op de boerderij opgroeide, ontwikkelde ik, net als de meeste van mijn zussen, een liefde voor dieren en dat waardeer ik bij andere mensen. Vermeldenswaard: hoewel de taxonomie beweert dat vogels dieren zijn, denk ik dat ze een eigen koninkrijk zouden moeten hebben, zoals paddenstoelen. Paddenstoelen lijken misschien planten, maar het zijn in werkelijkheid schimmels.

Terwijl we verder lopen, vraag ik, "En jij?"

Hij haalt zijn hand door zijn donkerblonde haar. "En ik wat?"

Leuk geprobeerd.

"Wat doe *jij* voor werk?"

Hij vertraagt weer, maar het is nauwelijks merkbaar.

Is dit een teken wanneer hij liegt? Als dat zo is, dan heeft hij geluk dat hij aan de pokertafel stil zit.

"Ik ben een bedrijfsadviseur," antwoordt hij.

Verbeeld ik het me of klinkt hij een beetje terughoudend?

"Welke soort?" vraag ik.

"Oh, verschillende projecten in verschillende industrieën. Allemaal saai —"

Ik hoor niet wat hij vervolgens zegt, want ik zie een groot probleem op ons pad.

We hebben het over een soort 'poep op iemands broek en ren al schreeuwend weg' probleem.

Het combineert de slechtste woorden in de Nederlandse taal.

Een moord kraaien.

HOOFDSTUK
Acht

DEZE WANDELING IS NET EEN HORRORFILM GEWORDEN, zoals *The Crow*, die ik niet heb gezien, of *28 Days Later*, die ik ondanks mijn afkeer van zombies *wel* heb gezien. Ik was helemaal niet verbaasd dat (spoiler alert) een kraai het virus bij zich droeg.

"Gaat het?" vraagt hij terwijl ik blijf staan waar ik ben.

Ik ben met stomheid geslagen, feiten over kraaien dwarrelen door mijn hoofd, de een nog angstaanjagender dan de ander.

Kraaien behoren tot de meest intelligente vogels. Ja. Ze zijn zo slim dat ze gereedschap kunnen maken en gebruiken en wat is er angstaanjagender dan een vogel die slim genoeg is om dat te doen? En het wordt nog erger. Ze zullen zo ongeveer alles eten, inclusief mensenvlees, zelfs rottend mensenvlees. Kraaien worden in veel culturen als symbolen van ongeluk beschouwd, en terecht.

"Serieus, wat is er aan de hand?" Max pakt mijn schouders vast en schudt me zachtjes heen en weer.

"Laten we teruggaan," zeg ik moeizaam. Ik ben zo van slag dat ik nauwelijks merk dat hij me met die grote, sterke handen van hem aanraakt.

"Tuurlijk."

Hij laat me los, draait zich om en ik volg zijn voorbeeld — alleen is het te laat.

Achter ons gooit een dame vogelvoer op de grond en een zwerm duiven valt het al aan. Ze hebben maar een klein ogenblikje om ervan te smullen voordat de kraaien het opmerken en het aanvallen.

Op puur instinct druk ik me tegen Max aan. "De vogels. Ik hou niet van vogels."

"Begrepen," zegt hij en hij slaat een arm om mijn schouders om me tegen hem aan te houden en hij begint de kraaien weg te jagen.

"Wees geen held, ga voor de duiven!" roep ik, maar hij luistert niet en hij zwaait nog steeds met zijn vrije arm naar de groep kraaien. Huiverend zeg ik tegen hem, "Ze zullen zich je gezicht herinneren en een wrok koesteren." Ik heb daar in ieder geval bloedstollend onderzoek naar gelezen.

Als ik Max was, dan zou ik in de toekomst met één oog open slapen en hopen dat er niet in gepikt wordt.

De kraaien krassen boos, maar mijn redder maakt een scherp, krassend geluid, dat uiteindelijk de groep opbreekt.

Ik haal opgelucht adem. Dit doet me aan films over spionnen denken die onmogelijke prestaties kunnen leveren, zoals het maken van een bom uit een magnetron, een donut en een tampon.

"Laten we gaan." Max houdt me tegen zijn zij gedrukt en leidt me door het gebied dat een seconde geleden nog door de kraaien werd bezet.

Dan laat hij me los en rennen we weg.

De kraaien krassen boos en één probeert zelfs het hoofd van Max aan te vallen, maar mijn redder bewijst weer dat hij een spion is door een paar vechtsportachtige bewegingen te maken die de kraaien eindelijk afschrikken.

Dat is het. Ik ga in een hoed met een vogelverschrikker erop investeren, ervan uitgaande dat zulke hoeden bestaan. Het intellect en het lange geheugen van de kraaien zouden deze keer in ieder geval in mijn voordeel kunnen werken. Ze hebben misschien net geleerd om Max of iemand anders met wie hij is niet aan te vallen.

Of dat zeg ik tegen mezelf om te kalmeren terwijl we langzaam wandelen.

"Wil je modelboten zien zeilen?" vraagt Max, naar de attractie verderop gebarend. Hij lijkt lang niet zo onder de indruk te zijn van de kraaienaanval als ik.

Ik schud mijn hoofd. "Er kunnen daar eenden zijn en ik ben niet genoeg hersteld om vogels met geslachtsdelen in de vorm van schroeven onder ogen te zien."

Hij trekt een wenkbrauw op. "Misschien is er iets dat je me wilt uitleggen?"

Ik zucht. "Goed dan. Maar dan mag je me niet uitlachen."

"Ik zweer dat ik dat niet zal doen," zegt hij, terwijl hij een hand tegen zijn borst drukt.

Ahhh, die met haar bedekte knokkels. Hij weet zo goed hoe hij op mijn knoppen moet drukken. Durf ik hem munitie te geven voor het geval hij me later moet martelen? Zou hij het als kompromat kunnen gebruiken?

Laat maar. Hij heeft al gezien hoe ik op kraaien reageer.

Ik vertel hem over het bloedbad en hij luistert zonder een zweem van geamuseerdheid. Hij kijkt namens mij boos zelfs boos om de Zombiemees.

"Dus, sinds de Zombiemeesslachting," zeg ik als conclusie, "ben ik bang voor vogels en zombies en ik ben geen fan van het woord 'tiet'."

Hij werpt een hongerige blik op mijn borst. "Welke term heeft je voorkeur?"

"Hangt ervan af of ze groot of klein zijn," zeg ik.

Hij kijkt. "Ik denk een B-cup."

Verdorie. Dat klopt helemaal — ervan uitgaande dat we het over de mijne hebben. "Ik noem ze tweelingen, maar dat is vooral om bepaalde zussen te ergeren. Voor jou zijn het baboesjka's."

En zo vang je een spion. Hij lacht, wat betekent dat hij weet dat *baboesjka* Russisch voor 'grootmoeder' is. Toch?

"Baboesjka's," zegt hij, terwijl hij zijn blik naar mijn gezicht laat gaan. "Ik zal er in de toekomst zo naar verwijzen."

"Doe dat." Ik reik met mijn hand naar zijn elleboog en hij legt zijn arm voor me in positie.

Terwijl we verder lopen, zeg ik, "Dus, waar hadden we het voor de kraaien over?"

Hij lacht. "Wat we doen, waar we op school hebben gezeten — dat soort dingen."

"Juist," zeg ik. Ik ben eigenlijk verbaasd dat hij het aas niet heeft gegrepen en van onderwerp is veranderd. Tenzij... wil hij zijn dekmantel graag met me doornemen, hoe mager het ook is? "Wiens beurt was het om een vraag te beantwoorden?"

"De jouwe," zegt hij.

"Handig."

Hij grijnst. "Wat was je favoriete vak op school? Of is dat geheim?"

"Ik kan je vertellen wat het meest verbijsterend was." Ik knijp in zijn elleboog. "Kwantumrekenen."

"Kwantumcomputers... Ze splitsen berekeningen over meerdere universums, toch?"

Ik hoop echt dat deze vraag niet betekent dat Rusland hier ook mee bezig is. Tijdens de les hadden we geleerd dat volwassen kwantumcomputing (die er nog niet is) een bedreiging voor moderne cryptografische algoritmen kan worden. We hebben ook enkele algoritmen besproken die toekomstige kwantumcomputers *zouden kunnen* weerstaan, maar dat deel ik niet met hem. Sterker nog, ik neem het gesprek hier ver vandaan.

"Meerdere universums is slechts één interpretatie van de waanzin die kwantumfysica is," zeg ik. "Geloof je persoonlijk dat ze bestaan?"

Zo. Niet meer over mijn opleiding of werk praten.

Hij vertraagt een beetje, wat zou kunnen betekenen

dat het zijn manier van denken is in plaats van zijn manier van doen als hij een leugen verteld. "Ja. Ik denk dat er oneindig veel universums zijn."

"Vind je dat niet raar?"

Hij haalt zijn schouders op. "Waarom zou ik?"

"Oneindig betekent dat er een andere aarde is, met een andere versie van ons die precies zo loopt — of een versie waar we het over kraaien hebben." Ik huiver bij het afschuwelijke beeld ervan.

Hij grinnikt. "Zijn we in sommige van die universums geliefden?"

Jij sluwe spion. Als het doel was om me een tintelend — of *tintelender*— gevoel te geven, dan is de missie geslaagd. "Ik wed dat we dat bij sommige wel zijn en bij andere niet. Dat is het probleem met oneindig. Het laat gekke opties toe, zoals een universum waar jij een meisje bent en ik een man met een heel, heel grote lul. Jij houdt van ruig en we zijn er dol op om het op zijn hondjes te doen."

Hij lacht. "Ik denk dat ik van de universums hou waar jij geen lul hebt. In deze heb je die niet, toch?"

"Ik heb geen lul." Ik zucht weemoedig. "Maar ach, dat was voor mijn beurt een extra persoonlijke vraag. Nu ben je me twee antwoorden schuldig."

"Ik wist niet dat dit met een tegenprestatie kwam. Wat zou je willen weten?"

"Om te beginnen moet je me iets vertellen waar je bang voor bent," zeg ik. "Ik heb je die van mij verteld."

Hoe groot is de kans dat ik wat kompromat van *hem* krijg?

Hij kijkt omhoog naar de nabijgelegen bomen. "Dit

is niet per se een angst, maar toen ik op vakantie was in Florida, begon ik me zorgen te maken over palmbomen... of meer specifiek, een kokosnoot die op mijn hoofd zou vallen."

Ik zie in de verte een duif en neem een bocht naar een schaduwrijker deel van het park. "Ben je bang voor palmbomen?"

Dat klinkt op een vreemde manier logisch. Rusland is te koud voor hem om daar ooit een palmboom te hebben gezien, dus toen hij er eindelijk voor het eerst een zag, moet het er als een exotische plant uit hebben gezien die hij niet begreep — en mensen hebben de neiging om bang te zijn voor wat ze niet begrijpen.

"Het gaat om vallende kokosnoten en ik ben er niet bang voor," zegt hij. "Mijn oorspronkelijke zorg was eigenlijk haaien, maar mij werd verteld dat het geen probleem was en dat er tien keer meer mensen sterven door kokosnoten die op hun hoofd vallen dan dat er mensen door aanvallen van haaien sterven. Ik denk dat de bedoeling was om me minder bang voor haaien te maken, maar in plaats daarvan begon ik me zorgen te maken om palmbomen."

Moet ik hem vertellen hoe dodelijk vogels kunnen zijn? Een trap van een struisvogel kan een leeuw doden. Kan een haai of een palmboom dat doen? Een struisvogel heeft ooit bijna Johnny Cash vermoord en toch zijn het niet de ergste vogels. Emoes hebben klauwen die ingewanden kunnen verwijderen, baardgieren weten hoe ze de botten van hun slachtoffer moeten openen om het merg eruit te halen en de grijpkracht van een Amerikaanse oehoe is genoeg om iemand permanent te verminken, blind te maken of te doden.

Ja. Nee. Hij kan beter alleen maar waakzaam zijn voor volgzame palmbomen, niet het echte kwaad dat vogels zijn. Dat is mijn last om te dragen.

"Je hebt nog een vraag," zegt hij.

Durf ik hem te vragen wat ik echt wil weten?

Fuck het. Zoals ze in zijn thuisland zeggen, wie geen risico neemt, drinkt geen champagne.

Ik haal diep adem en vraag zo nonchalant mogelijk, "Waar kom je vandaan?"

HOOFDSTUK
Negen

"I<small>K BEN IN</small> E<small>DMONTON</small>, A<small>LBERTA GEBOREN</small>," zegt hij. "Dat is in Canada, voor het geval je —"

Weer Canada? Gaat hij daarvoor? Serieus? Ik begrijp dat het weer vergelijkbaar is met Rusland, maar dat is het enige —

"Hoe zit het met jou?" vraagt hij, me naar het gesprek terugbrengend.

"Ik ben in de staat New York geboren," zeg ik. "Daar staat de boerderij van mijn ouders. Maar kunnen we naar je vermeende Canadese afkomst teruggaan?"

Hij trekt een wenkbrauw op. "Vermeende?"

"Je hebt nog geen enkele keer 'eh' gezegd," zeg ik. "Je bent niet beleefder dan de meeste andere mannen, je hebt het tijdens deze wandeling helemaal niet over hockey gehad en last but not least, je hebt me geen poutine aangeboden."

"Je schijnt veel over ons Canadezen te weten, hè?" zegt hij. "Volgens mij ben je vergeten te vragen of ik wifi

heb in mijn iglo of ik naar mijn werk ski of skate, wat mijn favoriete item op het menu van Tim Horton is, hoe ernstig mijn ahornsiroopverslaving is en last but not least, wat de namen van al mijn huisdieren zijn — de ijsbeer, de eland en de honden die ik gebruik om te sleeën."

Ik grinnik. Hij heeft zijn huiswerk gedaan, dat zal ik hem nageven. "Kende je toen je opgroeide Justin Bieber of de twee Ryans - Reynolds en Gosling?"

Zijn kuiltje verschijnt. "Nee, maar ik ben wel een grote fan van Celine Dion."

Een man die Celine Dion leuk vindt? Zijn dekmantel kan tijdens een glaucoomtest door een zuchtje lucht worden ontmaskerd.

Moet ik hem vertellen hoeveel oma Gia van Celine Dion houdt?

Nee. Ik heb een beter idee.

"Wie is Celine Dion?" zeg ik, terwijl ik mijn best doe om een pokerface te houden.

Hij stopt en draait zich mijn kant op, ogen wijd opengesperd. "Ze is een van de bestverkopende artiesten aller tijden. Heb je *Titanic* nog nooit gezien? Ze zingt de titelsong."

"Ah." Een sluwe glimlach tilt mijn lippen op. *"It's all coming back to me now."*

"Pffff." Hij gaat verder met lopen. "Je maakte een grapje. Ik had bijna een hartaanval."

"Sorry," zeg ik. "Ik ben blij dat *your heart goes on* met kloppen."

Hij grinnikt weer en wijst naar het nabijgelegen meer. "Wil je een boot huren?"

Ik tuur naar het meer. "Misschien. Hangt van de eenden af."

Gebruikt hij mijn angst voor vogels om te stoppen met over zijn vermeende vaderland te praten?

"Laten we gaan kijken." Hij versnelt zijn pas en leidt me zo dicht mogelijk bij het water als we kunnen.

Ik scan het water.

Geen eenden en de plek is ook extreem romantisch.

Waarom wil ik ineens iets Canadees in me hebben? Bacon, de Maximus van Max... Nee. Waar heb ik het over? Maximus is net als zijn baasje zo Russisch als Tolstoj.

Alsof hij mijn gedachten kan lezen, draait Max zich om, zijn ogen zijn samengeknepen.

Ik slik moeizaam.

Dankzij mijn Krav Maga-training ben ik me er terdege van bewust hoe dicht we bij elkaar zijn — slechts enkele centimeters van elkaar verwijderd. Een buiging van zijn hoofd en op mijn tenen gaan staan en we zouden kunnen kussen.

Ons beiden deze waarheid realiserend, bewegen we naar elkaar toe, door dezelfde kracht getrokken als de kracht die Russen naar wodka trekt.

Mijn hart bonst als een gek. Dit is het. Dit is mijn eerste avontuur in het land van femme fatale. Fabio heeft me niet verteld wanneer ik de walnoot-plezierende manoeuvre moest uithalen, maar ik denk dat het geen ding voor een eerste date is. Een kus is de klassieke eerste stap in verleiding. Over verleiding gesproken, wie verleidt nu wie? Of is dit het begin van een van die verleidingsduels uit spionagefictie?

Als onze lippen maar een haarbreedte van elkaar verwijderd zijn, hoor ik het.

Een gruwelijk geluid dat een hybride tussen een toeter en een blaf is, met een kwaadaardig gekakel ertussen.

Ik spring weg van Max, me op mijn hielen draaiend.

Mijn blik valt op de bron van het geluid en mijn toch al overactieve hart dreigt uit mijn borstkas te springen.

Nee.

Alsjeblieft niet.

Maar er kan geen misverstand over bestaan.

Het is het meest agressieve en enge monster dat je waarschijnlijk zult ontmoeten, inclusief seriemoordenaars en komodovaranen. Een echt krankzinnig wezen dat geen angst kent. Honingdassen met hun gekke reputatie verliezen het van deze vreselijke dingen.

Alleen al de naam verandert mijn ingewanden in bevroren smurrie.

De luide...

De verschrikkelijke...

De gans.

HOOFDSTUK
Tien

IK GA ACHTERUIT.

Max stapt tussen ons in. Zoals eerder vastgesteld, is die man op een dwaze manier dapper.

De gans klappert met zijn enorme vleugels en opent zijn verpletterende snavel, waardoor zijn gekartelde tong die uit een horrorfilm lijkt te komen en die eruitziet alsof hij tanden heeft gekregen zichtbaar wordt.

Oh, en ganzen hebben iets op hun snavel dat *een nagel* wordt genoemd en ze hebben ook echte nagels — of klauwen — aan hun zwemvliezen.

Het beest schreeuwt weer.

Mijn huid barst uit in kippenvel. Ongetwijfeld dankt deze voorlaatste angstreactie zijn naam aan een noodlottige ontmoeting met vogels.

Dankzij mijn vechtsporttraining flitsen er in een oogwenk een tiental te nemen acties door mijn brein.

Voor dood spelen? Nee, dat doe je met beren — en

als dit een beer was, dan zou Max er gewoon mee dansen. Probleem opgelost.

Rennen? Nee, deze klootzakken staan bekend om het achtervolgen van mensen. Proberen om er een te ontlopen is zinloos — vandaar de Engelse uitdrukking "a wild goose chase", ofwel een zinloze achtervolging. Bovendien zou het niet cool zijn om Max achter te laten en zo.

In het meer springen? Ik denk dat dat alleen in tekenfilms met bijen werkt.

Wat dan? Geen oogcontact, dat is duidelijk. Geen plotselinge bewegingen — niet dat ik ze zou kunnen maken al zou ik het proberen.

Zijn er kuikens in de buurt? Deze wezens kunnen bijzonder moorddadig worden wanneer ze hun jongen beschermen.

Shit. Heb ik dit kwaad opgeroepen door eerder Ryan Gosling te zeggen?

Dit is zeker een Canadese gans — de minst welkome export van de vermeende geboorteplaats van Max. Sterker nog, als Canada geen bevriend land was, dan zou ik ze ervan verdenken deze beesten genetisch te manipuleren als terreurwapens.

"Wegwezen," zegt Max.

Wegwezen? Als hij echt Canadees was, zou hij dan niet weten hoe ineffectief dat is? Aanvallen van ganzen maken vast deel uit van het dagelijkse Canadese leven.

En inderdaad, de gans wordt onrustiger en rent naar voren.

"Blue, ga achter me staan," zegt Max.

Ja. Dat hoef je me geen twee keer te zeggen.

De snavel van de gans gaat weer open, zijn tong lijkt op een nachtmerrieachtige paling.

Zich met de snelheid van een cobra bewegend vliegt de gans even de lucht in en pikt dan Max zijn ogen eruit.

Of althans, daar lijkt het even op. Wat de gans echt doet, is de stropdas van Max pakken en hem niet meer loslaten.

Allemachtig.

Max heeft nu een ketting in de vorm van een gans die aan de gigantische klokken doet denken die Flavor Flav draagt — alleen dan van uit de hel.

Waarom laat de gans niet los? Denkt hij dat hij een pitbull is?

Ik kan niet eens bevatten hoe bang Max moet zijn met de gans om zijn nek.

Nou. Dit is het. Als ik niet wil dat Max gewurgd wordt, dan moet ik in actie komen.

Ik overwin mijn verlamming en pak een steen die in de buurt ligt. Ik ben alleen nog te bang om de vogel te naderen om op een afstand te komen dat ik hem op zijn kop kan slaan.

Misschien kan ik de steen gooien?

Nee. Dit is als een van die gijzelsituaties. Ik heb net zoveel kans om Max te raken als dat ik de gans kan raken.

Lachend, ongetwijfeld hysterisch, haalt Max een vlindermes uit zijn zak en haalt het mes met een opzichtige beweging van de pols uit de schede.

Is dit nog een aanwijzing voor zijn spionagekarakter? Waarom zou een bedrijfsadviseur een illegaal mes bij zich hebben en de vaardigheden bezitten om het zo vakkundig te gebruiken?

"Ja," roep ik. "Steek hem door zijn oog in zijn hersenen!"

Hoofdschuddend kiest Max voor een veel minder gewelddadige oplossing. Hij snijdt zijn stropdas los.

Met het stuk stropdas in zijn snavel op de grond landend, kijkt de gans even verward. Ik denk dat we geluk hebben gehad en is deze niet zo geneigd om zijn slachtoffers in stukken te hakken als de rest van zijn soort.

De gans kijkt ons dreigend aan, maar kan niet gillen zonder zijn zuurverdiende souvenir te verliezen.

"Denk je dat hij het op zal eten?" vraag ik wanneer ik weer kan praten.

Zo ja, is het gemeen van me om te hopen dat het erin stikt?

"Misschien wordt het gebruikt om een nest te maken." Max draait zich om en kijkt me aan, zijn gezicht wordt serieus. "Gaat het met je?"

"Ik zou een Xanax kunnen gebruiken."

"Zullen we vanuit hier maar naar de dierentuin gaan?" zegt hij. "Ik vind het kijken naar een rode panda een buitengewoon rustgevende ervaring."

"Ik ben nog niet in deze dierentuin geweest," zeg ik voorzichtig. "Hebben ze vogels?"

Hij gaat met zijn hand door zijn sluike haar. "Papegaaien, volgens mij. Misschien een pauw. Zeker een paar soorten pinguïns. Die verblijven kunnen we echter vermijden."

"Oké, laten we daarheen gaan," zeg ik, vooral in een

poging om mijn gezicht te redden. Ik vertegenwoordig tenslotte de Amerikaanse inlichtingengemeenschap.

Toch kost het al mijn wilskracht om hem niet te vertellen hoe ik me voel bij de vogels die hij zojuist heeft genoemd.

Laten we met papegaaien beginnen. Ze zijn angstaanjagend. Ze doen me aan clowns denken — kwaadaardige, Stephen King-achtige clowns uit de vogelwereld.

Pinguïns? Er is een goede reden dat de bitterste aartsvijand van Batman de Penguin was. Ze zijn openlijk kwaadaardig. Wat is de meest populaire film over hen? *Mars van de pinguïns.* Wie houdt er nog meer van marcheren? Nazi's. Wie ziet eruit alsof ze je grammatica kunnen corrigeren? Pinguïns.

En dan hebben we het nog niet eens over pauwen, met hun bloedstollende eer om tot de grootste vliegende vogels te behoren. Ze zijn ook de meest seksistische vogel — zozeer zelfs dat alleen de mannetjes pauwen genoemd mogen worden. De vrouwtjes worden een hen of vrouwelijke pauw genoemd, beide behoorlijk smerige en spottende termen. Maar dat is nog niet alles. Een pauw heeft tot wel vijf vrouwelijke partners, dus het is geen verrassing dat een groep vrouwtjes pauwen als een harem bekend staat. Yep. De oude Grieken wisten hoe het zat. Ze geloofden dat pauwenvlees na de dood niet bederft — zoals in, ze dachten dat deze vogels zombies waren. Last but zeker not least, de mooie staarten van deze vogels die het patriarchaat ondersteunen, bevatten microscopisch kleine kristalachtige structuren die golflengten van licht reflecteren die je niet eens ziet. Maken pauwenstaarten röntgenfoto's die onschuldige mensen kanker bezorgen? Niemand weet het. Grote pauw wil niet dat je de waarheid kent.

Max steekt zijn hand uit en pakt mijn hand, waardoor een schok van plezierige energie rechtstreeks naar Kapitein, Sergeant en mijn clitoris gaat — wiens codenaam nog steeds geheim is.

Als het idee was om mijn gedachten van de vogels af te leiden en het stevig in de goot te stoppen, dan is de missie geslaagd. Maar ik ben niet alleen geil. Ik ben ook rustig. Wie heeft er een Xanax en rode panda's nodig als je de hand van een supersexy Russische spion kunt vasthouden?

"Wiens beurt is het om vragen te stellen?" vraagt hij.

"De mijne," zeg ik. "Heb je broers of zussen?"

Hoe meer hij me vertelt, hoe makkelijker het zal zijn om zijn dekmantel te doorbreken. Hoe groot is de kans dat hij Canada is ingevoerd met een stel familieleden in zijn kielzog?

Wacht. *Penetreren. Invoegen.* Het is duidelijk dat zijn hand en dat haar op zijn knokkels mijn hersenen met hormonen overladen.

Hij knikt. "Ik heb een grote familie. Drie broers en een zus."

Ik gnuif. "Drie broers en een zus? Vind je dat een grote familie?"

Hij haalt zijn schouders op. "De gemiddelde gezinsgrootte in Canada is 2,9 personen."

Canada. Juist.

"Ik heb zeven zussen," zeg ik.

Zijn mond valt open, dus ik vertel hem over mijn nest en de tweeling.

"En iedereen is monozygoot?" vraagt hij ongelovig.

"Ja. De tweeling, Holly en Gia, lijken op elkaar, en ik ben identiek aan de andere zeslingen."

"Lijkt de tweeling op jou?" vraagt hij, terwijl hij me nog een keer van top tot teen bekijkt.

"We delen veel kenmerken, meer dan normaal voor zussen, zou ik zeggen. En jij? Lijk je op je broers en zus?"

"Er zijn mensen die de grap maken dat mijn broers en ik een vierling zijn, maar dat zijn we niet. Gelukkig lijkt mijn zus in niets op ons."

Ik grijns. "Laat me raden, je zus is de jongste."

Hij knikt.

"Je ouders gingen voor een meisje, toch?"

"Je snapt het."

"De mijne probeerde een jongen te krijgen en ze kregen nog zes meisjes," zeg ik. "We waren een geval van geassisteerde voortplantingstechnologie die mis was gegaan."

"Ik weet het niet." De hitte in zijn ogen wordt intenser als hij me doordringend aankijkt. "Ik denk dat je een geval van geassisteerde voortplantingstechnologie bent die heel goed is gegaan."

Mijn wangen branden. "Niemand heeft me eerder als een product van reproductieve technologie gecomplimenteerd."

Hij laat een stel witte tanden zien. "Ik streef ernaar

om te behagen. Hoe was het om met je zussen op te groeien?"

Ik vertel het hem en hij beantwoordt met verhalen die niet zo heel verschillend zijn. Tijdens de uitwisseling vraag ik me af of hij echt met een groot gezin is opgegroeid of dat het puur een dekmantel is. Hij heeft zeker veel details goed, dus degene die het script voor zijn coververhaal heeft geschreven, moet op zijn minst een behoorlijk aantal broers en zussen hebben.

Ik zit midden in een verhaal over Gia's gemene streken als er een stel naar ons toe komt lopen met een kaart in de hand. Ze zijn met bescherming tegen de zon bedekt die zelfs Olive overkill zou vinden: Darth Vader-achtige zonnekleppen, parasols, echt grote hoeden, lange mouwen — noem maar op, ze hebben het.

"*Sillyehamnida.*" De vrouw tikt op de kaart. "Waar MET?"

Was dat 'excuseer me' in het Koreaans? Ik heb minimale ervaring met die taal. 'Gangnam Style' en een paar andere K-Pop-nummers zijn ongeveer alle exposure die ik heb gehad.

Glimlachend begint Max in wat voor mij als vloeiend Koreaans klinkt — als dat de taal is. De toeristen kijken net zo onder de indruk als ik als hij naar een plek op de kaart wijst en, naar ik aanneem, hen rekruteert om in hun thuisland zijn bronnen te zijn.

Als de toeristen weg zijn, pakt hij mijn hand weer vast en loopt weer verder, alsof het volkomen normaal was wat er gebeurde.

"Welke taal was dat?" vraag ik.

"Koreaans," zegt hij.

Gescoord. Ik heb het in ieder geval correct geïdentificeerd.

Ik vertraag. "Dus je spreekt toevallig Koreaans? Als het Frans was, zou het me minder verbazen — aangezien je uit Canada komt en zo."

Hij haalt zijn schouders op. "Ik wilde diplomaat worden, dus heb ik in mijn jeugd verschillende vreemde talen geleerd." Hij kijkt me aan. "Spreek je alleen Engels?"

Dit is mijn kans. Ik kijk aandachtig naar zijn gezicht terwijl ik naar zijn moedertaal overschakel en zeg, "Nee. Ik spreek ook Russisch."

"*Da*," zegt hij. "*Neploho*."

Verdorie. Ik dacht dat hij zou doen alsof hij het niet kende, maar dat deed hij niet. Zijn uitspraak is maar een tikkeltje anders, tenzij dat een truc is om me te laten denken dat hij een Canadees is die een taal spreekt die hij heeft geleerd.

"Welke andere talen ken je?" vraag ik.

"Ik hou niet van opscheppen."

Ik knijp in zijn hand. "Kom op. Vertel het me."

Hij fronst.

Shit. Klonk ik te volhardend?

"Ik wilde je iets vragen." Hij schraapt zijn keel. "Ik begrijp dat je werk geheim is, maar... ben je mij misschien voor je baan aan het onderzoeken?"

Dit is wat ik krijg als ik twintig vragen op de eerste date zo volhardend speel.

Wat ga ik verdomme zeggen? Ik heb geprobeerd om eerlijk tegen hem te zijn. Met de minuscule kans dat hij geen spion is en we uiteindelijk zullen trouwen en kinderen zullen krijgen, wil ik geen geheimen die op ons drukken.

Als ik dit zorgvuldig beantwoord, dan zal ik niet liegen. Terwijl ik mijn gezicht zo ernstig mogelijk maak, zeg ik, "Ik onderzoek je niet voor mijn werk."

Dat is waar. Ik doe het meer als hobby en als een manier om in de toekomst misschien van baan te veranderen.

Ik kan niet zeggen of zijn overdreven opgeluchte uitademing wel of niet een grap is.

"We zijn er." Hij gebaart naar de ingang van de dierentuin. "Hoeveel tijd heb je nog?"

Ik kijk op mijn telefoon. "Nog genoeg. Jij?"

Hij kijkt op zijn horloge. "Helaas zal dit vandaag onze laatste stop moeten zijn. Maar ik denk dat we alle dieren kunnen zien."

We doen precies dat: eerst zeeleeuwen, dan maki's, dan rode panda's (die net zo rustgevend zijn als geadverteerd), grizzlyberen, Japanse makaak en ten slotte sneeuwluipaarden. Daarna gaan we naar de cadeauwinkel, waar hij naast een vitrine van knuffels van sneeuwluipaarden blijft hangen.

"Krijg je heimwee van ze?" vraag ik, naar het speelgoed knikkend.

"Hoezo?" vraagt hij. "Die hebben we niet in Canada."

Het was een poging waard. Ik weet heel goed dat sneeuwluipaarden in de bergen van Centraal-Azië wonen.

"En de beer?" Ik wijs naar een teddybeer.

Hij haalt zijn schouders op. "We hebben grizzlyberen in Canada, maar ik heb er nog nooit een ontmoet, dus ik krijg er ook geen heimwee van."

Wauw. Het is bewonderenswaardig hoe ernstig hij eruitziet als hij beweert nog nooit een beer te hebben ontmoet. Ik wed dat hij er net zo serieus uit zou hebben gezien als hij had gezegd dat hij er nog nooit mee had gedanst.

"Over beren gesproken, vond je de rode panda's leuk?" vraagt hij, naar een knuffel van een wit-en-zwarte panda gebarend.

Plagerig trek ik mijn neus op. "Ze zijn wel leuk. Als je van dat soort dingen houdt."

"Bedoel je schattigheid?"

Ik pak het speeltje op en bekijk het aandachtig. "Nou, om te beginnen hebben rode panda's niets met gewone panda's te maken. Ze zijn nauw aan wasberen, stinkdieren en wezels verwant."

"Elk wezen dat je zojuist hebt genoemd, is waanzinnig schattig," zegt hij.

"Als jij het zegt." Ik pak mijn telefoon en zoek een afbeelding van een naakte molrat op. Ik schuif het naar hem toe. "Hier is een echt schatje. Ik heb geen idee waarom ze hier geen knuffel van hebben."

Hij kijkt met een grijns naar de afbeelding. "Ik hou van dieren, maar dat is een wezen dat het geluk heeft om bijna blind te zijn. Anders zouden ze onmiddellijk stoppen met reproduceren."

"Ze hebben eigenlijk een uniek reproductieproces, met koninginnen die met meerdere mannetjes paren en steriele vrouwtjes — een beetje zoals mieren en bijen."

Ik leg mijn telefoon weg. "Panda's zijn terughoudend om zich voort te planten. Betekent dat dat ze afschuwelijk zijn?"

Hij grinnikt. "Dat zijn gewone panda's, geen rode. Bovendien zijn ze ook schattig." Hij pakt de knuffelen laat het aan me zien. "Ze hebben alleen problemen met voortplanting in gevangenschap – waarschijnlijk omdat ze dat mooie paringsritueel nodig hebben dat ze in het wild doen."

"Ik wed dat hun kleine penissen niet helpen," zeg ik. "Ze hebben van alle dieren op de planeet de kleinste penissen in verhouding tot hun lichaamsgrootte."

"Dat geeft de doorslag." Hij pakt twee knuffels van panda's en loopt naar de kassa. "Ik zal er een voor mij en een voor jou halen."

Aww. Te veel warmte en aaibaarheid. Als hij me de panda overhandigt, druk ik hem tegen mijn borst. "Het is geen naakte molrat, maar ik accepteer hem."

Hij kijkt op zijn horloge. "Ik moet gaan."

"Ik snap het." Ik kijk om me heen. We zijn binnen, dus geen ganzen, duiven, kraaien of andere verschrikkingen. Alleen ik, hij en de winkelbediende.

Ik overbrug de afstand tussen ons met maar één doel — om te verleiden. Ik weet niet zeker of ik hem naar het toilet van de cadeauwinkel zal slepen en daar mijn gang met hem zal gaan of dat ik de winkelbediende om moet kopen om te vertrekken.

Ik weet alleen dat elke weerstand tegen mijn listen zinloos zal zijn.

Mijn stem is precies de juiste hoeveelheid hees met

een klodder flirterigheid. "Ik denk dat we maar beter...
op de juiste manier afscheid kunnen nemen."

Hij stapt mijn persoonlijke ruimte binnen, zijn geur
van esdoorn-lavendel is bedwelmend. "We zijn onszelf
een waardig afscheid verschuldigd." Hij stopt een lok
van mijn pruik achter mijn oor, waardoor ik een glimp
van het haar op zijn knokkels krijg.

Verdomme, hij is goed.

Tegen de tijd dat hij zich vooroverbuigt, sta ik al op
mijn tenen, mijn lippen behoeftig.

Hij trekt me naar zich toe en eist vakkundig mijn
mond op.

HOOFDSTUK
Elf

De wereld om ons heen verdwijnt.

Zijn lippen zijn zacht, zijn tong heerlijk.

Voordat ik me realiseer wat er gebeurt, ligt mijn vrije hand op zijn kont, maar ik ga niet in zijn broek en naar zijn walnoot op zoek... nog niet. In een verleidingsduel tegen een formidabele tegenstander, moet een meisje enkele kaarten dicht bij haar borst houden.

In de verte schraapt iemand nadrukkelijk zijn keel.

Ik negeer de afleiding en verlies mezelf weer in de kus. De tong van Max doet die Russische hurkdans in mijn mond en ik krijg bijna een mondgasme. Dit is de beste kus van mijn leven, geen mitsen of maren. Als ik barst van vreugde, dan sterf ik als een gelukkige vrouw. Veldwerk is nog verbazingwekkender dan ik had verwacht.

Het keelschrapen wordt nadrukkelijker.

Max trekt zich terug en trekt het overgebleven stuk van zijn das recht.

Hijgend richt ik een dodelijke blik op de winkelbediende.

De ogen van Max kijken hongerig. "Ik neem contact met je op."

Neeee. Ik ben nog niet klaar met hem te verleiden. Dit zal die onthullingen tijdens intieme gesprekken enorm vertragen, om nog maar van mijn femme fatale-licentie te zwijgen.

Voordat ik iets kan doen of zeggen, draait hij zich om en verlaat de winkel.

Ik kijk op mijn telefoon.

Nog even voor Operatie Saving Private Beaky begint. Misschien kan ik nog het een en ander over mijn onvoorspelbare date leren. Wat is tenslotte deze dringende afspraak van hem?

Ja. Misschien kan ik hem betrappen als hij met zijn tussenpersoon aan het praten is.

Met de knuffelpanda stevig in mijn hand geklemd, sprint ik naar buiten en zoek naar Max.

Oef. Hij is niet ver weg.

Ik gebruik een nabijgelegen boom als dekking terwijl ik wacht tot hij meer afstand tussen ons schept.

Als het veilig voelt, ren ik naar de volgende boom en dan de volgende. Het maakt mij niet uit of mijn handelwijze door tekenfilms geïnspireerd is. Tot nu toe heeft hij me niet gezien en ik ben hem nog niet kwijt.

Hij verlaat het park.

Shit.

Ik doe mijn pruik af en hoop dat dat genoeg is om me te vermommen. Ik moet vanaf hier voorzichtiger zijn. Als hij me betrapt, dan kan ik in grote problemen komen. Spionnen hebben een beleid om getuigen niet in leven te laten — zoals in elke aflevering van *The Americans* te zien is. Je weet wat er gaat komen als ze je vragen, "Heb je iemand verteld wat je hebt gezien of gehoord?" Op dat moment kun je net zo goed je leven vaarwel kussen en ze een lijst geven van mensen die je genoeg haat om kort na jou vermoord te laten worden.

Het goede nieuws is dat New York een drukke stad is, wat het gemakkelijk maakt om iemand te stalken — een feit dat meestal in het nadeel van een vrouw is, maar dat helpt me nu. Maar de volgende keer moet ik een omkeerbare jas meenemen en misschien een verandering van pruiken om dit veiliger te maken. Waren die vermommingen van latexmaskers uit de *Mission Impossible* franchise maar echt... Tenzij ze dat zijn?

Mijn telefoon piept met een berichtje.

Ik controleer het.

Het is van Gia en het zijn de details over haar goochelshow later vandaag.

Nee, wacht. Kan niet afgeleid worden.

Als ik snel opkijk, is Max verdwenen.

Ugh. Hoe kon ik zo stom zijn? Ik denk dat iemand stalken dezelfde regels vereist als naar een bruiloft of naar de bioscoop gaan — je telefoon moet uitstaan.

Wacht. Daar is hij. Aan de overkant van de straat, zittend in een koffiezaakje.

Godzijdank ben ik hem niet kwijt — en doe ik deze operatie alleen. Als iemand erachter zou komen dat ik bijna mijn doelwit had verloren door een app, dan zou ik de spionagetraditie moeten volgen en ze moeten elimineren.

Ik duik aan de overkant van de straat van de locatie van Max een salon in. De voorruit is met een spiegelglans getint die het moeilijk zou moeten maken om me binnen te zien staan.

"Hoe kan ik je helpen?" vraagt een dame aan me.

Ik scan de opties: manicure, wenkbrauw wax, Brazilian, vispedicure... Vreemd, ik zou zweren dat Olive me had verteld dat de laatste onlangs verboden was in NYC. Aangezien er bij andere opties nieuwsgierige technici betrokken zijn, ga ik toch voor de visbehandeling en beloof ik mijn zus die van het zeeleven houdt er nooit over te vertellen. Terwijl de dame me naar mijn visachtige ondergang leidt, vraag ik om een plek met uitzicht op het raam.

Als de speciale vissen mijn voeten aanvallen, voelt het kriebelig, op een verontrustende manier. Ik hoop echt dat niemand ze in het wild vrijlaat. Ze hebben nu een voorliefde voor de menselijke huid en het zou slechts een kwestie van tijd zijn voordat ze al het vlees van de botten van mensen zouden gaan eten, zoals de piranha's die door de slechterik uit *The Spy Who Loved Me* werden gebruikt.

Max zit nog alleen.

Vreemd.

Ik pak mijn telefoon en start de camera-app. Dit wonder van moderne technologie heeft een camera die tot honderd keer kan inzoomen — iets waar zelfs James Bond jaloers op zou zijn.

Met de telefoon op Max gericht, kan ik hem

duidelijk op het scherm zien en daar ben ik blij om. Hij praat met iemand zonder zijn hoofd te draaien — een klassieke spionagemanoeuvre.

Fuck. Nu zou ik willen dat ik een apparaat had om te horen wat hij zegt, maar helaas, dat heb ik niet. Hopelijk kan ik zijn telefoon later in een afluisterapparaat veranderen.

Hé, ik kan tenminste zien met wie hij praat.

Het is een vrouw die met haar rug naar hem toe zit, een die scherpe zakelijke kleding draagt.

Een irritant aantrekkelijke vrouw die beter zijn baas of zijn doelwit kan zijn en niet, laten we zeggen, zijn vriendin of vrouw.

Ik maak een foto zodat ik haar later kan researchen en ervoor kan zorgen dat haar achternaam niet Stolyar is.

Ben ik jaloers? Nee, dat is bespottelijk. Dit is puur beroepsbelang. Trouwens, waarom zou hij zo tegen zijn vrouw of vriendin praten? Ze proberen duidelijk onopgemerkt te blijven. Ze hebben hoogstens een affaire en is zij de vrouw van iemand anders. Maar hopelijk hebben ze een platonische tussenpersoon-en-agent- of doel-en-spionrelatie.

Of kan ik er helemaal naast zitten? Wat als ze allebei een Bluetooth-oortje dragen dat ik niet kan zien en ze met verschillende mensen aan de telefoon praten?

Maar nee.

Als het gesprek afgelopen is, staan ze allebei tegelijk op en gaan elk hun eigen weg. Hoe groot is de kans dat hun telefoontjes zo synchroon eindigden? Bovendien heb ik Max geen oortje in zien doen.

Ik rond het werk van de mensetende vissen af, droog mijn voeten af, geef royaal een fooi en haast me naar huis.

Onderweg krijg ik een melding van mijn contactpersoon bij de FBI.

Olive's ex is aangehouden, dus Operatie Saving Private Beaky gaat door.

HOOFDSTUK
Twaalf

ALS IK MIJN APPARTEMENT BINNENLOOP, ligt mijn nestgenoot op de bank naast Machete en speelt ze met haar telefoon — en als ik het spel op haar scherm zie, zou ik willen dat ik niet had gekeken.

De titel is een nachtmerrieachtige tautologie: *Angry Birds*.

"Hé, zus." Olive vergrendelt haar telefoon, zodat ik geen getuige ben van het bloedbad van onschuldige varkens en de wrede vernietiging van eigendommen die de kern van het verschrikkelijke spel vormen. Ik sta meestal niet aan de kant van mensen die zeggen dat videogames de reden zijn voor een toename van geweld onder jongeren, maar als iemand *dit* spel op die gronden zou verbieden, dan zou ik ervoor zijn.

"Hé," zeg ik.

Ze duwt Machete weg en staat op.

Hij staart haar boos aan.

Ze gnuift. "Je huisdier doet me aan die Grumpy Cat-meme denken."

De blik wordt dodelijk.

Krijg wat, Octopussy. Machete eet Grumpy Cat als ontbijt. Dan valt hij alle katten aan die op Hitler lijken... anaal.

Is dat te snel geëscaleerd?

"Klaar om te gaan?" Ik laat mijn pruik en de panda die ik cadeau heb gekregen op de salontafel vallen.

"Eén minuut." Olive heeft tien minuten nodig die aanvoelen als een uur om zichzelf met zonnebrandcrème in te smeren. Dan trekt ze een shirt met lange mouwen aan en pakt een parasol. "Klaar."

———

"Je gaat ons vermoorden." Olive tilt haar zonnebril op om me met samengeknepen ogen aan te staren. "De snelheidslimiet is veertig kilometer per uur, niet vierhonderd."

Ik knipoog naar haar. "We hebben een beperkte tijdsperiode voor de operatie en je hebt een deel ervan opgebruikt aan bescherming tegen de zon."

Ze prikt met haar vinger in de voorruit. "Kijk uit liefde voor Cthulhu naar de weg."

Ik doe wat ze zegt — net op tijd om niet tegen een gele taxi te botsen.

"Cthulhu?" vraag ik, mijn ogen nu stevig op de weg gericht.

"Een fictieve kosmische entiteit uit de geschriften van HP Lovecraft," zegt ze. "Het zou de vorm van een octopus moeten hebben."

"Was hij — of het — ook niet een reusachtige mensachtige... met drakenvleugels?"

Ze gnuift. "Ik beschouw de Aloude liever als overwegend octopus."

Ik schud mijn hoofd. Mijn zus heeft niet alleen een octopusfetisj. Ze is een zeebioloog en ze houdt van alle soorten zeedieren, alleen niet zo veel als van haar favorieten met tentakels. Hé, ze is tenminste geen vogelkundige — een beroep zo donker en macaber als necromantie.

In tegenstelling tot mij, die haar roeping als spion later heeft ontdekt, gaat Olive's obsessie zo ver terug als ik me kan herinneren. Op een opmerkelijke zomerdag plaste ze herhaaldelijk in een zwembad gevuld met de chemische stof die urine blauw maakt, terwijl ze vrolijk schreeuwde, "Ik schiet inkt."

De rest van de rit spelen we een spelletje, *Ik zie, ik zie, wat jij niet ziet* en ik win natuurlijk.

"Zet hem daar maar neer," zegt Olive, naar voren wijzend.

Ik parkeer.

"Ik rij in mijn eigen auto terug, prijs Cthulhu," mompelt Olive terwijl ze de deur opent.

"Heb je een auto?" vraag ik.

Ze wijst naar de overkant van de straat naar een wit busje. "Ik heb hem voor Beaky."

Heeft Beaky een busje nodig? Hoe groot is deze octopus?

Voordat ik mijn vraag kan stellen, gaan Olive en ik het gebouw binnen. Terwijl we naar de lift lopen, krijg ik een app van mijn FBI-vriend:

De man heeft een advocaat genomen, dus we moesten hem laten gaan.

"Shit," zeg ik en leg de situatie aan Olive uit. "Misschien betrapt hij ons. Het is misschien veiliger om de missie voor nu af te breken en te hergroeperen."

Haar beteuterde uitdrukking trekt aan mijn hart.

"Wat als hij Beaky pijn doet?"

Ik knars met mijn tanden. "Goed dan. Blijf hier wachten."

"Nee," zegt ze. "Je hebt mijn hulp nodig. Bovendien kan Beaky schichtig zijn met mensen die hij nog nooit heeft ontmoet."

Ik rol met mijn ogen. "Zal hij niet aannemen dat ik jou ben?"

Ze gaat rechter staan. "Beaky is slimmer dan sommige mensen. Ik ga mee, punt uit."

Ik slaak een lange zucht. "Ik heb geen tijd om met je in discussie te gaan."

"Goed."

Ik haast me de lift in en zij volgt.

Als we bij de verdieping van haar ex zijn, sprinten we naar de deur.

Olive steekt haar sleutel in het slot en fronst haar wenkbrauwen als ze het probeert te draaien.

Ik kijk heimelijk om me heen. "Schiet op."

Ze stopt met rommelen met de sleutel. "Ik denk dat hij de sloten heeft veranderd."

"Ga aan de kant." Ik reik in mijn zak en haal mijn lockpicking-kit tevoorschijn. Gia heeft deze vaardigheid onder de knie als onderdeel van haar goochelaarsrepertoire en ik heb haar het aan mij laten leren — samen met veilig kraken, wat hopelijk niet nodig zal zijn voor deze overval, want daar ben ik niet zo goed in als met sloten.

"Waarom duurt het zo lang?" vraagt Olive net als ik eindelijk iets mee hoor geven in het slot.

Ik duw de deur open en geef haar een blik die "Maak je een grapje?" zegt.

Het lijkt Olive niet te kunnen schelen. Ze duikt het appartement in en sprint zo snel door de woonkamer dat ik moeite heb om haar bij te houden. Terwijl ik haar volg, zie ik een kapotte fotolijst op de vloer liggen. De foto is er een van Olive en een man die de ex moet zijn, Brett.

Heeft iemand een woedeaanval gekregen nadat mijn zus was vertrokken? Nu ben ik dubbel blij dat ze weg is gegaan.

Als ik haar in de slaapkamer inhaal, staat Olive naast een zilverachtig dressoir-achtig ding dat een van de grootste aquaria herbergt die ik ooit heb gezien.

Een leeg aquarium.

"Hallo, lieverd," zegt Olive bij het water.

Dat is het. Ze is eindelijk haar verstand kwijt. Zonder de FBI en die foto die ik net heb gezien, zou ik ook gaan twijfelen aan het bestaan van de ex-vriend.

Plotseling verandert wat op een rots lijkt in een gigantische koppotige.

Geschrokken deins ik achteruit.

Hoewel het niet bepaald vogel-eng is — niets is dat — is Beaky freaky. Het is geen wonder dat zijn soort het uiterlijk van Cthulhu, de Kraken en hordes buitenaardse indringers inspireerde.

Ik denk dat de regel is dat als het een snavel heeft, het officieel nachtmerrie-waardig is.

"— en we halen je hier weg," zegt Olive, waardoor ik me realiseer dat ik de monoloog heb gemist die ze zojuist aan haar liefste heeft gegeven.

Ik bekijk het aquarium sceptisch. "Dat lijkt wel een ton te wegen. Misschien dat als Brett zijn eigen huisdier heeft, we die kunnen stelen en later een gevangenenruil doen."

"Ik zei je toch dat je me nodig hebt." Ze gebaart naar de onderkant van het dressoir en ik realiseer me dat daar wielen zitten.

"Dat zou moeten helpen," zeg ik. "Maar zelfs daarmee ziet het er zwaar uit."

Ze leunt naar beneden en pakt een kleine afstandsbediening die met een magneet aan de bodem van de tank bevestigd is. "Dit ding is gemotoriseerd. De enige reden waarom we moeten duwen, is om dit te versnellen."

Ze ontgrendelt een veiligheidsgrendel op de wielen en activeert de motor voordat ze me laat duwen terwijl ze het apparaat door het appartement trekt. Zelfs als de motor ons handwerk helpt, beweegt het ding langzaam en ik ben bang dat haar ex ons op heterdaad zal betrappen.

"Hoe zit het met je andere spullen?" vraag ik als we langs de woonkamer lopen.

"Ik geef alleen om Beaky," zegt ze. "Ik zou sowieso nieuwe kleren gaan halen. De meeste van mijn shirts hebben niet genoeg UV-bescherming."

Ik knik naar wat de spullen van haar ex moeten zijn.

"Wil je snel de boel plunderen, zoals ze dat in spionagefilms doen? Als Brett terugkomt dan zal hij het in zijn broek doen."

Ze schudt haar hoofd. "Niet als dat betekent dat ik zijn stomme gezicht weer moet zien."

Oh, tuurlijk. Onze tijd is beperkt.

"Wat is Bretts achternaam?" vraag ik, terwijl ik mijn best doe om nonchalant te klinken.

Ze vertelt het me en ik onthoud het voor later. Die kapotte fotolijst zit me niet lekker, dus ik ben van plan om een aantal stappen te ondernemen om mijn zus te beschermen — stappen waarvan ze niets hoeft te weten.

In het begin lijkt Beaky van de rit te genieten — hij zweeft rond en onderzoekt alles. Als hij daar genoeg van heeft, besluit hij met mij te klooien, althans dat neem ik aan. Wat hij echt doet, is me met zijn spleetvormige buitenaardse ogen rechtstreeks aan te staren. Ogen die met een buitenaards intellect lijken te glimmen.

Als we de dienstlift binnengaan, realiseer ik me een probleem. "Dit aquarium past niet in mijn auto."

Ze knikt. "Daar is mijn busje voor."

Klinkt logisch.

Als we het busje in kwestie bereiken, fronst Olive — en als ik zie waarom, vloek ik binnensmonds.

Iemand — en het is niet moeilijk te raden wie — heeft het woord 'bitch' aan de passagierskant gekrast.

Met samengeknepen ogen bekijkt Olive nauwkeurig het aquariumdeksel waar het op zijn plaats vastklikt. "Fucker," roept ze terwijl ze een hand door haar haren haalt. "Hij heeft ook geprobeerd om bij Beaky te komen, maar hij wist niet hoe."

Het lijkt erop dat de penis van haar ex niet zijn kleinste orgaan is. Zijn brein pakt die prijs. Olive's nevenactiviteit is het maken van puzzels voor octopussen en ervoor zorgen dat ze niet uit hun huizen ontsnappen — iets wat ze graag doen, zoals in een documentaire genaamd *Finding Dory* te zien is.

"Dus," zeg ik spottend, "ik denk dat we nu weten dat Brett niet slimmer is dan een octopus."

"Niet eens in de buurt." Olive trekt een helling tevoorschijn die duidelijk voor dit aquarium op wielen is ontworpen.

Als we Beaky de helling op duwen, spreidt hij dreigend zijn acht poten en kleurt boos rood. Ik neem tenminste aan dat het boos is. Voor zover ik weet, vertelt hij Olive misschien dat hij van haar houdt.

Zodra het mobiele aquarium de helling op is, maak ik een foto van de octopus — net als hij weer van kleur verandert.

"Oké," zegt Olive als Beaky is vastgezet. "Zie ik je daar?"

Ik knik en loop naar mijn auto.

Op het moment dat ik mijn gordel omheb, komt er een app op mijn telefoon binnen.

Mijn hart begint te fladderen.

Het is van Max. Hij heeft me een afbeelding gestuurd van het schattigste slaperige katje dat ik ooit heb gezien, samen met:

DIT is hoe schattig eruitziet.

Grijnzend antwoord ik:

Nee. Zo ziet LUI eruit. Laat dat ding niet rijden. Als je schattig wilt zien, kijk hier dan naar.

Ik voeg de afbeelding van Beaky toe.

Het antwoord van Max komt bijna onmiddellijk:

Bedankt. Ik hoefde vannacht toch niet te slapen.

Ik antwoord met een smiley en hij stuurt me een, *laten we snel weer afspreken.*

De duizeligheid die ik voel is belachelijk. Je zou denken dat ik een middelbare scholier was die haar eerste vriendje een seksappje stuurt.

Terwijl ik mijn auto aanzet, vraag ik me door alle opwinding af of het voertuig zal ontploffen. Als dat niet het geval is, maak ik een mentale notitie om minder spionagefilms te kijken. Als iemand daarin een auto start, dan is het kaboem.

Ook moet ik grip op mijn emoties krijgen. Alleen omdat Max me een schattig appje heeft gestuurd, betekent niet dat hij minder een vijandige agent is. Sowieso moet ik heel voorzichtig zijn om mijn gevoelens voor hem passend te houden. Hij is het doelwit van mijn femme fatale-listen, meer niet. Voor iemands doelwit vallen — vooral in het geval van een huurmoordenaar — komt veel in spionagefictie voor, dus ik moet waakzaam blijven. Zelfs als ik een vriendje zou willen, wat ik niet wil, dan zou hij zeker geen Russische spion zijn.

Een potentieel getrouwde spion. Ik moet de vrouw waarmee hij aan het praten was nog onderzoeken.

En weet ik zeker dat hij me wil? En als dat zo is, zou hij me dan ook nog willen als hij me zonder pruik zou zien? Ik heb niet echt tijd om uit mijn stekeltjeshaar te groeien.

Om mijn geest van verraderlijke gedachten aan Max weg te houden, oefen ik de kunst om iemand te volgen waarbij ik het busje van Olive als mijn doelwit gebruik.

"Heb je gezien dat ik je volgde?" vraag ik nadat we hebben geparkeerd en ik naar haar toe loop.

"Was je me aan het volgen?" vraagt Olive. "Ik dacht dat je weer *The Fast and the Furious* aan het naspelen was."

Met een rol van mijn ogen help ik haar Beaky mijn gebouw in te rijden.

Als we bij mij binnenkomen, kijkt Machete met ongegeneerde hebzucht naar het aquarium.

Eindelijk. Vis. Machete zal van zijn bloed en hersenen smullen.

Alsof hij op een nieuw publiek zat te wachten, spreidt Beaky zijn tentakels om zichzelf zo groot als een zeemonster te laten lijken en verandert hij een paar keer van kleur, terwijl zijn rare ogen mijn kat hypnotiseren.

Ik wist niet dat katten bleek konden worden, maar Machete komt in de buurt — wat vreemd is, want hij is nooit bang voor iets geweest, zelfs niet voor gigantische komkommers.

Machete is niet bang. Machete denkt dat de vis kapot is. Bezeten door het kwaad. Het zal de maag van Machete van streek maken.

Half blazend, half jammerend rent mijn stoere kat met zijn staart tussen zijn benen weg.

"Nu heb ik alles gezien," zeg ik met een grijns.

"Waar wil je hem hebben?" vraagt Olive.

"De enige plek waar deze tank past," zeg ik. "De woonkamer."

Misschien zal Machete nu gezellig naast de juiste zus gaan zitten — degene die hem voert.

"Ga je naar de show van Gia?" vraagt Olive zodra Beaky's aquariummotor is gedeactiveerd en de wielen zijn vergrendeld.

Oh, tuurlijk. Dat is binnenkort. "Natuurlijk ga ik, maar we moeten eerst eten."

We gaan verder door over het restaurant te discussiëren. Ik hou niet van degenen die veel gevogelte serveren en zij houdt niet van zeevruchten. We nemen genoegen met een steakhouse en maken ons klaar; althans, ik maak me klaar. Zij ziet er als ik klaar ben nog hetzelfde uit.

"Zoals vroeger," zegt ze terwijl ze naar mijn pruik kijkt.

Ik wist dat ze hier een kick van zou krijgen. Op de middelbare school verfde ik mijn haar zodat het bij mijn naam paste en deze marineblauwe pruik ziet er precies zo uit als mijn haar er toen uitzag.

"Klaar?" vraag ik haar.

"Eén seconde," zegt ze en ze brengt opnieuw zonnebrandcrème op haar gezicht aan. "Wil je wat?"

"Nee, ik heb de mijne al aangebracht," lieg ik.

Moet ik haar eraan herinneren dat het na vier uur 's middags is en dat de UV-index daarom bijna niet bestaat?

Nee. De preek die ik dan misschien krijg is het niet waard.

We verlaten mijn appartement, maar dan weigert ze om in mijn auto te stappen.

"Wat is het probleem?" vraag ik.

"Laat mij rijden," zegt ze.

Ik tuit mijn lippen. "Potje breken is potje betalen."

Ze schudt haar hoofd. "Zelfs als ik niet blut was, wat ik ben, dan zou ik deze auto niet kunnen betalen."

"Dat is dan geregeld," zeg ik en doe de deur open.

"Yep," zegt ze. "We gaan met mijn busje."

Ik trek een wenkbrauw op. "Een busje boven een Aston Martin?"

"Nee," zegt ze. "Overleven boven verongelukken."

Ik sla de deur dicht en slenter naar het stomme busje.

Mijn telefoon tingelt met een berichtje en als ik zie wie het heeft gestuurd, verbetert mijn humeur drastisch, ook al weet een deel van mij dat het niet zou moeten.

Morgen lunchen? vraagt Max.

Ik probeer een gekke grijns tegen te houden, antwoord bevestigend en vraag hem waar en wanneer.

Waar is goed voor jou? antwoordt hij. *En wanneer?*

Betekent dat dat zijn schema flexibeler is... zoals dat van een spion?

Hmm, moet ik een plek in de buurt van mijn werk voorstellen? Nee. Ik werk in een gebouw dat niet publiekelijk als het hoofdkantoor van mijn bureau wordt erkend. Ik bedoel, het is een wolkenkrabber zonder ramen waarvan iedereen vermoedt dat het is wat het is, maar niemand weet het zeker en ik wil niet de reden zijn waarom het geheim naar buiten komt.

Wat dacht je van 13.00 uur, antwoord ik. *En jij kiest een plek, Downtown of Midtown.*

Zo. Dat zou de zaken enigszins moeten verdoezelen.

Afgesproken, antwoordt hij. *Ontmoet me op dit adres.*

Het adres dat hij bedenkt is bijna perfect — slechts een korte taxirit van mijn kantoor verwijderd.

Als ik opkijk van de telefoon, zie ik Olive schaamteloos mijn scherm lezen.

"Wie is Max?" Ze beweegt wulps met haar wenkbrauwen.

Ik zucht. "Laat me het je onderweg vertellen."

———

Ik ben nog alle details aan het uitleggen als we in het steakhouse gaan zitten, dus ik neem even een korte pauze om te bestellen.

"Volgens mij heb je eindelijk een spionagefilm te veel gezien," zegt Olive als ik klaar ben. "Wat als hij gewoon een man is?"

Ik nip van mijn water. "Hij is niet gewoon een man."

"Maar, wat als?" vraagt ze.

Ik haal mijn schouders op. "In dat zeer onwaarschijnlijke scenario zou ik misschien met hem uitgaan."

Natuurlijk durf ik niet eens te hopen dat hij gewoon een man is. Alles wijst op het tegendeel.

Ze springt bijna op en neer van opwinding. "Ik wist het. Je vindt deze man leuk."

"Nee, dat vind ik niet," zeg ik en ik wou dat ik mezelf kon overtuigen.

"Je vindt hem leeeeuk." Olive gaat duidelijk terug naar onze middelbare schooljaren — iets wat mijn nestgenoten in elkaar naar boven halen. Als ik niet snel handel, gaat ze vast iets zingen in de trant van: "Blue en Max zitten in een boom te K.U.S.S.E.N."

"Genoeg over mij," zeg ik. "Wat zijn je plannen?"

Ze reageert alsof mijn vraag een ijsemmer in het gezicht is.

Ik voel me meteen slecht, dus zeg ik snel, "Let wel, je kunt zo lang als je nodig hebt bij mij blijven."

Ik weet dat het opvangcentrum voor zeedieren waar ze werkte onlangs failliet is gegaan en ze heeft moeite om een soortgelijke baan in haar vakgebied te vinden.

"Ik heb op een heleboel banen buiten de staat gesolliciteerd," zegt ze. "Nu ik vrijgezel ben, kan ik overal heen, wat echt helpt."

Ik staar naar haar. "Ga je New York verlaten?"

De ober komt met ons eten en Olive wacht met antwoorden tot we weer privacy hebben.

"Hoezeer ik jou en iedereen ook zal missen, om nog maar van deze stad te zwijgen, de banen die ik nodig heb, komen hier bijna nooit beschikbaar," zegt ze.

Ik snij in mijn steak. "Dus waar heb je gesolliciteerd?"

"Door het hele land, maar gek genoeg was de meest veelbelovende vacature in Palm Pilot."

Ik grijns. "Heb je het ze al verteld?"

Ze schudt haar hoofd. "Ik vertel het ze alleen als ik de baan krijg."

Palm Islet — of Palm Pilot zoals we het gekscherend noemen — is de stad in Florida waar onze gepensioneerde grootouders wonen. Het is ook de plek waar mijn zussen die zich geen echte vakantie kunnen veroorloven, heen gaan als ze er even tussenuit willen.

Als Olive deze baan zou krijgen, dan zou het perfect voor haar zijn.

Nou ja, bijna perfect.

Florida is de 'Sunshine State' en ze is de laatste tijd overbezorgd met UV-bescherming.

Ik breng dit punt niet ter sprake en niet alleen om te voorkomen dat haar dromen in duigen vallen. Ik ben een beetje bang om erachter te komen waar al dat sunblock-gedoe over gaat. Ik ben bang dat als Olive het aan me uitlegt, ik me in het duister bij haar zal voegen. Het onderwerp vermijden is mijn algemene strategie wanneer mijn zussen vreemde eigenaardigheden ontwikkelen — en ze lijken er vatbaar voor te zijn. Het is nooit iets logisch, zoals mijn volkomen begrijpelijke behoedzaamheid voor de moordmachines die vogels zijn.

Nu ik erover nadenk, is Gia zo bleek als een vampier geworden door met Olive te praten? Ze heeft gezegd dat het voor haar toneelpersonage was, maar ik vraag me af of...

"Aarde aan Blue," zegt Olive nadrukkelijk.

Shit. "Sorry," zeg ik en we gaan verder met onze maaltijd, om over te gaan op het onderwerp waar ons nest niet zonder kan: roddelen over elkaar.

Na het eten gaan we naar Gia's show en Olive kruipt weer achter het stuur. Als we naast een gigantisch hotel met de naam The Palace stoppen, frons ik mijn wenkbrauwen.

Klinkt dit bekend? Heb ik het in een tv-programma gezien? Het heet niet alleen The Palace, het ziet er ook zo uit, dus ik kan zien waarom het uitgelicht zou kunnen worden.

We openen de deuren van het busje en een bediende trekt zijn neus op voor de sleutels van Olive.

Nou, dat is dom. Zijn genereuze fooi is net geslonken.

Als we naar de voordeuren gaan, weet ik het eindelijk.

The Palace is wat mijn GPS-apparaat als de locatie van de Hete Pokerclub aangaf.

Dit is geweldig. Ik kan niet alleen mijn zus steunen, maar ik kan ook na de show rondneuzen en meer over de club te weten komen.

Het is alleen dat als we de lobby van het hotel binnenstappen, dat ik me realiseer dat ik helemaal niet de kans krijg om te snuffelen.

Of om Gia's show te zien.

Of om nog een stap te zetten.

Niet met de verschrikkingen die ons aan alle kanten omringen.

Vogels. Heel veel vogels.

HOOFDSTUK
Dertien

MIJN HART BONST ZO SNEL DAT MIJN BORST PIJN DOET.

De lobby wemelt van de kooien vol papegaaien die als banshees krijsen die hongerig zijn naar bloed. Dit is de enige manier waarop papegaaien veel erger zijn dan killer clowns. Aangezien ze kleiner zijn, kunnen er meer in een bepaalde ruimte worden gepropt en een suïcidale sadist heeft precies dat gedaan.

Hoe erg dat ook is, het wordt nog erger.

Er lopen pauwen vrij rond.

Talloze pauwen, met die afschuwelijke staarten treiterig geopend, zonder zorg voor iemand die ze zouden kunnen verwonden.

Met zwakke knieën doe ik een bevende stap achteruit. Dan nog een en nog een. Zodra ik door de deuren ben, draai ik me op mijn hielen om en vlucht. Op een gegeven moment stop ik en probeer ik mijn supersonische ademhaling tot rust te laten komen.

"Wat de fuck?" Olive hijgt als ze me inhaalt.

"Vogels," grom ik.

"Oh, juist." Ze legt een hand op mijn schouder. "Gaat het met je?"

Ik schud mijn hoofd. "Zeg alsjeblieft tegen Gia dat het me spijt. Ik ga de show niet kunnen zien."

"Tegen Gia zeggen?" Ze trekt haar hand terug. "Weet je wat ze doet als ze van streek is?"

"Dan haalt ze grappen uit, ik weet het, maar wat kan ik eraan doen?"

"Wel naar de show gaan?" probeert Olive.

"Niet naar deze. Ik ga wel naar een andere show van haar."

"Ik denk dat deze locatie haar een show voor op de lange termijn heeft gegeven. Er is misschien geen andere show."

Ik haal mijn schouders op. "Ik zal elke dag Gia's toorn over vogels accepteren."

Olijf kijkt nadenkend. "Als je me je pruik nou eens geeft? Ik kan hem opdoen en na de show als jou met Gia gaan praten."

"Dank je, maar nee," zeg ik. "Als het iemand anders was, dan zou ik het risico nemen, maar Gia is lastig."

"Je hebt gelijk," zegt Olive. "Het is beter om het niet te riskeren. Voel je je goed genoeg dat ik je alleen kan laten?"

"Ja. Ga maar."

Ze laat me met tegenzin achter en ik loop naar het trottoir om een taxi aan te houden.

"Hé," zegt een bekende stem achter me. "Volgens mij ga je de verkeerde kant op."

Ik draai me om en glimlach.

Slechts één persoon die ik ken, kleedt zich als een piraat.

Het is Clarice, Gia's goochelaars huisgenoot en mijn voormalige pokerinstructeur.

"Ik ga niet naar de show," zeg ik. "Deze keer niet."

Zoals ze vaak doet als ze nerveus is, haalt Clarice een pak kaarten tevoorschijn en ze begint ermee te spelen. "Hoe is je pokerwedstrijd gegaan?"

Ah. Ik weet waar dit over gaat.

"De wedstrijd was geweldig," zeg ik. "Ik wilde je het geweldige nieuws appen. Ik heb mijn inleg verdubbeld, wat betekent dat ik het je voor kan schieten. Dat wil zeggen, ervan uitgaande dat je nog steeds wilt gaan nadat ik je over de veiligheidsmaatregelen die ze nemen heb verteld."

Ik beschrijf de zwarte zak over het hoofd en de rest, maar het tempert haar enthousiasme niet in het minst. Ik overweeg haar te vertellen dat ze het gebouw binnengaat waar de wedstrijd zal plaatsvinden, maar ik besluit om het niet te doen — voor haar eigen bescherming. Er worden minder mensen vermoord omdat ze te weinig weten dan omdat ze te veel weten, althans in spionagefilms.

"Ik kan niet geloven dat ik naar de wedstrijd ga." Clarice voert een superchique snit uit met de kaarten die een jaar oefening nodig heeft gehad om onder de knie te krijgen. "Ik weet niet hoe ik je moet bedanken."

Ik knipoog naar haar. "De helft van je winst zal genoeg zijn. Morgen de details bespreken?"

Ze steekt haar kaarten in haar zak. "Yep. Nu kan ik maar beter naar de show gaan."

"Geniet ervan."

Ze rent weg en ik neem een taxi.

Als ik thuiskom, realiseer ik me met terugwerkende kracht iets verschrikkelijks.

Om me naar de Hete Pokerclub te brengen, moet het beveiligingsteam me door de lobby met de papegaaien en de pauwen hebben geleid. Ik was geblinddoekt, dus ik wist niet in welk gevaar ik op dat moment verkeerde, maar ik heb geluk dat ik het heb overleefd.

Tenzij... ze een geheime ingang naar het hotel hebben en ze me op die manier naar binnen hebben gebracht.

Ja. Dat moet het geval zijn. Andere hotelgasten zouden anders argwanend kijken naar iemand die met een tas over het hoofd door de lobby wordt gesleept. Het geschreeuw van de papegaaien zou ik zelfs met de oorbeschermers hebben gehoord.

Maar wacht, als er een geheime ingang is, kan ik die dan gebruiken om naar Gia's show te gaan?

Nee. Het is waarschijnlijk bewaakt. Het is bovendien al te laat. Tegen de tijd dat ik terugkom in het hotel, is de show al bijna afgelopen.

Prima. Ik denk dat ik klaar ben voor vandaag.

Ik doe het licht in de woonkamer aan en zie dat Machete om de hoek naar Beaky tuurt. Beaky staart met zijn buitenaardse ogen terug en maakt dan wat op een grof gebaar met zijn tentakels lijkt.

De kat trekt zich terug.

Machete is niet op de vlucht. Machete wilde zien of de vis nog steeds kapot is en dat is hij ook. Machete weigert om hem op te eten. Of ernaar te kijken. Of om ermee in dezelfde kamer te zitten.

Met een grijns doe ik Machete's eten in zijn kom.

Ja. Dat klopt, klein mens. De grote Machete zal je nog een dag wakker laten worden zonder dat je gezicht is opgegeten.

Net als ik naar bed wil gaan, krijg ik een berichtje van Max. Het is een foto van het schattigste wezen tot nu toe met een bijschrift: *Dat is een bebaarde keizertamarin.*

Is zijn snode plan om mij oxytocine te laten produceren door naar deze wezens te kijken, zodat ik de feelgood-sensatie met hem associeer?

Want het werkt misschien.

Dat is een chique naam, antwoord ik. *Zeker als je bedenkt dat het ding er als een hipster-aap met een ironische snor uitziet. Als je iets leuks wilt, hier.*

Ik zoek snel online en stuur hem een foto van een maki uit Madagaskar, een aye-aye genaamd.

Max antwoordt met een emoji waarvan het gezicht van angst schreeuwt en: *Als Nosferatu een aap was en spinachtige handen had, dan zou hij er zo uitzien.*

Serieus, ik moet mijn oxytocineproductie in de gaten houden. Misschien moet ik Atosiban gebruiken, een medicijn dat de productie remt. Het wordt meestal gebruikt om een vroegtijdige bevalling te stoppen, maar dit kan een off-label spionagegebruik zijn — een beetje zoals natriumthiopental, een verdovingsmiddel dat sommigen in de spionagewereld als een waarheidsserum gebruiken.

Maar nee. Dat is waarschijnlijk overdreven. Wilskracht zal voldoende moeten zijn.

Ik app hem: *ik ga naar bed. Tot morgen.*

Hij antwoordt meteen:

Nu beeld ik me in dat je in bed ligt. Slaap lekker.

Verdorie. Waarom beeld *ik* me nu in dat hij in bed ligt? Of beter gezegd, wij samen?

Stomme Russische verleidingsscholen. Ze hebben Max iets te goed voorbereid.

Met een zucht zet ik mijn telefoon uit. Ik moet een belangrijke beslissing nemen.

Masturberen of niet masturberen, dat is de vraag.

Als ik masturbeer, denk ik misschien aan Max terwijl ik dat doe, wat erg zou zijn, maar als ik niet masturbeer, dan zal ik meer seksueel geladen zijn als ik hem morgen zie. Ook slecht.

Ik wed dat Hamlets beslissing niet zo moeilijk was.

Nee. Ik moet helemaal niet aan Max denken. Ook niet masturberen. Hem uit mijn gedachten houden als ik zou masturberen zou een prestatie zijn waar ik niet toe in staat ben, zoals het weerstaan van een verbeterde ondervragingstechniek met vogels.

Aldus besloten, klim ik in bed en probeer te slapen, maar het duurt een tijdje. Maar uiteindelijk komt Machete tegen me aan liggen en door zijn gespin val ik in slaap.

HOOFDSTUK
Veertien

DE VOLGENDE OCHTEND LOOP IK MIJN WERKGEBOUW BINNEN.

Om te zeggen dat het niet gezellig is, zou een understatement zijn. Behalve dat het geen ramen heeft, is het somber en koud, maar hé, het is gebouwd om een nucleaire explosie te weerstaan, dus ik kan mezelf met dat feitje op een mooie zonnige dag opvrolijken.

Net zoals wat voor veel van wat met mijn werk te maken heeft geldt, kan ik niet meer over het gebouw zeggen, omdat het geheim is, maar het kan wel of niet in *The X-Files* in de aflevering getiteld *This* zijn verschenen, evenals in seizoen drie van *Mr. Robot*, waar het de opslagplaats voor Evil Corp voor moest stellen.

Ja. Dat laatste was subtiel.

Als ik bij mijn bureau kom, vraagt een collega — naam geheim — "Hoe was je weekend?"

De rest van de uitwisseling is niet geheim, maar is zo saai dat ik zo vriendelijk zal zijn het te schrappen.

Als ik me bij **geclassificeerde berichtensoftware**

aanmeld, geeft mijn baas — naam geheim — me wat werk te doen, waarvan de details, je raadt het al, geheim zijn.

Zoals vaak gebeurt, ben ik sneller klaar dan mijn baas had verwacht. Ik ben goed in mijn werk. Ik geef gewoon de voorkeur aan veldwerk boven het kraken van cijfers of wat mijn hypothetische en hoogst geclassificeerde werk ook is.

Ik verzoek mijn baas om me een ander project te geven om aan te werken en terwijl ik wacht, doe ik iets wat ik niet zou moeten doen: ik gebruik werkbronnen — de meeste geclassificeerde — voor persoonlijk gebruik.

Ik begin met het laaghangend fruit.

Met behulp van **geclassificeerd** kan ik verifiëren dat ene Max Stolyar aan de York University is afgestudeerd. Vervolgens zoek ik al het andere op dat Max me heeft verteld, zoals dat hij in Canada is geboren en drie broers en een zus heeft.

Yep. Allemaal waar. Aan de nadere kant, ik had ook niet verwacht dat het anders zou zijn. Hij zou geen spion zijn die zijn geld waard was als dergelijke basisinformatie niet zou kloppen.

Ik durf zelf niet dieper te graven. In plaats daarvan neem ik contact op met een expert op het gebied van Canada, naam geheim, die me nog wat verschuldigd is. Ik maak de onderwerpregel "Persoonlijke gunst" om duidelijk te maken dat dit geen officiële agentschapszaak is.

Het antwoord is snel:

Ik heb deze week veel op mijn bord. Sorry. Ik kom hierop terug als ik tijd heb.

Vervelend, maar niet onverwacht. Voor nu is er nog iets dat ik kan proberen. Aangezien ik het nummer van Max weet, gebruik ik **geclassificeerd** om in zijn telefoon te komen.

Het lukt niet.

Ik gebruik in plaats daarvan **geclassificeerd**.

Zelfde gebrek aan resultaat.

Ik ben teleurgesteld, maar niet verrast. Dit is gewoon weer een aanwijzing dat hij deel van de inlichtingengemeenschap uitmaakt. Toegang krijgen tot onze hardware is niet zo eenvoudig als tot die van een gewone burger. Als hij in mijn telefoon probeert te komen, dan zou hij ook falen. Hopelijk.

Er zijn natuurlijk andere methoden die ik kan gebruiken om me een weg naar binnen te forceren, maar dat zou me kunnen verraden.

Ik kan beter op iets anders overgaan.

Ik kijk stiekem om me heen, haal een flashdrive uit mijn Faraday-kooipruik en zet de foto's die ik daar heb opgeslagen over naar mijn werkcomputer.

Zodra ik klaar ben, verstop ik de flashdrive weer in mijn pruik. Het meenemen van opnameapparatuur van welke aard dan ook is een enorme schending van het protocol, want zo krijg je Snowden-situaties. Duimen dat niemand me hierover iets vraagt tijdens het volgende polygraafgesprek... Wacht, zijn *die* geclassificeerd?

Ik ga verder met het koppelen van de gezichten van alle mannen bij de Hete Pokerwedstrijd die ik bij had gewoond aan hun namen en dan doe ik hetzelfde voor de vrouw met wie Max had gesproken.

Gewapend met de namen leer ik meer over deze mensen, te beginnen met de vrouw.

Vreemd.

Ze is een executive bij JP Morgan. Wat heeft investeringsbankieren met Rusland te maken?

Geen idee. Misschien is ze bij de financiering van terrorisme betrokken of heeft dit met een conflict te maken waarin Rusland zich bevindt? Hebben ze Oekraïne vorige week niet weer van streek gemaakt?

Als alternatief had Max dit hele ding als een list kunnen bedenken. Misschien wist hij dat ik hem zou volgen?

Nee. Ik ben paranoïde.

De andere mogelijkheid — dat de ontmoeting met haar persoonlijk was — ligt ook nog op tafel en ik haat het hoezeer dat me irriteert.

Om mezelf af te leiden, zoek ik de mannen van de Hete Pokerclub op. Per slot van rekening leek een van hen het doelwit van Max te zijn.

Ik begin met de enige onaantrekkelijke speler en leer dat hij eigenaar van een oliemaatschappij is.

Zou Rusland in hem geïnteresseerd kunnen zijn?

Onwaarschijnlijk. Ze hebben genoeg van hun eigen olie.

De volgende man – degene die een sculptuur bouwde van zijn fiches — heet Bogdan Velik en heeft geen beursgenoteerd beroep. Zou hij een professionele pokeroplichter kunnen zijn? Ik moet mijn FBI-contactpersoon pingen om te zien of die het weet.

Een andere man blijkt eigenaar van een beleggingsfonds te zijn. Zou Max in hem geïnteresseerd zijn? Misschien handelt dit fonds in Russische aandelen?

Dan is er nog de vastgoedmagnaat. Was hij degene waar Max achteraanzat? Misschien wil Rusland in een eersteklas onroerend goed in Manhattan investeren? Maar waarom zou je het stiekem doen?

Hmm. Misschien was deze volgende kerel het doelwit van Max. Hij is de CEO van een biotechbedrijf. Het lijkt erop dat het bedrijf niets maakt dat bewapend kan worden, maar je weet maar nooit wat Rusland interessant vindt. Voor hetzelfde geld zijn ze op zoek naar een drankje dat sterker is dan wodka of naar de ultieme remedie tegen katers.

De volgende persoon die ik opzoek, is Slordige Stapel, wiens echte naam ik niet uit het hoofd wil leren, omdat hij voor mij altijd Slordige Stapel zal zijn.

Interessant. Slordige Stapel is een software-engineer. Niet bepaald een baan die goed genoeg betaalt om bij die wedstrijd te zitten. Zou hij het doelwit van Max kunnen zijn?

Ik controleer **geclassificeerd** en zie dat het softwarebedrijf van Slordige Stapel handelsplatforms maakt, iets waar Rusland niet in geïnteresseerd zou zijn.

Ik stuur alle namen die ik heb ontdekt naar mijn FBI-contactpersoon — deels om te zien of ik meer te weten kan komen, maar ook om mijn acties meer legitimiteit te geven voor het geval ik gepakt word. Samenwerken van agentschappen klinkt goed, een malafide werknemer die alleen rondsnuffelt niet zozeer.

Voor het volgende deel heb ik geen excuus, dus ik hoop dubbel dat ik er niet op gepakt word. Met behulp van **geclassificeerd** lokaliseer ik Bretts telefoon en plaats er een volg-app op. Nu krijg ik een melding als hij binnen vijftien meter van Olive komt of, meer specifiek, bij haar telefoon.

Last but not least, als vergelding voor het bekrassen van Olive's auto, regel ik dat hij volgend jaar door de belastingdienst wordt gecontroleerd.

Shit. Het is al lunchtijd.

Ik sta op het punt om uit te loggen als ik een bericht van mijn FBI-contactpersoon krijg.

Het is informatie over Bogdan, de man die een sculptuur van zijn fiches bouwde. De FBI denkt dat hij de organisator van de Hete Pokerclub is. Er wordt me ook sterk aangeraden om niet aan zijn verkeerde kant te gaan staan. Volgens een informant heeft deze man de reputatie extreem gevaarlijk te zijn.

Is hij degene wiens telefoon Max wilde afluisteren?

Nee, ik betwijfel het. Waarom zou de persoon die de club runt zijn telefoon in een kluisje bewaren? Het zou in zijn kantoor liggen of ergens anders.

Mijn hart slaat een slag over als ik aan die avond terugdenk. Als deze Bogdan echt gevaarlijk is, dan had Max gewond kunnen raken.

Over Max gesproken, ik kom te laat voor onze lunch.

Ik ren mijn gebouw uit, spring in een taxi en roep het adres dat Max me heeft geappt.

De taxi rijdt te langzaam, waardoor ik wou dat ik vandaag mijn auto had genomen. De reden dat ik had besloten om dat niet te doen, is dat mijn werkgebouw op loopafstand van mijn appartement ligt en parkeren in Manhattan echt hoofdpijn kan geven.

Om de tijd te doden, videobel ik Gia.

"Hé, zus," zegt ze.

"Hé. Het spijt me heel erg."

Gia schraapt haar keel. "Waar heb je deze keer spijt van?"

Is dit een truc? Waarschijnlijk. Gia's hele leven is dat.

"Er zaten vogels in die lobby." Ik doe mijn best om zo verontschuldigend mogelijk te klinken.

"Heb je de show gemist?"

Fuck. Ze wist het niet?

En waarom klinkt ze schuldig in plaats van boos? Dit moet een truc zijn.

"Het spijt me," zeg ik. "Ik kon niet naar binnen. Het zou net zoiets zijn als wanneer jij naar een ziekenhuis gaat. Als je ergens anders optreedt, dan zal ik er zijn, dat zweer ik."

"Eerlijk gezegd ben ik degene die spijt zou moeten hebben," zegt Gia. "Als ik die lobby binnenga, denk ik er altijd aan hoe erg je het zou haten, maar toen ik je uitnodigde, was ik het helemaal vergeten."

Ik staar naar haar. Serieus, is dit een truc?

"Toch," zeg ik voorzichtig. "Ik had het moeten overwinnen, voor jou."

Gia's glimlach is duivels. "Ik waardeer je eerlijkheid.

Toevallig heb ik binnenkort een show op een andere locatie en dan kan ik wel wat vriendelijke gezichten in het publiek gebruiken. Daar kom je wel heen, toch?"

Ik kan het 'of anders' bijna horen.

"Ik zal er zijn," zeg ik plechtig.

"Goed," zegt ze. "En we moeten afspreken zodat je de gunst kunt terugbetalen die je me verschuldigd bent."

Dat was ik vergeten. Geen wonder dat ze zo vergevingsgezind is. Ze heeft me nog levend nodig.

"Wanneer je maar wilt," zeg ik.

"Ik zal contact opnemen met de details. Zowel voor de show als om af te spreken."

"Juist." Ik schakel over op een vorm van Varkenslatijn die ik heb ontwikkeld toen we kinderen waren — mijn eerste cryptografie gerelateerde prestatie. Het idee erachter was om in het bijzijn van onze ouders geheimen te vertellen, maar het zal ook de taxichauffeur buiten de deur houden. "Ik vroeg me af... hoe ben je aan die locatie gekomen? The Palace, bedoel ik?"

"Hoezo?" vraagt Gia.

"De Hete Pokerclub zit in hetzelfde hotel."

Is dat een geschokte stilte?

"Dat meen je niet," zegt ze.

"Jawel."

"Nou, ik heb de show omdat dat hotel van de broer van mijn vriend is."

"Is de naam van de broer Bogdan Velik?" vraag ik.

"Nee," zegt ze. "Zijn naam is Kazimir Cezaroff of kortweg Kaz."

Juist. Ze had me dit verteld toen ze me over haar

nieuwe liefde vertelde. Ik wist alleen de naam van het hotel niet meer.

"Wie is deze Bogdan dan?" vraag ik.

"Weet ik niet. Maar ik zal het vragen."

"Dank je. Laat het me weten als je het weet."

Ze stemt in en ik hang op. Ik bel vervolgens Clarice en we regelen alles zodat ze op haar gemak lid van de Hete Pokerclub kan worden.

"Kan ik het binnenkort doen?" vraagt ze.

"Dat is aan jou."

"Ik wil niet op je tenen trappen," zegt ze.

"Ik ga er niet meer heen. Ze zijn allemaal van jou."

Ze grinnikt. "Bedankt."

Ik waarschuw haar om niet aan de verkeerde kant van Bogdan te komen terwijl ze daar is en hang op als de taxi bij de stoeprand stopt.

Ik staar naar het uithangbord van het restaurant dat Max heeft uitgekozen.

Сало.

In Engelse letters als *salo* geschreven, dat is een Russisch woord voor een gerecht dat, zoals ik het begrijp, puur dierlijk vet is — zoals in reuzel. Naar verluidt gaat het op een koude dag goed samen met wodka. Ik denk dat als je zeker wilt weten dat je aan een hartaanval sterft voordat je lever het begeeft, dit het perfecte gerecht is.

Ik kan me gewoon het denkproces van de Russische uitvinder voorstellen toen hij met deze delicatesse op de proppen kwam. Amerikanen eten spek? Watjes. In spek zit *wat* vlees. Bakken ze die van hen? We eten de onze rauw of maken het op zijn minst in.

Betekent dit dat dit een Russisch restaurant is?

Als ik naar binnen stap, hoor ik stemmen in wat als Russisch klinkt spreken en de gezichten van de bedienden delen de Slavische trekken van Max.

Wat voor de duivel? Heeft Max geen enkel vertrouwen in mijn vermogen om door zijn zeepbeldunne masker te kijken? Of is dit een of andere vreemde omgekeerde psychologie?

Misschien hoopt hij dat ik verliefd word op het eten en naar Rusland over wil lopen?

"Hoi," zegt een bekende diepe mannenstem achter me.

HOOFDSTUK
Vijftien

Ik draai me om en hap bijna naar adem.

Het is pas één dag geleden, maar ik ben het volledige effect van de nabijheid van Max al vergeten.

Ik ben niet zeker over Russisch eten, maar dat haar en die lippen hebben misschien een kans om me over te laten stappen.

Hij komt dichterbij.

Mijn hartslag versnelt.

Gaan we weer zoenen? Het zou niet erg bevorderlijk zijn om mijn hoofd erbij te houden, maar —

Een serveerster komt tussen ons in staan, haar knipperende ogen zijn op Max gericht. Koket ratelt ze iets in het Russisch terwijl ik de neiging weersta om haar met een Krav Maga-schop tegen de lever tegen de grond te werken.

Ik denk tenminste dat ze Russisch spreekt. Het klinkt iets anders. Misschien spreekt ze het niet vloeiend?

Max doet een stap achteruit voordat hij om haar

heen loopt om mijn hand te pakken. "Elke tafel is goed," zegt hij in het Engels terwijl de tintelingen langs mijn arm omhooggaan van waar onze handpalmen elkaar raken.

De serveerster kijkt boos naar onze samengevouwen handen en ze plakt dan een nepglimlach op haar gezicht als ze ons bij het raam laat zitten. Zonder een woord te zeggen, geeft ze me een menu in de hand en geeft Max de zijne op een vriendelijkere manier.

"Ken je haar?" vraag ik wanneer de serveerster weg is.

"Niet bij naam, maar ik heb haar eerder gezien. Ik ken iedereen hier. Ik kom hier heel vaak."

Een Russisch restaurant waar hij heel vaak komt.

Het is alsof hij me met zijn Russischheid uitdaagt.

"Werk je hier in de buurt?" vraag ik.

Hij schudt zijn hoofd. "Het is gewoon een plek waar ik vaak kom als ik heimwee heb."

Oké, er is niet proberen en er is dat antwoord. Wat voor spelletje speelt hij? Misschien moet ik hem nu gewoon openlijk vragen of hij een Russische spion is. Is dat wat hij wil?

Moe van de verwarring werp ik een blik op het menu. Aan de ene kant is het Engels en aan de andere kant Russisch.

Borsjt, salo — uiteraard — en *blini*, allemaal hoofdbestanddelen uit de Russische keuken.

Maar wacht even. Is dat eigenlijk wel Russisch op het menu? Sommige gerechten hebben de kleine letter 'i' in hun naam. Dat is geen letter die in het Russische alfabet staat. Zijn aardappelpannenkoekjes ook een Russisch gerecht?

"Wil je dat ik iets voor je bestel?" vraagt Max, waarschijnlijk mijn gezichtsuitdrukking verkeerd begrijpend.

"Welke keuken is dit?" vraag ik.

Hij laat me zijn kuiltje zien. "Oekraïens. Heb je het ooit gegeten?"

Oekraïens?

Rusland en Oekraïne staan niet bepaald op goede voet. Is dat de subtiele invalshoek die hij speelt?

Uiteindelijk besluit ik er gewoon voor te gaan. "Waarom krijg je heimwee van Oekraïens eten?"

Als hij me vertelt dat borsjt de plaats heeft ingenomen van poutine als traditioneel Canadees gerecht, dan zal ik hem er gewoon van beschuldigen een spion te zijn.

Hij legt zijn menu neer. "Ik ben een Oekraïense Canadees."

"Huh?" is mijn geniale antwoord.

"Mijn ouders zijn vanuit Oekraïne naar Canada geëmigreerd. Het maakte toen deel uit van de Sovjet-Unie."

"Oh." Ik ben op dreef met de geestige gevatheid.

"Oekraïners zijn de op zeven na grootste etnische groep van Canada. We zijn met meer dan een miljoen."

Hoe komt het dat ik dit nog nooit heb gehoord? Het moet wel waar zijn. Hij zou anders geen verklaring laten vallen die zo gemakkelijk te verifiëren is.

Ik neem al mijn eerdere opmerkingen over zijn dekmantel terug. Het blijkt duivels slim te zijn. Met deze ene draai heeft hij een verklaring voor zijn Slavische gelaatstrekken, zijn vermogen om zachte medeklinkers uit te spreken en zijn verlangen naar borsjt.

"Huh," is mijn nieuwste parel in het gesprek.

"Ja. We hebben veel parallellen met Italiaanse Amerikanen," zegt hij. "Wist je dat ze in de VS ook op de zevende plaats staan?"

Ik schud mijn hoofd.

"Dat is wel zo. En net als zij behouden we de tradities uit ons thuisland, vooral als het om eten gaat." Hij tilt het menu op. "Daarom heb ik voor deze plek gekozen toen je zei dat we overal konden eten. Is dat goed?"

"Natuurlijk," zeg ik, blij dat ik eindelijk weer bij zinnen ben. "Ik vind het leuk om nieuwe dingen uit te proberen."

Hij bekijkt me even goed. "Dat is fijn. Ik denk dat je het Oekraïens eens moet proberen."

Slik. Waarom stel ik me iets anders voor dan voedsel dat mijn mond binnenkomt? Iets met de nobele naam van een gladiator.

Ik schraap mijn vreemd droge keel. "Om op je eerdere aanbod terug te komen, bestel jij alsjeblieft iets voor me waarvan je denkt dat ik het lekker zou vinden."

"Goede keuze, *sonechko*," mompelt hij.

Ik draai mijn menu om. "Wat betekent *sonechko*?"

"Het is Oekraïens. Het betekent de zon."

Weersta. Zwijmel. Overbelasting.

De serveerster komt terug.

Max praat geanimeerd met haar in wat ik nu weet dat het Oekraïens is. Af en toe kan ik een woord of twee onderscheiden, zoals *borsjt, salo* en *holodets*.

Terwijl ze praten, vraag ik me af of hij een Oekraïense spion kan zijn in plaats van een Russische. Hun inlichtingendienst heet de SBU en heeft als het om Rusland gaat een bewogen verleden. Aanvankelijk een tak van de KGB, werd de SBU diep door Russische spionnen geïnfiltreerd nadat Oekraïne onafhankelijk werd. Dat betekent dat zelfs als hij een Oekraïense spion is, hij ook een Russische dubbelspion kan zijn. Of niet. Een paar jaar geleden hebben ze een grote schoonmaak gehouden en ze beweren nu veel strengere protocollen te hebben om infiltratie te voorkomen, zelfs zo ver dat ze regelmatig via ondervragingen en leugendetectietests loyaliteitstests uitvoeren.

Hoe dan ook, een buitenlandse spion is een buitenlandse spion.

De serveerster vertrekt en ik besluit om hem subtiel op spionagekennis te onderzoeken.

"Wat voor soort films vind je leuk?" vraag ik.

Voordat hij antwoord kan geven, komt de serveerster terug en zet ze twee kommen donkerrode soep voor ons neer.

Borsjt. Natuurlijk.

"Ik heb geen specifiek genre dat ik leuk vind," zegt hij. "Maar al mijn favoriete films bevatten dieren. Voor het geval je het niet hebt opgepikt, ik hou echt van dieren."

Is er een verband tussen het houden van dieren en een beest in bed zijn?

Ik vraag het voor een vriendin.

"Je hebt het niet zo goed verborgen," zeg ik. "Welke is je favoriet? *Het jungleboek*? *De leeuwenkoning*?"

Hij doopt een houten lepel in zijn borsjt. "Je zult me uitlachen, maar mijn favoriete film is *Max*. Hij gaat over een oorlogshond."

Is dit een aanwijzing? Zou een spion zichzelf in een gestreste oorlogshond zien?

"Ik, je belachelijk maken? Dat zou ik nooit doen." Ik wapper mezelf koelte toe. "Alleen omdat dat super-narcistisch klinkt, wil nog niet zeggen dat het grappig is. Nietwaar?"

In zijn verdediging, als er een spionagefilm zou zijn met een hoofdrol met de naam Blue, dan zou het ook mijn favoriet zijn.

Hij grijnst en brengt een lepel soep naar zijn mond. "En hoe zit het met jou? Wat voor soort films vind jij leuk?"

Jackpot. "Spionagefilms," zeg ik terwijl ik naar zijn reactie kijk.

Hij knippert niet eens. In plaats daarvan slikt hij de borsjt door en sluit van genot zijn ogen.

Prima. Twee kunnen dit spel spelen.

Ik neem een lepel borsjt en spuug het dan meteen weer uit.

Borsjt zou bieten, aardappelen, kool, enzovoort bevatten, maar het belangrijkste en misschien wel het enige ingrediënt in deze borsjt is knoflook.

Genoeg knoflook om elke vampier in Transsylvanië en Sunnydale te doden.

"Wat is er aan de hand?" vraagt Max.

"Te weinig borsjt in mijn knoflook," zeg ik met een krakende stem.

Hij fronst. "Er zit in de mijne bijna geen knoflook."

Is hij gek?

Hij probeert mijn soep en zijn frons wordt dieper.

Hij zwaait naar de serveerster en spreekt haar streng toe. Ze ziet er onschuldig uit als ze hem antwoordt, maar als ze een blik op mij werpt, weet ik zeker dat zij degene was die alle knoflook in mijn borsjt heeft gegooid.

Nadat ze mijn kom pakt en weggaat, zeg ik, "Misschien krijgen we een andere serveerster. Ik denk dat ze je misschien te leuk vindt om aan mijn volgende portie geen rattengif en spuug toe te voegen."

Hij zet zijn borsjt voor me neer. "Ik heb een beter idee."

Hij zwaait naar de serveerster terwijl ik de soep proef.

Wauw. De hartige heerlijkheid ervan doet me bijna hardop kreunen.

Wat hebben ze met deze bieten gedaan? Ze een massage en wat bier gegeven, zoals de Japanners dat met Kobe-vlees doen?

De serveerster komt naar ons toe en kijkt bezorgd naar de bordenwissel.

"Voordat je het volgende gerecht tevoorschijn haalt, wil ik je eraan herinneren dat ik goed bevriend ben met de eigenaar," zegt Max in het Engels tegen haar. "Bovendien zullen we vanaf nu alles delen."

Ze verbleekt. Ik denk dat ze deze baan wil behouden.

Ik weet nu zeker dat zij de knoflook erin heeft gedaan en het niet een of andere blunder van de keuken was. Probeerde ze onze kus van na de lunch te saboteren? Ik heb van vrouwen gehoord die hun man knoflook voeren om ervoor te zorgen dat ze niet vreemdgaan, maar om dit een vrouwelijke rivaal aan te doen, is een nieuw niveau van sluwheid.

Verdomme. Hoe zal ik hem nu kunnen kussen?

Ik besluit dat ik wraak moet nemen.

"Bedankt." Ik schuif de soep van Max naar zijn kant. "Zullen we het delen, zoals je zei?"

Hij grijnst en pakt zijn lepel.

Ik haal stiekem mijn telefoon onder het vloerlange tafelkleed vandaan.

De apps die ik ga gebruiken, zijn niet geheim, omdat ik ze zelf heb gemaakt. Ze zijn echter waarschijnlijk illegaal, dus hoe minder erover wordt gezegd, hoe beter.

Eerst ga ik op de lokale wifi voor gasten en van daaruit op het privénetwerk van het restaurant.

Mensen zoals ik zijn de reden dat het gebruik van openbare wifi niet veilig is.

Slechts een klein aantal apparaten is op dit netwerk aangesloten en nog minder van hen zijn telefoons. Ik spring op de eerste telefoon — nee, de naam van een man. Ik ga naar een andere. Vrouw. Mooi. En heeft social media-apps geïnstalleerd. Nog mooier.

Ik start eerst de Twitter-app.

Yep. De profielfoto is die van de serveerster. Ik zit in haar telefoon, zoals bedoeld.

Mysterieus genoeg is haar volgende tweet de

volgende, in het Engels en vervolgens door Google in het Oekraïens vertaald:

Ik heb net weer in mijn broek gepoept!

Deze zeer informatieve info wordt ook een update op haar profiel op Facebook.

"Jouw beurt." Max schuift de soep terug.

Ik verstop mijn telefoon en eet nog een lepel vol. Zo lekker.

Ik geef het aan hem terug. "Is er een verschil tussen de Russische en Oekraïense borsjtrecepten?"

"Ik zou zeggen dat er in elk familierecept een klein verschil is." Met smaak slikt hij nog een lepel door. "De reden dat ik deze zaak zo leuk vind, is hoe dicht hun recept bij dat van mijn moeder ligt. Die van haar is maar een klein beetje dikker."

Hoe groot is de kans dat zijn moeder het recept in een digitale vorm heeft opgeslagen die ik kan stelen? Dan zou ik dit voor hem kunnen maken. Verleiding via de maag is niet iets dat ik in films heb gezien die femmes fatales doen, maar waarom niet?

De serveerster is terug. Ze heeft nog een borsjt bij zich. Ze kijkt verward en zet het in het midden van de tafel.

Max pakt hem als eerste en proeft ervan.

"Dank je," zegt hij terwijl hij opkijkt.

Terwijl ze weg wil lopen, haalt ze haar telefoon tevoorschijn en haar ogen worden groot.

Ik open een vertaal-app op mijn telefoon en typ in, "Net als jij kan karma een echte bitch zijn." Dan laat ik de app dat hardop in het Oekraïens zeggen.

Ze draait zich mijn kant op, haar ogen nog groter.

"Oeps," zeg ik. "Deze vertaal-app is duidelijk incompetent. Ik wilde dat het zou zeggen, 'Bedankt dat je zo meegaand bent.'"

Met een zucht draait ze zich om en stormt weg.

"Waar ging dat over?" vraagt Max.

Ik haal mijn schouders op. "Iemand lijkt een groter oogje op je te hebben dan we aanvankelijk dachten."

Hij duwt de nieuwe borsjt mijn kant op. "Het kan me niet schelen wat ze denkt."

Geweldig antwoord. Hij mag blijven leven.

"Waar hadden we het net over?" vraag ik, benieuwd of hij het onderwerp spionagefilms, om voor de hand liggende redenen, zal ontwijken.

"Je zei dat je van spionagefilms houdt," zegt hij. "Heb je een favoriet?"

Gedurfd.

Ik vertel hem misschien een beetje te hartstochtelijk over de shows en films waar ik van hou.

Een mannelijke ober komt naar ons toe met twee borden in de hand. "Omdat je een Engelssprekende in je gezelschap hebt, werd ik gevraagd om je tafel over te nemen."

Tuurlijk. Dat is de reden. Niet omdat die serveerster, dankzij ondergetekende, (weer?) van angst in haar broek heeft gepoept.

Als de man weggaat, bekijk ik het nieuwe gerecht. Het lijkt op pannenkoeken. Het moeten de aardappelen zijn die ik op het menu zag staan. Ik proef er een.

Jammie.

"Wat is het meest realistische element dat je in een

spionagefilm hebt gezien?" vraagt Max. "Natuurlijk zonder op iets geheims in te gaan."

Ik kauw nadenkend op mijn pannenkoek voordat ik "Nummerstations" zeg.

Ik kijk nog eens naar zijn reactie, maar zijn pokerface maakt het onmogelijk om op deze manier enig voordeel te behalen.

"Nummerstations," herhaalt hij.

"Ja. Weet je wat dat zijn?"

Hoeveel lef heeft hij?

"Zijn dat geen radiostations die een heleboel nummers uitzenden?" vraagt hij. "Voor inlichtingenofficieren die in het buitenland opereren, toch?"

Ik knik. Veel lef inderdaad. Dat is precies wat ze zijn — en het feit dat hij dit weet betekent dat hij er een gebruikt... tenzij hij er geen gebruikt en dit een dwaalspoor is. Bij spionnen moet je naar het verhaal in het verhaal kijken.

De ober komt met iets nieuws terug, een gepaneerde ronde vorm die er gebakken uitziet.

"Wat is dat?" vraag ik wanneer hij vertrekt.

"Ik weet niet zeker of de beste analogie een burger of een pasteitje zou zijn," zegt Max. "Het is van kip en is in Kiev-stijl gemaakt, wat betekent dat er boter in het midden is gesmolten."

Ik trek me los van de tafel. "Zei je kip?"

Hij kijkt naar het ding en huivert. "Ben bang van wel. Ik wist niet dat je afkeer van vogels zich tot culinaire voorkeuren uitstrekte. Ik dacht dat je het misschien wel leuk zou vinden om ze als wraak te eten."

Ik schud heftig mijn hoofd. "Denk aan vogelspinnen. Vliegende exemplaren die je ogen uit kunnen pikken. Zou je een tarantula willen eten?"

"Zeg maar niets meer." Hij roept de ober en het gerecht wordt meegenomen.

"Oh, het was niet mijn bedoeling dat *jij* iets zou missen," zeg ik.

Zijn kuiltje komt weer tevoorschijn. "Ik wil niet dat je straks van me walgt."

Fuck. Hij is open over zijn plan om me te kussen. Beste afleiding van een gekookte vogel ooit.

Ik bevochtig mijn lippen. "Als er iemand zal walgen, dan ben jij het. Herinner je je al die knoflook nog?"

Hij kijkt hongerig naar mijn lippen. "Maakt me niet uit."

Rekening alsjeblieft.

De ober komt terug en zet een bord neer met brood en een stuk reuzel erop — salo. Hij geeft ook twee shotglaasjes, die hij met een heldere vloeistof vult die op wodka lijkt.

"Dat is *horilka*," zegt Max. "Vind je het goed om tijdens de lunch iets te drinken?"

Ik knik.

Hij snijdt een stuk salo, legt het op een stuk brood en legt dat op mijn bord. Vervolgens doet hij hetzelfde voor zichzelf en heft het glas. "Pas op — hier zitten chilipepers in."

Ik hef mijn glas. "Ik weet zeker dat ik het aankan."

"*Budmo!*" Hij drinkt het drankje op.

"Proost." Ik slik de mijne door.

Heilige verdomde verbranding. Als hij me niet voor de chilipepers had gewaarschuwd, dan zou ik denken dat de kwaadaardige serveerster weer bezig was.

Waarom zou je wodka nemen, een drankje dat al brandt, en er capsaïcine aan toevoegen? Zijn Oekraïners masochisten? Proberen ze het gevoel van herpes te creëren, maar dan met een volledig lichaam?

Max bijt in zijn broodje salo, dus doe ik hetzelfde.

Het helpt.

Een beetje.

Ik denk dat ik nu het idee achter horilka snap. Als je een stuk reuzel wilt eten, dan moet je eerst je smaakpapillen verbranden.

Max bedekt mijn hand met zijn grote hand. "Wat denk je?"

Zijn aanraking komt met het brandende gevoel in mijn buik overeen en de warmte van de alcohol verspreidt zich door al mijn cellen en nestelt zich in mijn kern — en ik weet niet zeker of dit de invloed van Max of die van de horilka is.

Hoe sterk is dit drankje? Veertig procent alcohol? Ik voel meteen een buzz.

"Ik krijg een voorproefje van het Oekraïens." Mijn stem is hees en niet alleen van de horilka.

De ober komt terug met een ander gerecht.

Max trekt zijn hand weg. Ik mis het meteen.

Het nieuwe item is gevulde koolrolletjes, *golubtsi* genaamd, en ik ontdek dat ik er een grote fan van ben, vooral als ik er volgens de instructies een klodder zure room aan toevoeg.

"Heb je huisdieren?" vraag ik wanneer ik van weer een mondgasme ben hersteld.

"Helaas niet, nee."

Dus hij houdt van dieren, maar hij heeft geen huisdieren? Ik denk dat het met het drukke schema van een spion moeilijk is om ze te hebben. Dat of hij probeert niet te veel verplichtingen te hebben.

"En hoe zit het met jou?" vraagt Max.

"Ik heb een kat." Ik pak mijn telefoon en zoek een foto van Machete.

Hij grijnst. "Heel schattig."

Ik ben blij dat Machete hier niet is om in zijn gezicht te krabben voor zo'n belediging. "Fel, bedoel je."

"Natuurlijk." Hij lacht.

Ik grijns. "Ik heb momenteel ook een serieuze octopus bij me thuis. Herinner je je de foto nog?"

"Serieus?"

"Yep." Ik haal de afbeelding nog een keer tevoorschijn en laat die aan hem zien. "Hij heet Beaky."

Hij schudt zijn hoofd. "Nu wil ik echt je huis bezoeken en hem zien. En je kat."

Tuurlijk. Bezoek mijn huis om mijn kat te zien... niet mijn poesje.

Ik schraap mijn keel. "Beaky is het huisdier van mijn zus. Ze logeert op dit moment bij me." Zoals in, als er wat geflikflooi plaats zou vinden, dan zou jouw huis beter werken.

Zijn blik is verhit. Hij heeft mijn gedachtegang begrepen. Ik wed dat hij op het punt staat om —

De ober komt terug.

Neeee. Max wilde net een excuus verzinnen om bij hem langs te komen. Ik ben er zeker van.

Er wordt een schaal op tafel gezet.

Ik knipper ernaar. En knipper nog een beetje.

Het is pudding, maar anders dan ik ooit in mijn leven heb gezien en ik dacht dat ik ze allemaal had geproefd — alle kleuren en smaken, met en zonder fruit erin. Zelfs pudding shots.

In deze zit vlees. En wortelen en selderij — je weet wel, dingen die iedereen met pudding associeert.

De ober zet ook een bijgerecht bestaande uit een roodpaarse pasta op tafel. Duidelijk iets met bieten. En waarom ook niet op dit moment?

Max wijst naar het pudding vlees. "Dat zijn *holodets*." Dan gebaart hij naar de pasta. "En dat is *hren*, een mierikswortel die er heel goed bij past."

Ik hou mijn twijfels voor mezelf. Ik hoop dat als ik dit eet, hij terugkomt op het onderwerp om me bij hem thuis uit te nodigen.

"Moeten we nog een shot nemen?" vraag ik.

Ik heb vloeibare moed nodig om dit holodets-ding te eten.

Hij kijkt op zijn horloge. "Ik heb zo een vergadering, maar nog een shot zou moeten kunnen." Hij gebaart naar de ober en zegt in het Oekraïens iets over horilka.

Voor ik het weet hebben we nog twee shots in handen.

"Laat me je bedienen." Max legt de vlees pudding op mijn bord en doet er wat mierikswortel bij.

Me bedienen? Ik weet dat hij het over de ridderlijkheid aan tafel heeft waar Russen — en ik denk

Oekraïners — bekend om staan, maar ik kan het niet helpen om de vieze versie te horen.

"*Budmo.*" Ik pak mijn shot en sla het in één keer achterover.

"*Hé.*" Hij drinkt de zijne op.

Zelfs nu ik het verwacht, voel ik me nog steeds alsof een draak me zojuist mond-op-mondbeademing heeft gegeven.

Hij eet een stuk holodets bedekt met de mierikswortel en ik volg zijn voorbeeld.

Oh, kom op. De garnering is wasabi-sterk en het maakt het brandende gevoel drie keer zo erg.

Wanhopig eet ik een stuk pudding vlees.

Oef. Ik denk dat ik weer kan ademen.

Het gerecht is niet zo erg als ik had verwacht. Doet me aan soep denken. Een koude, zeer dikke soep met een geleiachtige textuur die smelt als je hem in je mond stopt. Ook erg knoflookachtig, dus hé, we hebben nu allebei knoflookadem.

Waarom maakt zelfs dat me niet minder geil? Ik word zelfs met de seconde geiler. Gisteravond niet masturberen was een tactische fout geweest, waar elk femme fatale-reglementenboek je voor waarschuwt.

"Vind je de Oekraïense keuken lekker?" vraagt Max.

Zo. Ik wed dat als ik ja zeg, hij me zal uitnodigen voor het diner met een aanbod om 'meer Oekraïens in me te krijgen.'

"Ik ben er gek op." Mijn woorden klinken hees, een totale femme fatale-zet.

"Gelukkig," zegt hij. "Ik was bang dat het kippending het had verpest."

Grr.

Waar is mijn uitnodiging?

Het is misschien tijd om het heft in eigen handen te nemen en de volledige femme fatale-modus te activeren. Of beter gezegd, gezien het idee dat ik heb, om het heft in eigen hand te nemen.

Ik schuif mijn achterste naar het puntje van mijn stoel en trek mijn schoenen uit.

Mijn hart begint sneller te kloppen.

Ben ik brutaal genoeg om dit te doen?

Aangeschoten genoeg?

Maakt me niet uit. Ik ga ervoor. Met het dikke tafelkleed zal niemand iets in de gaten hebben — en Max zal eindelijk in de pas lopen.

Voorzichtig, maar resoluut laat ik mijn linkervoet naar zijn kuit glijden en laat hem langs zijn dijbeen gaan voordat ik hem op zijn kruis plaats. Terughoudend voetjevrijen is voor maagden, nonnen en IRA-agenten. Een femme fatale CIA-agent rommelt niet wat aan.

Ze gaat direct voor de lul.

HOOFDSTUK
Zestien

IK BEWEEG MIJN VOET TOTDAT IK HEM VOEL.

Hardheid.

Grote hardheid.

Wauw. Of Maximus is zo groot als de naam doet vermoeden of mijn voet is niet goed in het meten.

De ogen van Max worden groot.

Bingo.

Ik streel Maximus op en neer.

Met ogen die donkerder worden, steekt Max zijn hand uit en legt zijn hand op de mijne.

Daar gaan we dan.

Ik wiebel met mijn tenen.

Zijn adem stokt hoorbaar. Hij leunt naar voren en zegt hees, "Raak jezelf aan."

Zo bazig.

Ik vind het geweldig.

Ik scan mijn omgeving. Niemand lijkt enige aandacht aan ons te besteden.

Ik schuif wat verder naar beneden, steek mijn

rechterhand in mijn doorweekte slipje en knik naar Max om hem te laten weten dat ik zijn bevel heb opgevolgd.

Zijn ogen worden beestachtig.

Mijn linkervoet tapdanst op zijn lul.

Zijn neusgaten worden groot en Maximus staat op het punt om uit de broek van Max te komen.

Mijn clitoris is overgevoelig bij aanraking, mijn plooien glibberig. Ik beweeg mijn vingers sneller terwijl een orgasme zich in mijn kern begint op te bouwen. Ik schuif nog verder naar beneden en trek mijn hand onder de zijne vandaan zodat ik me aan de hoek van de tafel kan vastgrijpen. Dan reik ik met mijn andere voet omhoog en pak Maximus aan beide kanten vast als een aap.

Max zuigt lucht naar binnen en leunt weer naar voren. Zijn stem is een lage, diepe grom. "Wil je voor me komen, sonechko?"

Ik knik en meen het.

Ik ben er dichtbij.

Zo dichtbij.

Ik versnel en knijp in de rand van de tafel tot mijn knokkels wit worden.

Hij gromt goedkeurend.

Betekent dat dat hij ook dichtbij is?

Ik glijd nog een klein beetje naar beneden zodat ik Maximus kan vastpakken en —

Een sterke knoflookgeur komt mijn neusgaten binnen als een ober vlak langs onze tafel loopt met een bord in zijn hand.

Als ik zie wat erop ligt, bevriest mijn bloed.

Het is een kleine vogel die iemand om een

ondenkbare reden heeft gekruisigd. Zo ziet het er tenminste uit.

De griezelige aanblik verbreekt mijn concentratie — en mijn kont glijdt van de rand van de stoel.

Alles gebeurt tegelijk.

Ik probeer mijn hand uit mijn slipje te halen, maar het lukt niet.

Mijn vrije arm zwaait alle kanten op, maar hij grijpt de tafel niet op tijd vast.

Gillend stort ik hard neer en land op mijn achterste terwijl een van mijn voeten de ballen van Max samenperst en de andere hem tegen zijn lul schopt.

HOOFDSTUK
Zeventien

Het gezicht van Max krijgt een groene tint die bijna met zijn ogen overeenkomt en een gepijnigde grom ontsnapt uit zijn keel.

Oh mijn god. Heb ik zijn lul gebroken?

Mijn oren suizen en mijn stuitbeen voelt aan alsof het een injectie met horilka heeft gekregen.

Voordat iemand me voor openbare masturbatie kan arresteren, trek ik eindelijk mijn hand uit mijn broek. Ik grijp met de schone hand de rand van de tafel vast, leg mijn andere hand op de vloer en trek mezelf half omhoog, om bijna weer te vallen, omdat de hand die zich op de vloer bevindt om zekere redenen glad is.

Dat is het moment dat sterke handen me oppakken.

De ober?

Nee. Het is Max.

Hoe kan hij zich bewegen na wat ik hem zojuist heb aangedaan?

In Krav Maga leren we hoe we een aanvaller zo bruut mogelijk kunnen vernietigen en de hoeksteen daarvoor is de liesschop, wat in wezen is wat ik hem net heb aangedaan.

Toch helpt hij me overeind.

Moet nog een aanwijzing over zijn spionage-oorsprong zijn. In *Casino Royale* worden de ballen van James Bond op brute wijze gemarteld. Heeft die scène iemand op het idee gebracht om hun agenten te trainen om dat te weerstaan?

Hopelijk niet. Hopelijk heb ik de ballen of lul van Max helemaal geen pijn gedaan. Ik heb nog steeds grote plannen waar ze bij betrokken zijn.

"Gaat het met je?" mompelt hij en zet me op mijn stoel.

"Met mij?" Ik spring overeind. "Gaat het met jou?"

Hij kijkt naar beneden. Zijn stem is een beetje hees, hoewel zijn gezicht minder groen is. "Ik red me wel."

"Alles goed hier?" vraagt de ober.

Ik draai me om. Hij heeft nog steeds de gekruisigde gruweldaad op het bord liggen.

"Wat is dat?" vraag ik geschrokken.

"In jouw taal zou je het *kuikentabak* noemen," zegt de ober. "We persen de kip als een panini en bakken hem met knoflook en kruiden."

Deze meid kan wel een sigaretje gebruiken na dit gezien te hebben, dat is zeker.

"Mogen we alsjeblieft de rekening?" zeg ik terwijl ik mijn ogen afwend.

"Hoe zit het met het dessert?" vraagt de ober.

Hoofdschuddend laat ik mijn voeten in mijn schoenen glijden.

"Volgende keer." Max gooit wat geld op tafel en helpt me de zaak uit.

Shit. Hij is niet in orde. Hij loopt alsof ik hem iets te enthousiast van zijn walnoot heb laten genieten. Als ik een femme fatale-licentie had, dan zou die na die zogenaamde verleidingspoging officieel ongeldig zijn verklaard.

"Serieus, gaat het wel?" vraagt Max.

"Serieus, met *jou*?"

"Het gaat goed met me." Hij springt van voet naar voet. "Ik denk dat ik nu naar mijn afspraak moet gaan. Misschien dat ik onderweg wat ijs ga halen."

"Het spijt me." Ik weersta de drang om te zeggen dat ik bereid ben om er een kusje op te geven.

"Niets om sorry voor te zeggen." Hij kust me op het voorhoofd. "Ik kan maar beter gaan."

En zomaar ineens, is hij weg.

HOOFDSTUK
Achttien

EEN KUS OP HET VERDOMDE VOORHOOFD? Nadat mijn voeten een BDSM-orgie met zijn lul en ballen hadden gehad?

Tenzij... misschien vermijdt hij een hartstochtelijke kus, omdat het hem enorm zou opwinden — zoals alleen een kus met mij dat zou kunnen — en dus zijn beschadigde geslachtsdelen zou schaden?

Dat kan het maar beter zijn. Ik zou niet graag denken dat ik dit heb verpest. Of *het verprutst* heb, zoals mijn zussen zouden plagen.

Of hij me nu zat is of niet, ik moet nog steeds wat spioneren. Wat zijn ontmoeting ook is, ik moet hem volgen en kijken of ik iets nieuws kan leren.

Ik realiseer me dit net als hij in een taxi stapt.

Sprintend houd ik een eigen taxi aan en kom op adem. Er stopt meteen een taxi. Geweldig. Dit is mijn kans om iets te doen wat ik altijd in films heb gezien. Ik pak een biljet van honderd dollar en gooi het naar de chauffeur. "Volg die taxi."

De chauffeur kijkt me aan alsof ik gek ben — en als ze in NYC rijden, dan hebben deze jongens een hoge tolerantie voor gek. Gelukkig wint hebzucht het en gehoorzaamt hij.

Het goede nieuws is dat we naar het centrum reizen, richting mijn werkgebouw, dus mijn lunchpauze zal geen twee uur duren.

Terwijl de taxi zich een weg door het verkeer baant, draai ik mijn jas om. Het is rood van buiten en geel van binnen. Dan, net als de vorige keer, doe ik mijn pruik af en pas ik mijn make-up aan.

Zo. Een totaal ander persoon.

Als de taxi van Max stopt, laat ik de mijne een stukje verderop rijden om er zeker van te zijn dat ik niet word gezien. Dan geef ik een royale fooi en stap uit.

De wandelgang van Max lijkt normaler als hij door het blok loopt. Mooi. Hoe minder pijn zijn ballen doen, hoe kleiner de kans dat hij me zal gaan negeren.

Met andere voetgangers als dekking volg ik hem een half blok lang.

Hij gaat naast een nieuw uitziende blauwe winkelpui de hoek om.

Dit is raar. Waarom heeft de taxi hem zo ver van de ontmoetingsplaats af gezet? Is hij zo paranoïde of zou dit een val voor mij kunnen zijn?

Ik stel me voor dat ik de hoek omdraai en door hem wordt geconfronteerd.

Nee. Daar trap ik niet in. Met mijn borst tegen de muur geplakt, gluur ik met één oog om de hoek.

Aha.

Max zit bij een koffiezaak.

Wacht. Wat is dat voor plakkerige troep op mijn borsten? Ruik ik ook verf?

Ik trek me terug van de muur en kijk naar beneden.

Yep. Ik ben met blauw bedekt — van alle ironische verdomde kleuren die er zijn.

Ik zucht. Mijn vaardigheden om onopvallend te zijn, zijn tegenwoordig met de spreekwoordelijke olifant in een porseleinkast te vergelijken.

Whatever. Ik moet weten wat Max van plan is.

Ik pak mijn telefoon, zet hem in de cameramodus en houd hem naar voren zodat ik om de hoek kan kijken terwijl ik verborgen blijf. Dit is de manoeuvre die ik in eerste instantie had moeten doen.

Boem. Hebbes.

Max doet precies hetzelfde als bij de vrouw van JP Morgan. Alleen is het deze keer een man met wie hij rug tegen rug praat.

Dat is een aangename afwisseling. Ik hoop dat dat betekent dat de vrouw van laatst zakelijk was en niet dat Max bi is en hij zo met al zijn minnaars praat.

Waar hebben ze het over? Jammer dat ik de telefoon van Max niet in een luisterapparaat heb kunnen veranderen.

Als ze klaar zijn met praten, komt Max mijn kant op.

Shit. Bedekt met verf die mijn naam draagt, ben ik buitengewoon opvallend. Voordat hij ook maar een blik op me kan werpen, jog ik weg door de menigte voetgangers.

Als ik voldoende bij hem vandaan ben, kom ik op adem en neem een taxi.

Ik moet naar huis. Ik kan niet zo op kantoor

verschijnen. Mijn collega's maken al woordspelingen en grappen met betrekking tot mijn naam en in tegenstelling tot mijn zussen met hun semi-slimme parels als 'gisteren was de lucht mooi blauw', zijn mijn collega's hier slecht in. Ik weet niet zeker of het allemaal kantoormedewerkers zijn of alleen professionals op het gebied van cyberbeveiliging, maar ik heb het allemaal gehoord, het meeste is extreem vernederend.

Het water is een beetje blauw. Het eten smaakt een beetje blauw. Ik heb geen blauw idee. Straks val je nog blauw. Leuke blauwe schoenen. Doe niet zo blauw.

De combinaties en permutaties zijn oneindig, maar daar houden ze niet op. Ik heb ook dingen gehoord over blauwachtig, marine, kobalt en azuurblauw, in de trant van, Wis en blauwachtig. Het is blauwachtig goed. Dat snoepje is azuur. Ja, zo werkt dat in het azuur. Heb je last van brandend azuur? Die citroenen zijn azuur. Wil je ook een azuur mat? Trek niet zo'n azuur gezicht. Wil je ook wat marine op je vlees? Leuke kobalt staat er in je tuin. Pas op, straks veroorzaak je een marine. Hij heeft blauw bloed. Vervelend als je een blauwtje loopt. Dat is voor een blauwe maandag. Straks slaat ze je bont en blauw. Morgen is er een blauwe maan. Ik blauw van jou.

De ergste was waarschijnlijk "Cyanara!" en "Wat is blauw en niet erg zwaar? Licht blauw." De beste grap die iemand op mijn kantoor ooit heeft bedacht, is: "Paars is beter dan rood en blauw gecombineerd."

Maar goed, in ieder geval krijg ik elke keer als ik met ze naar een bar ga onbeperkt bier... zolang het maar een blauwe maan is. Bar-uitjes zouden vooral geweldig zijn als ze niet meer proberen om buffalo wings (niet gemaakt van buffel) met *blauwe* kaasdressing voor me te bestellen of dat nummer op de jukebox te spelen: *"Blue (Da Ba Dee)"* van Eiffel 65. Ook voor mijn verjaardag vorig jaar hebben ze allemaal meegeholpen om kaartjes voor me te krijgen om de Blue Man Group te zien.

Ze maken in ieder geval nooit grapjes over mijn achternaam, waarschijnlijk vanwege de training over seksuele intimidatie.

Mijn telefoon rinkelt en haalt me uit mijn kantoorblues. Het is Gia en ze vertelt me dat Bogdan een goede vriend van de broer van haar vriend is. Ze bevestigt dat hij een slechte reputatie heeft en stelt voor dat ik me niet met die man bemoei.

"Waarom staat de broer van je vriend toe dat hij het hotel voor pokerwedstrijden gebruikt?" vraag ik.

"Het is goed voor de zaken. Veel van de Hete Pokerclub-stamgasten verblijven in de penthouse-suites."

De taxi stopt naast mijn gebouw, dus ik bedank Gia en hang op.

Als ik mijn appartement binnenkom, is Olive er niet, wat goed is. Anders zou ze, als ze me met verf bedekt zag, waarschijnlijk de regel uit *Arrested Development* citeren die me vaak ineen deed krimpen: "I'm afraid I just 'blue' myself."

Als ik de woonkamer binnenstap, kijkt Beaky me aan en — hoewel het toeval kan zijn — wordt hij blauw.

In mijn slaapkamer ligt Machete op mijn kussen. Als ik de krakende kastdeur opendoe, doet hij een oog open en slaagt hij erin om het kleine gebaar met het soort chagrijn te doordringen dat mensen na jaren van een koolhydraatarm dieet krijgen.

Hoe durf je, nietig mens? Maak Machete weer wakker en hij zal je villen.

Ik kleed me om en laad de foto van de man die ik met Max zag op de flashdrive vanaf mijn pruik.

Ik ben hier tenslotte blauw voor geworden.

––––––––––

Als ik weer aan het werk ga, staat er in mijn inbox een opdracht op me te wachten. Als ik klaar ben, haal ik de flashdrive uit mijn pruik en kijk ik wie de man is.

Hmm. Hij werkt bij Bank of America, ook in de investment banking-divisie. Het is veilig om aan te nemen dat dit verband houdt met de ontmoeting van Max met de vrouw.

Maar wat zou een Russische of een Oekraïense spion van investeringsbankiers willen? Is Max een provocatieagent? Probeert hij een nieuwe financiële crisis te veroorzaken? Dat soort dingen kan dit land meer kwaad doen dan fysieke bedreigingen.

Ik heb meer informatie nodig om verder te kunnen. Als ik ooit de kans krijg om Max te bezoeken, dan vind ik bij hem thuis misschien een aanwijzing.

Ja, dat is het. Hem bespioneren is de reden waarom ik naar het huis van Max wil. Niet lust.

Er staat een nieuwe opdracht in mijn inbox en ik werk er de rest van de dag aan voordat ik naar huis ga, waar Olive een nieuwe puzzel in Beaky's tank laat vallen.

"Hoi," zeg ik.

"Hé." Ze sluit de tank af. "Hoe was je dag?"

"Goed." Ik kijk naar de tank. "Kun je puzzels voor katten maken? Misschien zou Machete er een kunnen gebruiken?"

Als Machete zijn naam hoort, kijkt hij me stiekem van om de hoek aan.

Heb je de film Saw *gezien? Dat zijn het soort puzzels die Machete voor je zal maken als je hem kwaad maakt.*

"Ik heb nog nooit geprobeerd om speelgoed voor katten te maken, maar ik denk dat ze gemakkelijk te vermaken zijn," zegt Olive. "Zet gewoon een van die YouTube-video's voor katten op."

Ik grijns en loop naar het dressoir om mijn oude iPad tevoorschijn te halen. "Dit is wat er gebeurt als ik het probeer."

Ze bekijkt gefascineerd de verminkte iPad. "Ik begrijp hoe hij de hoes heeft kunnen verscheuren en zelfs de groeven in het metaal op de achterkant zijn logisch. Maar hoe is hij erin geslaagd om sporen van zijn klauwen op het glas achter te laten?"

Ik haal mijn schouders op. "Ik denk dat dat barsten zijn. Dat hoop ik tenminste."

De deurbel gaat.

Ik check de app. Yep. Het is Fabio, hij is hier om me te leren hoe ik een man moet plezieren.

Als ik hem binnenlaat, kijkt hij lichtjes afkeurend van mij naar Olive. "Wie is wie? En wie gaat de les doen?"

Ik doe mijn pruik af. "Ik ben Blue."

Hij knijpt zijn ogen tot spleetjes naar Olive. "En jij?"

"Olive," zegt ze met een oogrol.

"Kom naar mijn slaapkamer," zeg ik snel tegen Fabio.

Ik weet niet zeker of Olive moet weten wat we gaan doen.

Fabio kijkt naar de muur van monitoren. "Doen Gia en haar piratenvriendinnetje vandaag mee?"

"Nee," zeg ik.

Hij pruilt. "Ik had grappen voorbereid."

Geweldig. Fabio's grappen zijn meestal ouder dan mijn grootouders.

"Wil je ze horen?" vraagt hij aan me.

Ik schud mijn hoofd.

"En jij?" vraagt hij aan Olive.

Ze knikt.

Verrader.

"Een vampier — ik bedoel Gia — loopt een bar binnen en bestelt warm water," zegt hij. "De barman pakt het en zegt dan, 'Ik dacht dat je bloed dronk.'" Fabio grijnst. "De vampier haalt een gebruikte tampon tevoorschijn. 'Ik maak thee.'"

Hoezo met twee maten meten? De ene keer dat ik het woord *tampon* in zijn bijzijn had gebruikt, kreeg hij bijna een aanval.

"Wil je de andere grap horen?" vraagt Fabio.

Ik zeg nee, maar Olive verraadt me weer.

"Een piraat loopt een bar binnen met het stuur van een schip dat uit zijn broek steekt. De barman kijkt naar het stuur. 'Doet dat geen pijn?' De piraat trekt aan het stuur. 'Arrrr, ik weet het. Het komt steeds tegen mijn noten aan en ik word er gek van.'"

"Kerel," zeg ik. "Moest dat over Clarice gaan?"

Hij knikt.

"Je beseft wel dat ze geen noten heeft?"

"Die zou ze kunnen hebben," zegt Fabio verdedigend. "Als ze een trans was."

Ik knik. "Ik heb haar niet naakt gezien, dus ik denk dat alles mogelijk is."

Olive grijnst als een gek. "Over naakte mensen gesproken, heeft Fabio je bebaarde mossel niet gezien voordat hij vrouwen voor altijd afzweerde?"

Fabio maakt een kokhalzend geluid. "Blue heeft geen noten. Ze heeft alleen meer noten op haar zang."

Dit onderwerp doet me aan Bill denken. Degene die hem gevormd heeft, heeft niet de moeite genomen om hem siliconen testikels te geven. Wat nog belangrijker is, zijn lul is nog steeds beschadigd, dus ik hoop dat Fabio daar een plan voor heeft.

Wat dat betreft hoop ik dat de onderdelen van Max in orde zijn.

"Klaar?" vraag ik aan Fabio.

Met een oogrol huppelt hij in de richting van mijn slaapkamer.

"Tot later," zeg ik tegen Olive en volg hem.

Als ik de kamer binnenkom, haalt Fabio Bill al uit de kast — wat me aan de regel "Bring out the Gimp" (Haal de manke) uit *Pulp Fiction* doet denken. Voordat ik het kan vragen, haalt Fabio een rol plakband uit zijn zak en wikkelt Bills siliconen ding ermee in.

God. Ik hoop echt dat Max dat soort reparaties niet heeft hoeven doen.

"Veel beter." Fabio kijkt als een beeldhouwer naar

zijn meesterwerk. Dan haalt hij een condoom tevoorschijn en geeft het aan mij. "Je kunt me hier net zo goed je vaardigheden mee laten zien."

"Zijn hier ook vaardigheden voor?"

Moet ik het met mijn tanden uitpakken of zo? Maar dat brengt het risico met zich mee dat de latex scheurt.

Hij staart me aan. "Natuurlijk zijn er vaardigheden voor. De beste manier is om het in je mond te stoppen en het op die manier over hem heen te rollen, maar het vergt enige oefening."

"Zullen we daar een aparte les van maken?" Ik gebruik mijn handen om het ding te openen en Bill ermee te bedekken. "Pijpbeurt-dingen zijn belangrijker, vind je niet?"

Fabio knikt. "Heb je je deepthroat-huiswerk gedaan?"

"Ja," lieg ik. Ik ben een slechte student geweest.

"Een collega heeft me een idee gegeven dat je daarbij zou moeten helpen," zegt hij. "Leer een blaasinstrument spelen. Een fluit zou geweldig zijn, maar een hobo zou ook werken of een fagot. Misschien zelfs een klarinet."

"Wat dacht je van een saxofoon?" vraag ik sarcastisch.

"Het zou kunnen werken."

"Hoe?"

"Het zou je leren om je keelspieren te beheersen, wat bij de kokhalsreflex kan helpen."

"Begrepen." Ik kijk of Machete in de buurt is. De kust lijkt veilig te zijn. "Zullen we beginnen?"

"Ben je goed gehydrateerd vandaag?" vraagt Fabio.

Ik frons. "Ja. Ik denk het wel."

"Een goede hydratatie is enorm belangrijk. Het helpt bij de speekselproductie. Als het op pijpbeurten aankomt, heb je kwijl nodig. Heel veel kwijl."

Ik giechel. "Zou het helpen als ik over een sappige biefstuk fantaseerde?"

Hij kijkt me streng aan. "Absoluut niet. Op die manier ligt het gevaar van bijten in het mannenvlees — het ergste wat je tijdens een pijpbeurt kunt doen."

"Rustig, ik maakte een grapje."

"Een pijpbeurt geven is geen grap." Hij schuift Bill verder het bed op. "Ze zijn de hoeksteen van een relatie."

Is communicatie niet de hoeksteen van een relatie? Of aantrekkingskracht?

"Oké," zeg ik. "Zal ik voor het geval dat maar even wat drinken?"

Hij knikt. "Neem ook twee tandenstokers en twee avocado's mee terug."

"Ik heb geen avocado's."

"Heb je lychees?"

"De vrucht of de kever? Ik heb ze allebei niet."

Fabio schudt dramatisch zijn hoofd. "Ramboetans? Abrikozen? Vijgen?"

"Nee."

Hij zucht. "Je moet fruit in je dieet hebben. En groenten. Dat is essentieel voor anale seks, dat is een les voor een andere dag, maar ik kan het je net zo goed nu vertellen."

"Ik heb vezels in mijn dieet." Ik zet mijn handen op

mijn heupen. "Ik heb kersen, druiven en kiwi's in mijn koelkast. Tomaten ook, en uien en-"

"Prima," zegt hij kortaf. "Neem twee kiwi's mee."

Ik denk dat ik weet waarom hij ze nodig heeft, dus ik vraag het niet. Ik haast me naar de keuken, drink wat water, was de kiwi's voor het geval ik gelijk heb, zoek de tandenstokers en haast me terug.

Het is zoals ik had vermoed. Fabio pakt de tandenstokers, steekt ze onder de lul van Bill en bevestigt de kiwi's daaronder, waardoor Bill iets heeft wat verrassend genoeg op ballen lijkt.

"De juiste omgang met ballen is van fundamenteel belang voor pijpbeurten," zegt Fabio op een professorale toon. "Maar dat is een kunst die voor elk paar ballen uniek zal zijn. Trek eraan — sommigen houden ervan, sommigen haten het. Of sla erop — sommige jongens worden extra hard van een klein tikje tegen de ballen, terwijl anderen helemaal zacht worden en je misschien op je neus stompen."

Is er een kans dat Max het leuk vond wat ik met mijn voet deed?

Nee, ik betwijfel het. Het is waarschijnlijker dat hij van streek is en me zal ghosten, dus deze training is voor iemand anders.

Moet daar niet aan denken.

Ik wijs naar de kiwi's van Bill. "Wat is een veilige zet? Iets om te doen voordat ik op een 'wat wil je dat ik met je ballen doe'-gesprek inga."

"Je kunt niet fout gaan door zachtjes te zuigen en te likken," zegt Fabio. "Maar je moet elke relatie met een gesprek beginnen van 'wat wil je dat ik met je ballen doe'. Dat is wat ik doe."

Niet voor het eerst heb ik twijfels over de bruikbaarheid van Fabio's advies. "Is er een bepaald tempo waar mannen van houden? Snel, langzaam?"

"Hangt van de man af," zegt hij. "Kijk toe als hij masturbeert waar je bij bent en je zult het weten."

Ja. Dat is supergemakkelijk. Ik weet zeker dat elke femme fatale een man zal vragen om zich voor haar af te trekken voordat ze hem verleidt.

"Moet ik Bill nu pijpen?" vraag ik.

"Nee, nog een paar tips." Fabio wijst onder de kiwi's. "Dat is het perineum. Je moet ervoor zorgen dat je er af en toe een likje aan geeft."

"Begrepen."

"Lik ook het kontgat, maar dichter bij de prostaatmassage."

"Zou ik dat niet tegelijkertijd doen?"

Hij houdt zijn hoofd schuin. "Leer lopen voordat je gaat rennen."

"Geen vinger in de kont wanneer afgeleid." Ik salueer naar Fabio. "Begrepen."

"Goed." Fabio tikt weer speels tegen Bills erectie. Nu het is verbonden, gaat het slingeren veel langzamer.

"Kerel," zeg ik terwijl ik mijn neus optrek. "Dat gaat in mijn mond."

"Sorry," zegt hij schaapachtig. "Zullen we condooms verwisselen?"

"Heb je je handen gewassen?"

Hij knikt.

"Dan niet. Ik ben niet op Gia-niveau paranoïde over ziektekiemen. Raak het gewoon niet meer aan."

"Afgesproken." Hij stapt weg van het bed, alsof afstand de enige manier is om de verleiding te weerstaan om tegen een lul te slaan. "Hebben we het over hoeken gehad?"

Ik schud mijn hoofd. Gia heeft me verteld dat hoeken belangrijk zijn voor magie, maar Fabio heeft het over een ander soort truc.

"Afhankelijk van de manier waarop een lul buigt, wil je hem vanuit verschillende posities benaderen," zegt hij. "Als het naar beneden buigt, kun je op je knieën gaan zitten. Als het omhoog kantelt, dan zou negenenzestig beter zijn."

"Hoezo?"

Hij gebaart naar zijn nek. "Een keel heeft een neerwaartse curve, dus om deze te bereiken, werkt een bocht naar beneden of rechtdoor het beste. Als de lul naar boven wijst, dan krijg je hem in je sinussen."

"Oh. Juist."

"Je wilt vooral geen zaad in je sinussen." Hij trekt een gezicht alsof dat walgelijk is. "Tenzij hij dat graag wil en jij je wilt schikken, in dat geval heb ik medelijden met je. Persoonlijk denk ik dat ik het liever in de ogen zou nemen."

"Ik denk niet dat ik het in mijn ogen *of* in mijn neus wil hebben," zeg ik.

"Grenzen zijn oké, maar sommige dingen wil je wel doen, zelfs als je ze niet leuk vindt."

"Zoals wat?"

Hij haalt een pot tevoorschijn en haalt er een groen

173

slijmerig ding uit. "Dit is Cra-Z-Art Nickelodeon Slijm. Het zou je een idee moeten geven van hoe sperma is."

Ik bloos. "Ik heb eerder sperma gezien."

Hij gooit me een klein stukje van de groene substantie toe, maar het lukt me niet om het op te vangen, dus het plakt aan de muur.

"Weet je zeker dat je het buiten porno hebt gezien?" Hij gooit me nog wat toe.

Deze keer vang ik het. "Natuurlijk." Ik knijp in de kleverige substantie. "Dit voelt meer als snot van de Hulk dan als zaad."

"Het is het meest vergelijkbare niet-giftige ding dat ik kon vinden." Hij zet de pot met 'sperma' weg. "Weet je hoe je er op de juiste manier mee om moet gaan?"

Ik rek de kleverige groene vervanging uit. "Is er een goede manier?"

"Ja. Spuug het bijvoorbeeld niet met een uitdrukking van walging op je gezicht uit. Dat is het slechtste wat je kunt doen."

"Ja, duh."

"Het lijkt voor de hand liggend, maar veel mensen maken die fout," zegt hij. "En niets is een grotere afknapper. Slikken is het beste, maar als dat niet jouw ding is, dan kun je hem in plaats daarvan vragen om op je kont te komen. Maar serieus, als je mij als referentie wilt gebruiken, leer dan om te slikken."

Natuurlijk, ik ga hem absoluut als mijn referentie op mijn cv zetten. Ik kan me dat telefoontje tussen hem en Max wel voorstellen.

"— het is zelfs goed voor je," zegt Fabio terwijl ik me weer afstem. "Sperma bevat eiwitten, maar het is niet erg calorierijk. Je krijgt suikers, zowel fructose als glucose, evenals citraat, zink, calcium, melkzuur, magnesium, kalium, de lijst gaat maar door."

"Jammie." Ik houd de groene smurrie tussen twee vingers vast. "Wat als het op je handen zit?"

"Met een heteroman wil je hem niet Spider-man maken zonder te controleren of hij het leuk vindt. Vraag het misschien ook voordat je hem gaat sneeuwballen.'

Sneeuwballen is sperma met de mond delen, maar ik heb nog nooit van Spidermanning gehoord.

"Dat is wanneer je wat in je handen hebt en het in zijn gezicht gooit." Fabio demonstreert het, waardoor mijn muur weer een groene kleverige plek krijgt.

"Dat ga ik niet doen," zeg ik. "Maak je geen zorgen."

"Oké." Hij doet een stap naar voren en dan naar achteren, duidelijk tegen de drang vechtend om nog een keer tegen de lul te slaan. "De laatste en belangrijkste regel over pijpen is, geef niet op als het *hard* gaat."

Ik rol nadrukkelijk met mijn ogen.

Hij grinnikt. "Dat is de pijpbuurtgeest. Nu ben je er klaar voor."

Hij pakt zijn telefoon en begint een liedje te spelen. Twee seconden later herken ik de 'Candy Shop' van 50 Cent.

Fabio grijnst. "Om de sfeer te zetten."

Met de schroom die ik normaal ervaar als ik in mijn Krav Maga-dojo moet sparren, kniel ik naast Bill neer en neem hem in mijn mond.

HOOFDSTUK
Negentien

HET CONDOOM HEEFT EEN AARDBEIENSMAAK. De kiwi's voelen verrassend als het echte werk aan als ik ze in mijn hand neem — alleen is het zonder een scrotum vreemd van elkaar gescheiden. Misschien hadden we ze eerst in een ballon moeten doen?

De muziek stopt.

Ik blijf doorgaan.

"Stop!" Fabio klinkt geïrriteerd.

Ik trek me terug.

Hij kruist zijn armen voor zijn borst. "Wat was dat?"

"Een pijpbeurt?"

Hij schudt zijn hoofd. "Waar is het gevoel? Waar is de emotie? Heb je geen woord gehoord van wat ik heb gezegd?"

Ik geef de lul van Bill een tik. "Het is moeilijk om gevoelens en emoties op te wekken als je een pop zonder hoofd zit te plezieren."

"Dus denk aan iemand anders," zegt hij. "Je hebt fantasie, nietwaar?"

Dat is een goed idee.

Naar de dummy-lul terugkerend, sluit ik mijn ogen en stel me voor dat ik Max aan het plezieren ben.

Een deel van mij weet dat hij me waarschijnlijk nooit meer zal bellen, maar het houdt de fantasie niet tegen en zomaar ineens is mijn hand een stuk zachtaardiger als ik zijn kiwi's streel. Ik zuig aan de punt, zie hem van dankbaarheid kreunen en ruk met de snelheid die ik me voorstel dat hij zou willen met mijn hand aan de schacht.

Moet ik voor de walnoot gaan? Nee. Fabio heeft gezegd dat dat een geavanceerde zet is.

Ik zuig de linker kiwi, dan de rechter. Om in de geest van de dingen te komen, lik ik de viezigheid onder de kiwi's en ga dan terug naar mijn aardbeienlolly. Ik deepthroat het en wissel tussen snel en langzaam af.

Fabio's stem bereikt me als van een afstand. Hij zegt dat ik weer moet stoppen.

Fuck. Ben ik zo hopeloos?

Als ik me terugtrek, kijkt Fabio me als een trotse vader aan.

Hij doet alsof hij een traan afveegt en zegt met een spottend brekende stem, "De student is de meester geworden."

"Was ik goed?" Ik barst van trots.

"Beter dan sommige mannen die ik ken." Hij loopt naar me toe en tikt tegen de lul aan, waardoor er wat kwijl naar mijn bed vliegt. Gia zou hem daarvoor vermoorden.

"Twijfelachtig compliment, maar ik neem het aan."

Hij tikt nog een keer tegen de lul. "Ik bedoelde het als de grootste —"

Fabio maakt zijn zin niet af, want op dat moment komt Machete onder het bed vandaan.

Hij moet tijdens onze les hebben geslapen, maar hij is nu wakker.

Moordlustig wakker.

Met zijn klauwen scheurt hij in een oogwenk het condoom op Bills lul aan flarden. Nog twee halen met zijn poot en hij scheurt Fabio's plakband aan flarden. Ik zie niet eens de volgende slag van zijn poot, maar de kiwi's zijn nu fruitsalade.

"Probeert hij hem een geslachtsaanpassende operatie te geven?" fluistert Fabio geschokt.

Machete wendt zich met onuitsprekelijke bedoelingen in zijn katachtige ogen van Bill tot Fabio.

Machete is geen chirurg. Machete is een slager. En nu zal hij een teef aansnijden.

"Stoute kat!" schreeuw ik en pak Machete in een speciale greep, een die het mogelijk maakt om het kwaadaardige wezen een bad te geven zonder mijn ledematen te verliezen. Ik heb mijn contactpersoon bij SEAL Team Six moeten raadplegen om het te leren — en waarom ze over speciale kattengrijpvaardigheden beschikken, weet ik niet. Toch durf ik, zelfs met deze greep, Machete maar één keer per jaar een bad te geven en alleen als hij echt heel erg vies is. Ik ben niet suïcidaal.

Machete moet denken dat ik hem nu ga wassen, want hij blaast, gromt en grauwt, zijn poten klauwen in de lucht, elk als een dodelijke aanval van Freddy Krueger.

Fabio's gezicht wordt asgrauw.

De deur van mijn kamer gaat open en Olive komt binnen, haar ogen zo groot als ongesneden kiwi's.

"Dit is niet waar het op lijkt," hijg ik.

Ze bekijkt de groene smurrie op de muur, de onthoofde pop met beschadigde geslachtsdelen, de versteende Fabio en mij met een moorddadige kat in mijn armen.

"Wat het ook is, het ziet er erg kinky uit," zegt ze. "Denk aan een verkleedpartij van een bidsprinkhaan en een orgie van een seriemoordenaar."

"Stop met praten en help," grom ik.

"Hoe?"

"Pak de laserpointer uit die la." Ik wijs met mijn voet. "Snel."

Ze doet wat ik zeg en zodra Machete het rode stipje op de muur ziet, verandert hij in een lappenpop.

"Verlaat de kamer," zeg ik tegen Fabio.

Ik hoef het geen twee keer te zeggen. Hij ontsnapt zo snel dat hij op weg naar buiten bijna struikelt.

Olive blijft met de laser spelen en ik zet Machete langzaam neer.

De kat volgt elke beweging van de laser. Zoals altijd bestaat de wereld niet meer voor hem.

Oef.

Die rode stip is Machete's enige kryptoniet. Zo krijg ik hem in de badkamer als ik het vreselijke proces trotseer dat als het wassen van een kat bekend staat.

Het is ook wat ik gebruik om hem in een bench te krijgen om naar de dierenarts te gaan.

Let goed op je woorden, onbeduidend mens. Machete is niet bang om nat te worden. Hij doet het alleen liever niet. Hij beschermt het water tegen zijn toorn.

Ik loop erheen en pak nog een laserpointer, deze is een volledig geautomatiseerde versie die ik onlangs online heb gekocht. Ik zet hem in de modus 'uitputten' en wacht tot Machete zijn aandacht van Olive's dunne rode stip naar de dikkere van het apparaat verlegt.

Op dat moment vertel ik haar dat de kust veilig is en lopen we op onze tenen mijn kamer uit.

"Het lijkt erop dat je speelgoed voor je kat hebt," zegt ze.

"Maar geen puzzels," zeg ik.

We vinden Fabio in de keuken, die zichzelf aan het koelen is.

"De volgende keer doen we dit bij mij thuis," zegt hij.

"Goed," zeg ik. "Sorry voor de schrik."

"Je bent me een etentje verschuldigd," zegt hij. "Met drankjes."

"Tuurlijk," zeg ik. "Olive, wil je met ons mee?"

"Waarheen?" vraagt ze.

Fabio grijnst. "Olive Garden?"

Olive trekt een gezicht. "Ha ha, verdomde ha ha."

"Er is ook die mediterrane zaak in de buurt." Fabio's grijns wordt kwaadaardig. "Ze hebben een olijfbar."

"Stop daarmee," zeg ik streng. "We gaan naar Loopy Doopy Rooftop Bar."

"Klinkt goed," zegt Fabio. "Als ik daar ben, koop ik voor Olive een Blauwe maan... als olijftak."

———

Als Olive en ik thuiskomen van de bar, zijn we allebei aangeschoten. Fabio is een stuk groter dan wij en we hebben de eeuwenoude fout gemaakt om hem wat betreft het aantal drankjes bij te houden.

"Welterusten," zeg ik tegen Olive.

"Slaap lekker," zegt ze, haar spraak een beetje onduidelijk.

Ik ga naar mijn kamer en vind Machete die op de grond ligt te slapen.

Huh. De laserpointer danst nog steeds over de muren. Ik denk dat de optie 'uitputten' voor een energiek kitten bedoeld is en voor dit grote beest te veel is.

Machete slaapt niet. Hij is in sluipmodus, op zoek naar een slachtoffer om te versnipperen.

Ik verstop arme Bill in de kast en reik mijn hand uit om mijn pruik af te doen als mijn telefoon met een bericht pingt.

Het is Max.

Ben je wakker?

Mijn hartslag schiet omhoog. Ik had bijna de mogelijkheid geaccepteerd dat hij me zou ghosten, dus dit is een opwindende verrassing.

Grijnzend typ ik: *Nee. Ik snurk gewoon zo hard dat mijn telefoon spontaan mensen appt.*

Het volgende bericht van Max tempert mijn enthousiasme:

Heb je even?

Is dit het? Gaat hij me vertellen dat het over is? Hij lijkt me te veel een heer om gewoon te stoppen met bellen.

Prima. We kunnen net zo goed praten. Hopelijk zal dit zijn alsof je een pleister eraf trekt... van een opgewonden clitoris.

Telefoon of video? vraag ik.

Video.

Dus hij doet wel videogesprekken. Of misschien maakt hij voor mij een uitzondering. Dat is niet consistent met een breuk of wel?

Welke app? stuur ik terug.

Hij stelt Signal Private Messenger voor, de app die volgens Snowden het veiligst is. Is dit slechts een toevalligheid? Snowden woont nu in Rusland, dus hij en Max hebben misschien samen wodka gedronken.

Goed, antwoord ik.

Terwijl ik mijn laptop op mijn bed zet, zet ik alles klaar. Als het gezicht van Max op het scherm verschijnt, haal ik diep adem.

Op hoop van zegen.

HOOFDSTUK
Twintig

Max ziet er in een strak blauw T-shirt gevaarlijk heet uit. Heeft hij voor die kleur gekozen omdat hij me onbewust helemaal over zich heen wil hebben? Op hoop van zegen.

"Hoi," zegt hij, zijn diepe stem een auditieve streling.

Ik probeer het cool te spelen. "Hé."

"Er was iets dat ik je tijdens de lunch niet kon vertellen."

Ik trek een wenkbrauw op. "En dat is?"

"Ik ga voor een week de stad uit."

Ik knipper naar de camera. De stad verlaten is een goed verhaal als je het voorzichtig met iemand uit wilt maken, maar je zou het weggaan permanent maken en niet slechts een week laten duren. Wat is dit voor spelletje?

"Waar ga je heen?" vraag ik.

"Naar huis."

Dus… Rusland? Misschien Oekraïne. "Denk je nog steeds aan Canada als thuis?"

Hij wrijft over de stoppels op zijn kin. "Goeie vraag. Ik denk dat mijn huis mijn appartement in New York is. Maar aangezien ik bij mijn ouders ga logeren en zij nog steeds in het huis wonen waar ik ben opgegroeid, is het niet verkeerd om dat ook thuis te noemen."

Zou kunnen. Het zou zijn alsof ik de boerderij mijn thuis zou noemen. Over de boerderij gesproken, hij zou het waarschijnlijk leuk vinden om alle dieren daar te zien. Het is alleen dat mijn ouders op de boerderij zouden zijn. Als hij ze zou ontmoeten, dan zou hij weglopen, misschien helemaal terug naar Rusland.

"Waarom specifiek deze week?" vraag ik.

"Twee van mijn broers zijn jarig," zegt hij. "En het is het jubileum van mijn ouders."

Ik wed dat het eigenlijk een belangrijke opdracht is of een ontmoeting met zijn tussenpersonen.

Ik haal mijn vingers door mijn pruik. "Hoe erg ga je me missen?"

Hij geeft me een kwaadaardige grijns. "Zoals een panda zijn favoriete bamboescheut mist. Hoe erg ga jij *mij* missen?"

Ik zeg grijzend, "Als een wasbeer die haar favoriete prullenbak mist."

Hij grinnikt. "Wat ontzettend vleiend."

"Wasberen zijn verwanten van de rode panda," zeg ik. "En ze worden vuilnispanda's genoemd."

"Ik begrijp het." Hij bekijkt me even goed. "We zullen elkaar missen als panda's."

Hopelijk meer, gezien hoe terughoudend ze zijn om

zich voort te planten. Ik betwijfel of een panda net zo geil is als ik voor hem zal zijn.

"Hoe gaat het met je?" Ik kijk overduidelijk naar zijn kruis.

Hij zwaait afwijzend met zijn hand. "Prima. Ik zou me er geen zorgen over maken."

"Het is *pijnlijk moeilijk* om je geen zorgen te maken."

Hij lacht. "Alles is goed, echt waar."

Dit is mijn kans. Femme fatale-modus activeren. "Ik moet het zeker weten," zeg ik verleidelijk.

Hij haalt diep adem. "Wat probeer je te zeggen?"

"Ik wil weten of je apparatuur functioneert."

Ik kan niet geloven dat ik dat net heb gezegd.

Zijn neusvleugels trillen. "Oh, sonechko, alles werkt heel goed... voor jou."

De woorden komen ademloos naar buiten. "Laat het me zien."

Wauw. Vloeibare moed of niet, ik ben nog nooit zo trots op mezelf geweest als op dit moment.

Zijn blik is pure warmte. "Tuurlijk. Ik zal het je laten zien, maar ik moet ook zeker weten dat jij geen schade op hebt gelopen. Dat was een nare val."

Ik slik hoorbaar. "Wat wil je zien?"

"Alles."

Verdorie. Het is hier heel erg heet.

Verman je, Blue. Een femme fatale zou al naakt zijn. Of verleidelijk strippen.

In dat geval ben ik ermee bezig.

Ik begin met mijn topje.

De ogen van Max dwalen hongerig over mijn onbedekte huid voordat hij zijn eigen shirt uittrekt en harde, prachtig gebeeldhouwde borstspieren en buikspieren onthult, samen met serieus gespierde armen.

Dit is het beste spel ooit.

Ik trek mijn broek uit. Hij stapt uit zijn broek.

Wauwie.

Sergeant en Kapitein gaan rechtop in mijn beha staan, verlangend om bevrijd te worden. Ze gehoorzamend, doe ik het uit. Dan, aarzelend, laat ik mijn slipje naar beneden glijden.

Ik voel mijn gezicht branden en ik krijg de neiging om van frustratie te grommen. Een echte femme fatale zou niet als een meisje blozen, tenzij het de rol was die ze besloot te spelen. Ik zal moeten leren om alleen op commando te blozen, want momenteel zijn de bloedvaten in mijn gezicht verraders van de Verenigde Staten van Amerika.

Max staart me aan alsof hij me door de camera wil opeten, trekt zijn slip naar beneden en laat een volgezogen Maximus zien.

Ik vergeet mijn verraderlijke blos helemaal.

Hoe pompeus de naam ook is, het doet Maximus geen recht. Zelfs het voelen met mijn voeten heeft me niet goed op de glorieuze realiteit ervan voorbereid.

Net als zijn naamgenoot, kon deze lul het tegen leeuwen en woeste krijgers in een gladiatorenarena opnemen, de kwaadaardige keizer van Rome neerhalen en op een enorme bijeenkomst van opgewonden vagina's "Ben je niet vermaakt?" schreeuwen.

"Zoals je kunt zien, is alles intact." Max pakt zijn

zware ballen met zijn hand vast. Kiwi's konden deze puppy's niet nadoen.

Ik slik een overvloed aan kwijl in. "Ik denk dat ik een goede demonstratie nodig heb."

Fabio heeft gezegd dat een goede pijpbeurt er baat bij kan hebben als de man zich voor je aftrekt, dus hier is mijn kans op verkenning.

Ja. Dat is mijn doel hier. Niet lust. Echt niet.

"Je bent nooit voor me gekomen," zegt Max ruw. "Doe het nu."

Goed.

Dat wil ik wel doen. Moet het doen.

Ik lik de vingers van mijn rechterhand.

Hij kreunt en zijn lul trilt.

Ik knijp in Sergeant en dan in Kapitein.

Max grijpt Maximus stevig vast.

Ik laat mijn vingers langs mijn buik glijden tot ik bij mijn kern ben.

Met opengesperde ogen geeft Max Maximus een langzame slag.

Ik knijp in mijn pijnlijke klit. Dan wrijf ik erover, en het orgasme dat me eerder werd ontzegd, kronkelt met de snelheid van een cheeta omhoog.

Hij streelt zichzelf weer, zijn snelheid gaat omhoog.

Mijn mond begint vol water te lopen, samen met andere plaatsen. Ik zou al mijn pokerwinsten geven om nu bij hem in die kamer te zijn en om hem ergens in me te hebben. Overal.

"Schuif een vinger naar binnen." Zijn woorden zijn een streng bevel en ik hou ervan.

Ik lik mijn linker wijsvinger en duw hem zachtjes in mijn hitte.

"Fuck," gromt hij.

"Ja," zeg ik ademloos. "Dat is precies wat we zouden doen als dit geen verdomde cyberruimte was."

Zijn ogen worden donker en hij versnelt zijn snelheid.

Ik ben dichterbij.

Zijn tempo is nu razendsnel. Wanhopig.

Een kreun wordt van mijn lippen gerukt.

Hongerig om gevuld te worden, laat ik mijn middelvinger bij mijn wijsvinger komen.

Gromde hij net?

Wat dat geluid ook is, het is zo heet dat het me over de rand duwt en ik kom over mijn vingers klaar.

Met een grom komt hij ook. Zijn zaad schiet eruit en een druppel landt op de camera van de telefoon, waardoor er een vreemd bukkake-effect ontstaat.

Hij laat zijn lul los. "Dat was... wauw."

"Dat vind ik ook," zeg ik, vechtend om op adem te komen. Mijn hart bonst als de eerdergenoemde cheeta die een gazelle achtervolgt. Over achtervolgen gesproken... "Zullen we nu samenkomen en dit echt doen?"

Hij veegt het zaad dat mijn zicht blokkeert met een tissue weg, zijn gezicht een masker van spijt. "Mijn vlucht gaat over twee uur. Ik moet me naar het vliegveld haasten. Andere keer?"

Dat mag ik hopen. "Ik zal je eraan houden."

'Eraan' is aan mijn clitoris.

Hij kijkt me aan. "Ik zal elke seconde dat ik weg ben naar onze ontmoeting uitkijken."

Een zeer on-femme-fatale verlegenheid komt over me als de orgastische nagloed vervaagt. Ik stap uit het camerabeeld en kleed me snel aan. Tegen de tijd dat ik terugkijk, is hij ook gekleed.

We hebben allebei om de een of andere reden niet opgehangen.

Waarom heb ik het gevoel dat hij het toch met me gaat uitmaken?

"Ik moet gaan," zegt hij, maar hij hangt nog steeds niet op.

"Ik snap het." Ik weiger ook om op te hangen.

"Ik hou contact," zegt hij en hij hangt nog steeds niet op.

Hij kan maar beter contact houden of anders.

"Geniet van je reis," zeg ik en ik hang niet op.

Doe ik alsof hij mijn eerste vriendje is?

"Goedenacht, sonechko." Hij blaast me een luchtkus toe.

Ik vecht tegen de drang om als een geile middelbare scholier te giechelen, ik doe alsof ik de kus opvang en deze aan mijn kont vastmaak.

Hij grinnikt en hangt uiteindelijk op.

Ik staar naar het scherm zonder Max. Mijn emoties zijn in beroering en ik weet niet zeker waarom. Misschien omdat dat intens was, vooral vanwege de harteloze verleiding die het moest zijn.

Ik geef het niet graag toe, maar ik denk dat ik hem in de week dat hij weg is zal missen — ervan uitgaande dat het een week *is*. Ik ben er nog steeds niet van overtuigd dat dit geen raar spelletje is.

Waar ben ik in godsnaam mee bezig?

Alleen omdat Max en ik net ten overstaan van elkaar orgasmes hebben gehad, maakt hem niet minder een vijandige agent. Ik moet voorzichtig zijn als het erop aankomt mijn gevoelens voor hem onder controle te houden. Wat er net is gebeurd, was femme fatale-verkenning/oefening — geen intimiteit. Het laatste wat ik wil is als die moordenaars zijn die een perfect mooi moordcontract verknoeien.

Het belangrijkste dat ik moet onthouden, is dat hij, ondanks de schijn, misschien probeert om mij aan te doen wat ik hem probeerde aan te doen. Misschien verleidt hij me met een langetermijndoel voor ogen. Verdorie, deze 'week uit elkaar' is misschien iets dat ze hem op de spionageschool hebben geleerd, geïnspireerd door de Russische versie van het Engelse spreekwoord 'afstand maakt meer bemind'.

Hoe kan ik erachter komen of ik een klus voor hem ben? Zijn aantrekkingskracht lijkt me oprecht te zijn. Erecties liegen niet. Of doen ze dat wel, als er een spion in het spel is?

Ook — en dit is nogal oppervlakkig — vraag ik me nog steeds af wat hij zou denken als hij me zonder pruik zou zien. Wat als hij zich niet meer tot me aangetrokken zou voelen... of het niet zou kunnen faken?

Hmm. Misschien zal ik 'een knipbeurt nemen' in de week dat hij weg is. Mijn laatste scheerbeurt was een paar maanden geleden. Ik ben voorbij het pluizige groeistadium, maar niet in het pixie-kapsel stadium. Toch kan ik met een of ander product ervoor zorgen dat Max niet overgeeft als hij me ziet. Hopelijk.

Mijn telefoon tingelt.

Het is een bericht van Max — een foto van een schattig wezen met een bijschrift:

Dit is een chinchilla, voor het geval je nog moet weten hoe schattigheid eruitziet.

Grijnzend zoek ik snel online en antwoord ik met een afbeelding van het gezicht van een hoefijzerneusvleermuis.

DIT is schattig. Chinchilla's zijn eigenlijk naaste verwanten van de naakte molrat, het nobele wezen dat je niet goedkeurde. Wist je dat naakte molratten nooit kanker krijgen?

Zijn antwoord duurt een paar seconden voordat het aankomt.

Misschien weigert de kanker de vreselijke kleine beesten te doden? Realiseer je je ook dat deze vleermuis eruitziet als waar Nosferatu in verandert... als hij eenmaal klaar is, lijkt het op het Aye-eye-ding dat je me eerder stuurde.

Ik grinnik. Hij heeft een punt.

Een veilige vlucht, zeg ik tegen hem.

Bedankt. Spreek je morgen.

Morgen? Ik denk dat ik maar beter kan gaan slapen, zodat morgen er veel eerder is.

Als ik bijna slaap, nestelt Machete zich aan mijn voeten.

Schop Machete 's nachts en Machete zal je rustelozebenensyndroom op de meest directe manier genezen — door amputatie.

HOOFDSTUK
Eenentwintig

ALS IK WAKKER WORD, controleer ik of Max berichten heeft achtergelaten.

Nog niet.

Misschien nooit meer?

Ik probeer er niet aan te denken, maak me klaar en voer mijn beestachtige kat.

Machete is blij dat zijn kom vol is. Machete denkt niet dat het alternatief — mensenvlees — zo'n luxe feestmaaltijd is.

Terwijl ik naar mijn werk ga, zie ik Olive naar iets verontrustends op de tv in de woonkamer kijken.

Vogels.

CGI-vogels, maar toch.

Is Beaky met haar mee aan het kijken? Het lijkt er wel op.

Als ik haar met de gruwelijke beelden confronteer, pauzeert ze de film. "Ik kijk naar *Rio*. Het gaat over een blauwe ara met de naam Blu."

Walgelijk.

"Nieuwe regel voor huisgasten," zeg ik streng. "Geen vogelfilms. Tenminste niet als ik thuis ben."

"Afgesproken," zegt Olive. "In plaats daarvan zal ik naar iets over octopussen kijken."

Ik probeer een glimlach te onderdrukken. "Octopussen" klinkt te veel als Octopussy, mijn bijnaam voor haar.

"Wat is een verzamelnaam voor octopussen?" vraag ik haar terwijl ik mijn schoenen aantrek.

"Het zijn solitaire wezens, dus ze hebben er niet echt een," zegt ze. "Ik heb wel eens de term 'school' horen gebruiken, maar dat is eigenlijk voor een groep inktvissen. Sommige mensen gebruiken de term 'koppeling', maar dat haat ik."

Ik huiver en loop naar de deur. "Bij een koppeling ga je aan kippen denken. Je bent slim om dat te haten."

———

Op het werk gebruik ik **geclassificeerd** om te kijken of Max echt naar Canada is gevlogen.

Yep. Dat is hij.

Mijn baas geeft me een groot project om aan te werken, waardoor ik niet obsessief aan Max denk. Dus aan het eind van de dag heb ik maar tweeduizend en zevenenvijftig keer aan hem gedacht. Maar wie houdt de tel nog bij? Gelukkig is vanavond mijn Krav Maga-training. Misschien kan ik op de mat wat van mijn seksuele frustratie kwijt.

Ik doe mijn best, maar helaas. Er komen nog een paar honderd gedachten aan Max voorbij.

Terwijl ik naar huis loop, fantaseer ik, niet voor het eerst, over wat ik een overvaller aan zou doen als iemand zou proberen om me te beroven.

Een app van Max haalt me uit mijn gewelddadige mijmering. Mijn hartslag gaat omhoog, maar hij heeft me alleen een foto van een stekelvarken gestuurd met het volgende bijschrift:

Je schattige foto van de dag.

Mijn borst voelt warm aan en niet omdat dit bewijst dat hij me niet heeft geghost.

Ik app hem terug: *je realiseert je toch dat dit een naaste verwant van de naakte molrat is, toch?*

Welke afbeelding moet ik hem sturen? Ik overweeg het vogelbekdier, maar besluit om het niet te doen. Ook al zijn deze wezens zoogdieren, met hun eendenbekken en verdachte voortplantingspraktijken voor het leggen van eieren, kunnen ze nachtmerries over vogels veroorzaken en dat wens ik zelfs de vijanden van ons land niet toe.

Ah. Ik weet het. Ik zoek een foto van de Titicacakikker en stuur die naar hem.

Zal hij het met een scrotum vergelijken? De scrotumkikker *is* de alternatieve naam van deze soort. Of zal hij de spot met het woord Titicaca drijven — dat vaag als een poep-fetisj klinkt waarbij iemand op tieten gaat poepen?

Was dat de inspiratie voor Jabba de Hutt? vraagt Max in plaats daarvan.

Ik grijns. *Nee. Voor Ewoks.*

Hij antwoordt met een smiley en: *Over een uur videochatten?*

Echt wel.

Ik antwoord met een bedeesd oké en een knipogend gezicht.

———

Als ik mijn appartement binnenkom, eet ik snel avondeten met Olive voordat ik me naar de badkamer haast om een strategie voor mijn aanstaande date te bedenken.

Zou vandaag de dag moeten zijn dat ik 'mijn haar heb laten knippen?'

Ik doe mijn pruik af en bekijk mezelf in de spiegel.

Misschien.

Ik pak mijn scheerapparaat en geef mezelf een undercut. Net als ik klaar ben, walst Machete de badkamer in en loopt hij naar de kattenbak.

Denk er niet eens over na om Machete te scheren of hij zal je scalperen, zielig mens.

Ik kijk in de spiegel naar mijn nieuwe kapsel.

Veel beter. De bovenkant lijkt op de een of andere manier langer.

Ik douche en wrijf mijn haar met een of ander product in.

Ja, ik ga ervoor. Als dit een afknapper is voor Max, dan zij het zo. Toch app ik hem als waarschuwing:

Ben naar de kapper geweest. Val niet flauw als je me ziet.

Spannend, antwoordt hij. *Kun je nu bellen?*

Ik vraag hem om me een paar minuten te geven. Ik moet veel make-up aanbrengen en de delen van mijn kamer die in het zicht van de camera zijn opruimen.

Moet dit kapsel goed in beeld brengen.

Als hij op het scherm verschijnt, zit hij op een bed en achter hem hangen posters van dieren — een olifant, een zebra en een eland.

Beseft hij dat er maar een van die echt in Canada thuishoort?

"Wat vind je ervan?" Ik wijs naar mijn haar.

"Geweldig," zegt hij en als hij acteert, dan is het Oscarwaardig. "Heeft Kristen Stewart niet een keer zo'n kapsel gehad?"

Ik haal mijn schouders op. Ik heb geen idee of ze dat had, maar ik vat het op als een compliment. Ze heeft in meerdere films een spion gespeeld en was zelfs in die ene verfilming een van Charlie's Angels.

Hij fronst. "Gewoon om het zeker te weten... dit is niet gezondheid gerelateerd, toch?"

"Oh, nee hoor. Niets in die richting."

"Goed." De opluchting op zijn gezicht verdient nog een Oscar als die nep is. "Misschien moet ik mijn hoofd kaalscheren om synchroon met jou te zijn?"

Ik kijk in paniek naar zijn verrukkelijke lokken. "Waag. Het. Niet."

Er verschijnt een sexy grijns op zijn lippen, waardoor het kuiltje in zijn wang eruit springt. "Moet ik het dan laten groeien?"

Ik houd mijn hoofd schuin. "Dat zou ik wel eens willen zien."

Wat nog belangrijker is, ik vind het leuk dat hij zulke verregaande plannen met me maakt.

Hij leunt achterover en blokkeert de zebra. "Hoe was je dag?"

"Voornamelijk geheim. En die van jou?"

"Ik heb met mijn ouders geluncht," zegt hij. "En met mijn zus gedineerd."

"Dat klinkt leuk. Ik heb ook met mijn zus gedineerd. Hoe is het om terug in Canada te zijn?" Ik knijp theatraal mijn ogen tot spleetjes. "Nog oude vriendinnen tegenkomen?"

Hij leunt naar de camera. "Nee. Jij?"

Ik grijns. "Mijn vriendin en ik spreken elkaar niet meer na een zeker schaarongeval. Lang verhaal."

Is zijn gezicht net rood geworden?

Natuurlijk. Opgewonden door het idee van mij met een andere vrouw. Wat een vent.

De Femme Fatale Association of America — als zoiets zou bestaan — zou mijn antwoord een tien geven.

"Ik heb eerlijk gezegd geen vriendin," zeg ik, voor het geval dat, terwijl ik met mijn hand over de stoppels op mijn achterhoofd ga.

"Dat is een opluchting. Ik wilde je net verkering vragen." Hij bekijkt me even goed. "En ik deel niet, met mannen of vrouwen."

Duuuuus, wil hij niet dat ik andere spionnen onderzoek? Het onze zal een exclusief spion-tegen-spion-spel zijn.

Shit. Hij kijkt me verwachtingsvol aan. Ik moet

antwoorden en snel, anders spreekt mijn stilte boekdelen.

"Dat klinkt goed." Gah! Klonk dat te enthousiast? "Ik ben ook niet zo'n fan van delen. Vraag het maar aan mijn vijf identieke zussen."

Ja, zelfs met die redding zou de Femme Fatale Association of America dit antwoord een één geven.

Hij werpt me een slipjesverbrandende glimlach toe. "Dat is dan geregeld."

Is het te vroeg om naakt te worden om deze regeling te bezegelen?

Nee. Ik ben nu te zenuwachtig. Ik moet nog even wat kletsen om weer in balans te komen.

Oh, ik weet het. "Vertel me over je vroegere relaties," zeg ik. "Onder de omstandigheden kan ik net zo goed ontdekken welke bagage je meeneemt in onze relatie."

Het kunnen allemaal een hoop leugens zijn die een onderdeel van zijn dekmantel zijn, maar je weet nooit wat nuttig zal zijn.

"Er is niet veel bagage, tenzij dat bagage op zich is," zegt hij zonder te knipperen. "Ik heb op de universiteit een paar vriendinnen gehad. Daarna niet veel meer, omdat ik veel heb gereisd. Mijn langste relatie heeft zes maanden geduurd. Haar naam was Kathy." Hij zet zijn vingertoppen tegen elkaar aan. "En hoe zit het met jou?"

Wauw. Wat hij net heeft gezegd past bij het leven van een spion, alleen was Kathy waarschijnlijk Katya.

"Ik heb ook niet veel om over op te scheppen," zeg ik. "Ik ben in totaal met ongeveer drie en een halve man geweest. Mijn langste relatie was met Jay, maar die was vanaf het begin gedoemd om te mislukken. Onze naam als koppel was 'Blue Jay'."

Max trekt zijn wenkbrauwen op. "Drie en een half? Klinkt als dat tv-programma, hoewel ik denk dat het daar twee en een half was."

Ik trek me terug. "Ik ben niet met een minderjarige jongen uitgegaan."

Hij grinnikt. "Dat dacht ik al."

"Ik noem het half, omdat een man pas halverwege het beloofde land was en dat de enige keer was dat we seks hadden. Waarschijnlijk TMI voor je."

Zijn kaakspieren spannen zich aan. "Zoals ik al zei, ik hou niet van delen. Door zo'n verhaal wil ik die helft opsporen en hem uitschakelen."

Slik. Max heeft waarschijnlijk de vergunning om mijn ongelukkige ex op te sporen en hem uit te schakelen. Maar dat zou hij niet doen. Ofwel? Voor het geval dat, kan ik hem maar beter van dat idee af halen. Plus, ik ben nu kalm genoeg voor cyberseks.

Yep. Femme fatale-modus officieel geactiveerd. Ik laat mijn stem hees klinken. "Ben je ergens waar het privé is?"

Hij kijkt om zich heen. "Ja. Dit is mijn kinderkamer."

Ik geef hem mijn beste flirterige glimlach. "Doe de deur dicht."

Hij verdwijnt even en ik zorg dat ook mijn deur dicht is.

"Heb je in deze kamer ooit een meisje naakt gekregen met Signal Private Messenger?" vraag ik wanneer hij terug is.

Zijn neusvleugels trillen. "Ik heb het genoegen niet gehad, nee."

"Nou dan." Met een bonzend hart knoop ik de bovenkant van mijn blouse los. "Als je een brave jongen bent, dan kun je dat plezier vanavond beleven."

Zonder mijn aansporing is hij in een oogwenk zijn shirt kwijt.

Jammie. Die borstspieren, die buikspieren, die gladde, goudkleurige huid... "Doe de rest uit," zeg ik ademloos.

Dat doet hij.

Verdorie. Maximus is klaar voor de strijd. Zo ook mijn hormonen.

"Jouw beurt," mompelt Max, zijn groene ogen donkerder dan een Russisch bos vol beren.

Een beroep doend op al mijn femme fatale-heid, strip ik, deze keer gelukkig zonder een blos. Sergeant en Kapitein melden zich voor dienst, ze worden hard.

Ik kruis mijn benen en verberg mijn vagina voor hem... voor nu.

Hij drinkt me op als een man die net een woestijn is overgestoken. "Schitterend." Zijn stem wordt dieper. "Een echte sonechko."

Ik kijk hem stralend aan. "Je bent zelf ook behoorlijk stralend. Ik wil vandaag een close-up." Ik gebaar naar Maximus.

De grijns op de lippen van Max stuurt een rilling naar mijn clitoris. "Dames eerst?"

Kwaadaardig. Maar aan de andere kant, zo verdien je je lidmaatschap van de Femme Fatale Association of America.

Ik maak mijn benen los en vecht tegen een blos die opnieuw verraad dreigt te plegen. "Prima, maar raak jezelf niet aan voordat deze dame klaar is. Afgesproken?"

Met zijn ogen op het scherm gekluisterd gromt Max iets onverstaanbaars — een erkenning, neem ik aan. Ik plaats de telefoon tussen mijn benen, dicht genoeg bij mijn pijnlijke poesje dat het scherm beslaat.

"Raak het aan." Zijn commando komt uit zijn keel, wanhopig.

Het is maar goed dat hij mijn gezicht niet kan zien. Ik heb de strijd met de blos verloren. Mijn lidmaatschap van de Femme Fatale Association of America is ingetrokken.

Toch reik ik met één hand naar mijn klit en gebruik de andere om een vinger in mijn opening te duwen. Ik weet dat dat iets is wat hij leuk vindt.

Max maakt een geluid dat me aan een gewonde beer doet denken. Is dat hoe alle super opgewonden Russen klinken?

Een orgasme bouwt zich sneller op dan de vorige keer. Sterker ook. Hijgend kijk ik naar het scherm.

Max is braaf en hij trekt zich niet af, zoals ik hem heb gevraagd, en Maximus is met zoveel bloed gevuld dat hij op het punt staat om in een weerwolf te veranderen.

Waarom is dit zo verdomd sexy?

Moet iets te maken hebben met de honger in Max zijn ogen.

Hij pakt de telefoon en brengt hem naar zijn gezicht.

Zijn kaak is strak, zijn stem zo ruw als schuurpapier. "Kom voor me."

Als het idee was om me het gevoel te geven dat ik kom terwijl ik op zijn gezicht zit, dan is de missie geslaagd. Met dat beeld stevig in mijn hoofd, kom ik inderdaad klaar en win de Femme Fatale Association of America-onderscheiding voor Kreun van het jaar.

Terwijl ik bij zinnen kom, zie ik zweetdruppels op Max zijn voorhoofd en vraag me af of ik niet te wreed was door hem te vragen te wachten tot ik klaar was.

Misschien. Maar het was heet.

"Jouw beurt," zeg ik.

Hij zet de telefoon naast Maximus.

Ik grijns gemeen. "Iets naar achteren. Een deel van hem is niet in beeld."

Hij doet wat ik zeg en nu kan ik Maximus in al zijn glorie zien, evenals de ballen van Max — nog steeds naamloos, hoewel mijn eigen naam nu op hen van toepassing is.

"Ga je gang," zeg ik grootmoedig.

Max grijpt zijn kloppende lul met zijn vuist en beweegt zijn hand met meedogenloze precisie op en neer.

Ik zou aantekeningen moeten maken voor een pijpbeurt, maar ik ben te opgewonden, dus in plaats daarvan raak ik mezelf weer aan.

"Hoezo met twee maten meten?" De vraag klinkt gepijnigd.

Ik maak mijn stem zo hees als ik kan. "Wil je dat ik stop?"

"Fuck, nee," gromt Max.

Dat dacht ik al.

Me aan de snelheid van aftrekslagen aanpassend, breng ik mezelf dicht bij een orgasme, vertraag dan, wachtend om die grens te overschrijden terwijl ik naar hem kijk.

"Vertel me wanneer," hijg ik terwijl de druk toch in me toeneemt.

Er volgt iets onverstaanbaars en de hand van Max beweegt zo snel dat hij vervaagt. Net als ik denk dat ik zal ontploffen als ik nog langer moet wachten, gromt hij iets dat in de buurt komt van, "Nu!" en schiet dan zijn lading.

Mijn tenen krommen zich bijna pijnlijk en al mijn zenuwuiteinden gillen van vreugde terwijl het orgasme in me explodeert.

Ik tril nog steeds van de kracht ervan als er iemand op de deur van Max klopt. "Alles in orde daarbinnen?"

Huh. Ik denk dat de timing slechter had kunnen zijn.

Max houdt de camera verder naar buiten zodat ik zijn gelukzalige gezicht kan zien. "Morgen verder?"

Met een ondeugende glimlach zwaai ik naar hem en hang op.

Slaperig en uitgeput kruip ik onder de dekens. Als cyberseks zo intens was, dan kan ik me niet eens voorstellen hoe het echte werk met Max zal zijn.

Ik wil het.

Heel erg.

Onprofessioneel ook.

Ik sluit mijn ogen.

Machete besluit de helft van mijn kussen op te eisen en als ik hem knuffel, spint hij.

Laat Machete er geen spijt van krijgen dat hij je heeft laten leven, meelijwekkend mens.

Ik begin in slaap te vallen en misschien zijn het mijn gelukzalige hersenen die naar wensdenkenland gaan, maar terwijl de slaap me opeist, kan ik het niet helpen dat ik me afvraag:

Wat als Max *geen* Russische spion is?

HOOFDSTUK
Tweeëntwintig

IN DE KOMENDE DRIE DAGEN VAL IK IN DE MEEST GEWELDIGE ROUTINE OOIT. Ik ga naar mijn werk, kom thuis en heb videogesprekken met Max, waar we over van alles en nog wat praten voordat we met cybersekssessies beginnen die elke keer orgastischer en inventiever worden.

Als ik op de vierde dag thuiskom, vind ik Gia daar: ze ondervraagt Olive over Beaky's vermogen om zich te camoufleren.

Huh. Is Gia van plan om een octopus in haar show op te nemen? Kan ze met haar ziektekiemenfobie überhaupt wel een aquarium aan? Het zou slechts een kwestie van tijd zijn voordat ze zich af zou vragen waar Beaky poept en het antwoord zou haar hersens laten smelten.

"Ik ben gekomen om mijn gunst te verzilveren," zegt Gia tegen me en ze werpt een blik op Olive. "Misschien willen we hiervoor wat privacy."

Shit. Toen Gia me in contact bracht met Clarice, had

ik haar in ruil daarvoor beloofd om wat onheil veroorzakende software te schrijven. Ach ja. Afspraak is afspraak.

Ik begeleid Gia naar mijn kamer, waar ik mijn computer tevoorschijn haal.

"Dus," zeg ik. "Wil je nog steeds met de autocorrectie van mensen knoeien?"

Ze knikt opgewonden. "Ik heb al wat dingen bedacht. Wanneer ze *snor* typen, dan verandert je app het in *snol*. Elke vermelding van *lepels* wordt *tepels*. *Rood* zal in *dood* veranderen. *Koord* in *moord*. *Lol* in-"

"Dat hoef je nog niet te definiëren," zeg ik. "Ik codeer dat soort dingen nooit in mijn software."

Gia grijnst. "Zal ik in staat zijn om mijn eigen toewijzingen te beslissen?"

Ik knik. "Ook doelen, binnen de perken."

Ze wrijft in haar handen, als de boze vampier waarop ze lijkt. "Ik begin met Holly."

Holly, haar tweelingzus, is ook haar beste vriendin, wat alleen maar laat zien dat met vriendinnen/zussen als Gia, je geen vijanden meer nodig hebt.

Niet voor het eerst vraag ik me af waarom Holly en ik niet hechter zijn. We hebben veel gemeen, niet in de laatste plaats onze informatica-achtergrond. Ik weet dat ze de chaos van al onze zussen samen niet prettig vindt, maar ik wed dat we het een-op-een samen goed zouden kunnen vinden. Ik zal binnenkort contact met haar opnemen.

"— en dan wil ik dat het transcript van het gesprek naar mij wordt gemaild," zegt Gia als ik me weer afstem.

"Nee," zeg ik. "Daar heb je niet om gevraagd. Ik kan je de regel voor de autocorrectie-blunder geven en die erna. Je gaat niet constant in ieders gesprekken zitten te snuffelen."

Ze pruilt. "Wat als ik je je portemonnee teruggeef?"

Ik klop op mijn zak. Fucker. Mijn portemonnee *is* weg.

Wanneer heeft ze het gestolen? Hoe?

De spion in mij is gek van jaloezie, maar ik weet dat als ik haar vraag om me dit te leren, ze in ruil daarvoor mijn eerstgeborene zal eisen — en Max zou het misschien erg vinden als ik zo'n deal maak zonder hem te raadplegen.

Ik vernauw mijn ogen tot spleetjes. "Als ik mijn portemonnee niet terugkrijg, dan krijg je de app niet." Gia ziet er niet terechtgewezen uit, dus ik voeg eraan toe, "Ik zou ook extra nullen aan al je energierekeningen toe kunnen voegen."

"Hier." Ze geeft me de portemonnee. "Ik respecteer ook hoeveel je doet alsof je om privacy geeft... Juffrouw NSA."

Ik controleer of mijn geld er nog in zit en steek de portemonnee in mijn zak. "Ter verduidelijking van het ontwerp voor de applicatie: Alice typt een bericht naar Bob. Voor het bericht —"

"Wie is Alice?" vraagt Gia. "Wie is Bob?"

Mijn zucht is theatraal. "Het zijn fictieve personages die we in discussies over cryptografische protocollen gebruiken. Zouden de namen Olive en mam beter voor je werken?"

"Maak daar Oyl en Octomam van en je hebt mijn aandacht."

Ik schets wat ik met Oyl en Octomam als de afzender en ontvanger van het bericht van plan ben. Uiteindelijk is Gia tevreden en dat is wanneer ik haar eruit schop.

"Ik heb binnenkort een show buiten The Palace," zegt ze terwijl ze weggaat. "Je zult er zijn... toch?"

"Dat zal ik," zeg ik ernstig. "Laat me de tijd en de plaats maar weten."

"De plaats is een Russisch restaurant genaamd The Hut, geen familie van Jabba. De eigenaren zijn de ouders van Holly's vriend. Ze hebben me ingehuurd om deel uit te maken van het entertainment voor de verjaardag van hun andere zoon."

Hmm. Een Russisch restaurant. "Mag ik iemand meenemen?"

"Tuurlijk," zegt ze. "Wie?"

Ik breng haar zo snel als ik kan op de hoogte en eindig met, "Dus je snapt dat het leerzaam zou zijn om te zien hoe Max op Russisch eten en mensen reageert. Misschien verraadt hij zichzelf? En zou Holly's vriend misschien kunnen zien of Max Russisch is? Ik heb gehoord dat Russen bijna altijd iemand in hun etnische groep kunnen identificeren."

"Geldt dat niet voor elke etnische groep?" vraagt Gia. "Het omgekeerde van de oude 'die en die groep zien er allemaal hetzelfde uit'."

Ik haal mijn schouders op.

"Je hoopt toch dat hij geen Rus is?" valt Olive in, ze is bij ons in de gang gekomen.

"Ja," zeg ik met een zucht. "Maar ik ben ook een realist. Er zijn goede redenen om aan te nemen dat hij dat wel is."

"Ga je gang, neem hem mee," zegt Gia. "Ik zal met Holly praten om te zien of ze iets kan regelen zodat haar schatje met de jouwe kan praten."

"Wanneer is het optreden?"

Als ze het me vertelt, huiver ik. Max vliegt die ochtend terug en ik had grootse plannen, waarbij de enige magie de glorie van Maximus in mijn vagina zou zijn (codenaam geheim).

Maar aan de andere kant, als het me lukt om te bewijzen dat Max geen spion is, dan kan ik als vriendin met hem naar bed gaan, wat oneindig veel aantrekkelijker klinkt dan als een femme fatale-spion.

Ugh. Ik denk dat het tijd is om mijn kaarten op tafel te leggen.

De waarheid is dat ik er nooit zeker van ben geweest dat ik het in me heb om als opdracht met iemand naar bed te gaan. Ik heb gehoopt en aangenomen dat ik dat kan, maar dat is gedeeltelijk te wijten aan het denken dat Max het doelwit is. Zelfs in zijn geval, ondanks alle cyberopwarming, weet ik niet zeker of ik het zou kunnen als ik wist dat hij de vijand was. Wat betreft het idee om iemand te verleiden die niet Max is, alleen al eraan denken voelt net zo misselijkmakend als oog in oog met een pinguïn komen te staan.

Gia tikt met haar voet. "Dus, ben je erbij? Als alles goed gaat, is dit misschien mijn officiële opening in The Hut. Het levert je grote browniepunten op als je komt opdagen en klapt."

"Sorry, ik was even aan het dromen. Ik zal er zeker zijn en zal klappen, zelfs als de magie waardeloos is." Grijnzend voeg ik eraan toe, "Ik heb niet alles gehoord wat je over je opening hebt gezegd, maar ik weet zeker dat het TMI was."

Met een langzaam schudden van haar hoofd vertrekt Gia.

Zodra ze weg is, barst Olive in lachen uit en Beaky verandert een paar keer van kleur — waarop Olive grijnst.

Hmm. Ik vraag me af of ze zich indenkt dat ze met hem praat zoals ik dat met mijn kat doe. Als kinderen deden wij zeslingen dat allemaal met onze favoriete dieren op de boerderij, dus het kant best. Voordat ik het haar kan vragen, tingelt mijn telefoon.

Het is Max.

Ik verontschuldig me, haast me naar mijn kamer en neem op. "Mis je me al?"

Hij grijnst. "Wat denk jezelf?"

"Ik denk dat je je uit moet kleden," zeg ik.

De grijns verandert in een hongerige uitdrukking. "We kunnen maar beter snel zijn. Ik wilde je vertellen — dat de hele familie hier voor het jubileum is en om de verjaardag te vieren die net voorbij is."

Dus geen normaal gesprek? Ach, als ik hem naakt zie, dan zou ik me er beter bij moeten voelen.

We strippen en hebben tot een orgasme cyberseks met elkaar. Een voor hem en twee voor mij. Wie heeft gezegd dat het leven eerlijk moet zijn?

"Wil je de jarige en het gelukkige paar voor me feliciteren?" zeg ik als mijn kleren weer aan zijn.

Hij ziet eruit alsof hij wenst dat ik naakt was gebleven. "Wil je het zelf tegen ze zeggen?"

Ik knipper met mijn ogen en zeg hem stom na, "Ze het zelf zeggen?"

Hij bluft, kan niet anders. Het is onmogelijk dat zijn echte familie daar in Canada is. Ze wonen in Rusland. Ik denk dat de plek waar hij is een onderduikadres is waar hij en zijn tussenpersoon werken terwijl hij daar is, waarbij ze de kamer als onderdeel van hun dekmantel met dierenposters hebben gedecoreerd.

"Ze zouden het heel leuk vinden als je dat zou doen," zegt hij. "Ik heb ze over je verteld en ze willen je graag ontmoeten."

"*Mij* ontmoeten?" Deze vraag komt er niet veel slimmer uit dan de vorige.

"Ja." Hij pakt de telefoon en mijn uitzicht verandert naar op zijn kop. "Kom."

Ga ik zijn familie ontmoeten? Zijn ouders?

Terwijl hij naar zijn bestemming loopt, vang ik een glimp op van het huis waar Max zou zijn opgegroeid.

Dit moet een truc zijn, toch? Zoals die scène in *The Americans* toen een van de aliassen van de echtgenoot-spion (spoiler alert) met een secretaresse trouwde die bij de contraspionage van de FBI werkte. Hij had in die show ook een 'familie', maar het bestond uit zijn tussenpersoon die zich als zijn moeder voordeed en zijn spionagevrouw die zich als zijn zus voordeed.

Kanttekening: als een van de aliassen van Max met *een van de* vrouwen naar bed gaat zoals de mannelijke spion in die show deed, dan zou ik niet zo blasé als het personage van Keri Russell zijn. Nee. Ik zou een moord plegen. En hé, misschien kan dat tot een andere CIA-carrière leiden, die van een huurmoordenaar à la Jason Bourne. In dat scenario zou ik zelfs geheugenverlies verwelkomen.

Max stopt met lopen en zegt iets in wat Oekraïens moet zijn. Hij houdt dan de camera vast zodat ik goed zicht heb op een grote eettafel die met genoeg voedsel is gevuld om Kiev twee jaar te voeden.

Terwijl ik de mensen scan die daar zitten, valt mijn mond open.

"Iedereen, dit is Blue." Max begint naar de mensen aan de tafel te wijzen. "Blue, dit zijn mama, papa en mijn broers en zus — Seman, Matviy, Andriy en Zlata."

Eindelijk sluit ik mijn mond en knipper stompzinnig met mijn ogen naar de Stolyar-clan.

Als je Max zou nemen en CGI zou gebruiken om hem in een zilveren vos te veranderen, dan zou je papa krijgen. De drie broers lijken bijna net zo op Max als mijn zussen op mij. Zelfs mama en zijn zus lijken heel erg op hem. Ze hebben dezelfde mooie ogen met volle wimpers en haar dat uit een shampooreclame lijkt te komen.

"Het is een genoegen om jullie allemaal te ontmoeten," stamel ik.

Mijn gedachten gaan alle kanten op. Dit is geen nepfamilie. Niet zonder CGI of magie — en niet zoals Gia dat doet. Maar zou de Russische regering zoveel burgers naar Canada vliegen om mij voor de gek te houden? Of heeft Max zichzelf op de een of andere manier vanuit Canada naar Rusland gesmokkeld?

Tenzij ze allemaal in Canada wonen om de dekmantel van Max te ondersteunen?

Al die opties klinken als overdreven, wat de vraag oproept die als een sprankje hoop voor mijn hart is.

Misschien is Max echt geen Russische spion?

Drieëntwintig

"AANGENAAM KENNIS MET JE TE MAKEN, BLUE," zegt iedereen in koor en ik duw mijn weerbarstige overpeinzingen van me af om me op de situatie te concentreren.

"Max heeft ons veel over je verteld," zegt Andriy.

Geen accent. Nog een aanwijzing dat ze ofwel niet in Rusland zijn of dat hij op dezelfde plek als Max Engels heeft gestudeerd.

"Wat hij niet heeft gezegd, is hoe aantrekkelijk je bent," zegt de andere broer — Seman, denk ik.

"Hij was waarschijnlijk bang dat je naar haar zou lonken en hij had gelijk," zegt Matviy, de derde broer.

"En dan vraag je je af waarom hij ons nooit aan de vrouwen voorstelt met wie hij uitgaat," valt de zus — Zlata — bij.

Haar stem is net zo mooi als de rest van haar en ook hier is geen spoor van een accent te bekennen.

"Nee, dat komt omdat hij met niemand uitgaat." Seman knipoogt naar Max. "Of dat deed hij niet."

Max draait de camera naar zichzelf. Een glimlach speelt om zijn lippen. "Het was het wachten waard."

"Kinderen," zegt mama. "Geef de gast de kans om ook iets te zeggen."

Oké. Hier is duidelijk een Oost-Europees accent te horen, maar dat past bij het verhaal van Max dat hij een Oekraïner van de tweede generatie is.

"Voordat ze haar verhaal vertelt, wat dachten jullie van een toost?" zegt papa, zijn accent is zwaarder dan dat van zijn vrouw.

Seman pakt een fles horilka. "De oude man zegt voor de verandering iets nuttigs."

Papa heft zijn borrelglas. "*Za zustrich.*"

Iedereen gooit zijn shot achterover. Ik ben blij dat ik er niet persoonlijk ben, want ik ben niet in de stemming voor het brandende gevoel van horilka.

"We moeten Blue niet aan de telefoon houden om ons te zien eten en drinken," zegt Max als de glazen weer op tafel staan.

"Je hebt gelijk," zegt mama tegen hem en ze kijkt in de camera. "Blue, ik hoop dat je er volgend jaar persoonlijk bij bent. Dit is je officiële uitnodiging."

Wauw. "Dank je," zeg ik. "Maar ik hoef niet op te hangen. Ik vind het eerlijk gezegd niet erg om jullie te zien eten of drinken."

Ik waardeer deze kans om meer over Max te weten te komen, maar dat zeg ik niet.

"Onzin," zegt papa. "Als je onze maaltijd niet kunt delen, dan voel ik me ongastvrij."

Seman geeft zijn vader een elleboog. "Misschien

komt dat, omdat jouw gastvrijheidsregels ouder dan technologie zijn?"

Ik zucht. "Ik wil niet dat iemand zich ongastvrij voelt. Ik wilde jullie allemaal met het jubileum en de verjaardagen feliciteren."

Mama kijkt papa aan en zegt iets in snelvuur-Oekraïens. Het enige wat ik hoor, is het woord *krasa*, dat ik met verwijzing naar een mooi meisje in een Russisch sprookje heb gezien.

"Ze zei dat je niet alleen mooi, maar ook beleefd bent," fluistert Max in de luidspreker van de telefoon.

Ik grijns en spreek zodat iedereen me kan horen. "Ik laat jullie naar je feestmaal teruggaan."

"Tot volgend jaar," zegt mama en de anderen herhalen haar woorden.

"Ik bel je morgen." Hij blaast een luchtkus naar me toe.

Omdat zijn familie toekijkt, raak ik mijn wang aan in plaats van mijn kont nadat ik hem heb opgevangen. Ik zeg nogmaals gefeliciteerd en hang op.

Wauw.

Ik voel me duizelig alsof ik een date voor het schoolbal heb. Max en ik kunnen misschien wel werken. Als in, in het echt — wat alleen mogelijk is als hij niet voor Rusland werkt. En misschien doet hij dat niet? Is het mogelijk dat hij vanaf het begin de waarheid heeft verteld? Dat hij eigenlijk gewoon een Oekraïner van de tweede generatie is en dat hij niet voor buitenlandse belangen spioneert?

Er zijn problemen met die theorie, hoe graag ik ook wil dat die waar is. Hoe zit het met de duistere stunt die hij op het punt stond om na het pokerspel uit te halen? En hoe zit het met de investeringsbankiers?

Verdomme. Was deze ontmoeting met het gezin een zorgvuldig gepland theater? Zo ja, dan is het bijna gelukt.

Toch heb ik nu hoop. Ik geloof niet dat ik belangrijk genoeg ben om zoiets in scène te zetten. Hij weet niet dat ik hem met de bankiers heb zien praten of dat ik getuige ben geweest van zijn poging om in iemands telefoon te hacken. Waarom zou hij zo hard zijn best doen om mij ervan te overtuigen dat hij geen spion is als hij geen reden heeft om te denken dat ik hem verdenk?

Er komen geen antwoorden, maar het uitje naar het Russische restaurant zit eraan te komen. Laten we eens kijken wat dat onthult.

HOOFDSTUK
Vierentwintig

NADAT IK DE VOLGENDE DAG MIJN EERSTE OPDRACHT OP HET WERK HEB AFGEROND, ga ik de broers en zus van Max controleren. Ik denk dat als zijn dekmantel slordig is, ik ze niet zal vinden, maar als zijn dekmantel goed is — of als Max eerlijk tegen me was — dan zullen ze *wel* bestaan.

Yep. De broers en de zus hebben een zeer solide online aanwezigheid — meer dan Max zelf, wat een vreemd detail is als dit nep is.

Ik kan niet anders dan opgelucht zijn. Een slordige dekmantel zou betekenen dat we het Max-is-geen-spion-scenario vaarwel hadden kunnen kussen.

Een ander werkproject belandt in mijn inbox en ik werk er tijdens de lunch aan. Het lukt me om alles vroeg af te ronden, dus ik verlaat het gebouw en ga naar Fabio's huis voor mijn training.

"We hebben code rood aan onze handen," zegt Fabio als ik hem over mijn aanstaande date met Max vertel.

"Hoe bedoel je?" vraag ik.

Hij bekijkt me van top tot teen, zijn bovenlip trekt naar beneden als hij naar mijn effen grijze broek en witte overhemd kijkt die bij mijn werk passen. "Ik bedoel dat je misschien meer baat hebt bij verzorgingsadvies dan bij seksuele technieken."

"Wat wil je daarmee zeggen?"

Hij rolt met zijn ogen. "Homo of hetero, mannen zijn visuele wezens en je moet ervoor zorgen dat we het leuk vinden wat we zien."

Ik knijp in zijn biceps. "Dat was een retorische vraag. Waarom beledig je mijn uiterlijk?"

Hij trekt zijn arm weg alsof ik een angel heb, pakt dan een hoge spiegel en zet die voor me neer. "Kijk gewoon."

Ik doe mijn pruik af. "Dit is mijn nieuwe kapsel. Hij heeft gezegd dat hij het leuk vond. De rest is mijn werkkleding. Ik zal me voor de date natuurlijk wel optutten."

Fabio ademt overdreven opgelucht uit. "Je zult ook andere schoenen aantrekken, toch?"

Ik weersta de drang om hem nog een keer te knijpen. "Ja. Ik draag gewoon sneakers naar kantoor omdat ze comfortabel zijn."

Hij krabt aan de bovenkant van zijn hoofd. "Oké. Kunnen we naar jouw huis gaan, zodat je me kunt laten zien wat je van plan bent om te dragen?"

"Ik kan nog iets beters doen." Ik pak mijn telefoon en laat hem een foto zien waarop ik de jurk draag die ik van plan ben om aan te trekken en nog een foto met de schoenen.

Hij trekt zijn neus op. "Heb je dit spul eerder gedragen?"

"Alleen die ene keer," zeg ik.

"Goed dan. Wat is je haarsituatie daar beneden?" Hij kijkt naar mijn kruis.

Serieus? "Ik ben vlak voor onze eerste les gewaxt." Het was voor het geval dat Max me tijdens dat pokerspel naakt zou zien, maar dat voeg ik er niet aan toe.

"Brazilian?"

Ik knik.

Hij tuit zijn lippen. "Hoe ziet je poepgat eruit?"

Mag ik nu een Krav Maga-beweging op hem gebruiken? Geen schop tegen de ballen — die heeft hij nodig voor zijn werk — maar misschien een slag op de tepel? "Ik heb je net verteld dat ik de Brazilian heb laten doen."

Nog een rol met zijn ogen. "Hoe zit het met bleken?"

Ik knipper naar hem. "Er is niet genoeg haargroei om te bleken."

"Niet het haar, domkop, de huid rond de achterdeur. Het moet mooi roze zijn."

"Welke kleur is het nu?" flap ik eruit.

"Hoe zou ik dat verdomme moeten weten? En voordat je het vraagt, ik wil het niet zien."

Serieus, slechts één klap op een van de zachte plekken op zijn lichaam. "Ik was niet van plan om het je te laten zien."

"Tuurlijk, tuurlijk." Hij grijnst. "Maar je gaat wel naar de badkamer om het te controleren."

"Stomme crème-fabrikanten," mompel ik. "Proberen om vrouwen zich te laten schamen om hun slangenolie te kunnen verkopen. We moeten trots zijn op onze geslachtsdelen zoals ze zijn. Ik weet niet zeker of ik Max mijn poepgat ga laten zien, maar als ik dat doe, dan zou hij zo opgewonden moeten zijn dat als ik het hem laat zien dat het hem niet uitmaakt welke kleur het is."

Fabio's glimlach wordt kwaadaardig. "Predik het, zuster. Maar je gaat wel naar de badkamer om het te controleren, toch?"

Met een geïrriteerde grom loop ik naar zijn badkamer.

Ik kan niet geloven dat ik dit doe. Aan de andere kant kan het geen kwaad om te kijken.

Maar hoe dan?

Ik probeer mezelf in een krakeling te buigen om een goed uitzicht te krijgen, maar het gaat niet. Ik probeer een goede hoek te vinden om het in de spiegel te zien. Weer een mislukking. Prima. Ik pak mijn telefoon, buig voorover, spreid mijn benen en maak een anale selfie of anaalfie, zoals ik het voortaan noem.

Als iemand op het werk mijn telefoon hackt en mijn anaalfie ziet, dan zal ik hun poepgat vermoorden.

Zuchtend kijk ik even.

Fucking fuck. Mijn poepgat is bruin. Is het op reis naar Hawaï geweest en heeft het een mooi kleurtje gekregen toen ik niet keek? Of is het altijd al zo geweest? Waarom zegt mijn stomme intuïtie dat het zoals de rest van de kont huidkleurig moet zijn of op zijn minst roze, zoals de binnenkant van de vagina? Zo is het ook met de andere openingen — oorgaten zijn huidkleurig en lippen zijn roze (de mijne in ieder geval wel).

Is de date met Max belangrijk genoeg om een behandeling te nemen? Een groot deel van mij zegt nee, maar een ander deel, dat met mijn innerlijke femme fatale in contact staat, antwoordt met een volmondig ja. In feite zou de Femme Fatale Association of America gids drie opties voor deze situatie hebben: a) het aanstootgevende gebied bleken, b) een met juwelen getooide buttplug dragen om het te bedekken of c) naakt bruin worden met een buttplug tot alles met de huid van het poepgat overeenkomt. Aangezien b) lopen ongemakkelijk zou maken en c) huidkanker zou kunnen veroorzaken, denk ik dat a) de juiste optie is.

Het lijkt erop dat ik dit ga doen. Verdom Fabio en verdom het industriële complex van huidcrème.

Als ik terugkom in zijn woonkamer, kijkt Fabio me zelfvoldaan aan. "Dus?"

"Hoe kan ik dat stomme ding bleken?"

Hij haalt zijn telefoon tevoorschijn. "Je gaat naar mijn mannetje. Dit wil je niet zelf doen. Ik heb horrorverhalen gehoord."

Ik adem uit. "Een man? Zoals in mannelijk?"

"Homo. Ik heb het gecontroleerd" — hij wiebelt met zijn wenkbrauwen — "als je begrijpt wat ik bedoel. Hij kijkt waarschijnlijk liever naar rottend fruit dan naar je poepgat."

"Geweldig, ik voel me gevleid."

Hij pakt zijn telefoon en toetst een nummer in. "Hé,

Ishmael, mag ik een vriendin meenemen om bij je langs te komen?"

Ishmael? Hebben we het over bijbels of die van *Moby Dick*? Fabio kennende, wed ik dat het het laatste is. Waarschijnlijk een bijnaam die naar een lul verwijst.

Hoewel de telefoon niet in de luidsprekermodus staat, kan ik Ishmaels diepe ja, wie en waarom horen.

"Blue. Mijn jeugdvriendin," antwoordt Fabio.

"Het poepgat?" vraagt Ishmael.

"Ja, moet opgelicht worden," zegt Fabio met een grijns.

"Ik sta hier," zeg ik zo hard dat Ishmael het kan horen. "En ik zal degene zijn die fooi geeft."

"Goed, we noemen het 'de beltoon daar beneden veranderen,'" zegt Fabio tegen me. "Beter?"

Ik slaak een zucht. "Moet het nu?"

"Ja," zeggen ze allebei in koor.

"Je hebt wat tijd nodig om te herstellen voordat je daar een lul neemt," zegt Ishmael.

"Dit is de eerste date," zeg ik. "We gaan niet meteen voor anaal."

Fabio kijkt me medelijdend aan. "Blue, je bent nog steeds in mijn trainingstijd en ik waardeer mijn reputatie." Hij recht zijn schouders. "Geen enkele student van mij gaat met een ongebleekt poepgaatje op date, punt uit."

HOOFDSTUK
Vijfentwintig

De poepgat-bleeksalon bevindt zich in de West Village en ziet er extreem luxe uit.

"Mooi en schoon," fluister ik tegen Fabio.

"Ja," zegt hij. "Een goed voorteken voor je anus."

Voordat ik kan antwoorden, komt er een gespierde reus van een man op ons af. Hij moet een professionele bodybuilder zijn — zijn biceps hebben triceps.

Hij lijkt me geen homo, maar dit komt van het meisje dat geen idee had dat Fabio voor het andere team speelde. Als ik het had geweten, dan had ik hem mijn geslachtsdelen niet laten zien.

"Ishmael!" Fabio geeft de man een knuffel, of probeert dat te doen. Zijn armen wikkelen zich om ongeveer één borstspier.

Huh. Misschien wordt de kolos Ishmael genoemd omdat hij groot genoeg is om met zijn blote handen een walvis te vangen... bij zijn lul.

"Ben jij de klant?" Ishmael kijkt op me neer zoals ik naar een klein insect zou kijken.

Ik knik zwijgend met mijn hoofd. Deze man is zo groot dat hij het hagedisgedeelte van mijn brein activeert, dat die ervoor zorgt dat ik mezelf bescherm om niet platgedrukt te worden.

Is de inlichtingengemeenschap zich van het vreemde effect bewust dat een te groot persoon op iemand kan hebben? Zou de CIA hun ondervragers een cocktail van steroïden en groeihormonen moeten geven?

Ishmael kijkt me nog steeds aan en gebaart naar de dichtstbijzijnde deur. "Kom."

"Veel succes," zegt Fabio op een zingende toon.

Ik kijk hem hatelijk aan en volg de reus.

Ishmael leidt me een kleine, schone kamer binnen en zwaait met zijn vlezige hand naar een tafel die er naast hem als een nachtkastje uitziet. "Laat je broek zakken en ga in de puppyhouding."

Als hij geen homo was en ik niet trouw aan Max was, dan zou ik hem vragen om me eerst mee uit eten te nemen, maar zoals het er nu voor staat, doe ik wat me wordt gezegd terwijl ik Fabio binnensmonds vervloek.

"Spreid je achterste wangen uit elkaar," buldert Ismael.

"Wacht, wat ga je doen?"

"Het laseren," zegt hij kortaf.

Oh. Ik dacht dat het een crème zou worden. Ik denk dat Big Laser bij deze zwendel betrokken is.

"Klaar als jij dat bent," gromt Ishmael.

Ik bloos als een bijzonder schuwe kreeft, spreid mijn billen en krimp ineen.

Ik ben klaar om de laser te laten schijnen waar de zon niet schijnt.

HOOFDSTUK
Zesentwintig

DE PIJN IS ZO SCHERP DAT IK NIET ANDERS KAN DAN GILLEN.

Dit is wat een superschurk zou voelen als Superman zou besluiten om zijn ooglasers in haar kont te schieten. Het zou me niet verbazen als er rook uit me kwam, wat een vleiende draai aan de uitdrukking 'rook in je kont blazen' zou zijn.

"Sorry," zegt Ishmael. "Sommige mensen zijn gevoeliger voor de laser dan anderen."

Ik kan het niet helpen, maar ik heb het gevoel dat hij mensen van een bepaald geslacht bedoelt, maar misschien ben ik gewoon overgevoelig.

"Is alles goed?" roept Fabio van buiten de kamer.

Mijn gekwelde sluitspieren spannen zich samen terwijl ik terug schreeuw, "Prima! Open die deur niet of ik vermoord je."

"Ik hoef sowieso niet getraumatiseerd te worden," kaatst Fabio luid terug.

"Wil je dat ik wat verdovende crème aanbreng?" vraagt Ishmael.

Ugh. Wat is erger: Ishmael door laten gaan met middeleeuws zijn op mijn kont of de extra vernedering dat hij de crème aanbrengt? Maar aan de andere kant, wie heeft gezegd dat hij het moest doen?

"Kan ik de crème zelf aanbrengen?" vraag ik.

"Als je dat liever wil. Geef me je hand."

Dat doe ik en hij doen een handschoen op mijn hand en legt uit, "Zodat je vingers niet gevoelloos worden."

"Ah. Juist. Kijk de andere kant op."

"Klaar," zegt hij.

Ik voel mijn gezicht verder rood worden en breng de crème aan. Het verkoelende gevoel is een aangename afwisseling van het eerdere brandende gevoel.

Ishmael zucht ongeduldig. "Houd er rekening mee dat als je dat langer dan vijf seconden doet, je ermee speelt."

Geweldig. Een gigantische, kontblekende komiek.

Ik trek mijn hand weg en duw mezelf op handen en knieën. Dan wachten we en wat de wachtposities betreft, is dit mijn minst favoriete. Eindelijk begint mijn kont gevoelloos te worden — een raar gevoel op zich. Doet me aan de tandarts denken, maar daar heb ik gelukkig wel mijn broek aan.

"Klaar?" buldert hij.

"Tuurlijk."

Het afschuwelijke gevoel komt terug, een beetje afgestompt, en ik gil weer van de pijn.

"Doet het nog steeds pijn?"

De klootzak klinkt verbaasd.

Ik klem mijn tanden op elkaar. "Ga maar gewoon door."

Dat doet hij. Ik zeg tegen mezelf dat dit een training is voor het scenario waarin een vijand me gevangenneemt en probeert om me mijn land te laten verraden. Dapper geef ik niet toe. Ik ben misschien niet tegen het martelen door middel van vogels bestand, maar ik kan wel met verbeterde ondervragingstechnieken omgaan waarbij iets anaals betrokken is. Of in ieder geval een laserstraal in de kont.

Fuck. Te vroeg gejuicht.

Als ik sappige geheimen kon verklappen, dan zou ik dat zo ongeveer nu doen. In plaats daarvan zeg ik tegen Ishmael dat hij moet stoppen.

Het brandende gevoel gaat weg. "Ik denk niet dat het een goed idee is om het zo te laten. Ik ben halverwege."

"Dus?" grom ik.

"Je anus heeft een halve maan," zegt hij. "Of een smiley als je vanuit de juiste hoek kijkt."

Ik slaak een grote zucht. Het laatste wat ik wil is dat Max naar een smiley op mijn kont gaat vragen. "Goed dan. Laten we dit afmaken."

"Een momentje. Dit kan helpen." Zijn zware voetstappen dreunen weg en komen terug.

Plotseling bevriest mijn poepgat.

"Wat doe je in vredesnaam?"

Hij schraapt zijn keel. "De pijn van de laser wordt door hitte veroorzaakt, dus ik probeer het gebied met ijs te koelen."

Ik kijk hem over mijn schouder aan. "Moet je het me niet vragen voordat je ijsblokjes in mijn kont stopt?"

Hij kijkt chagrijnig en verwijdert het ijs. "Ik probeerde te helpen."

"Maak die verdomde marteling gewoon af." Ik draai me om en knars weer op mijn tanden.

Hij gaat verder en het is eigenlijk draaglijker na het ijs. Omdat ik me nors voel, vertel ik hem dat niet.

"Helemaal klaar," zegt Ishmael na wat als een uur aanvoelt.

Ik klim van de tafel, trek mijn broek op en bedenk slechte dingen die ik Fabio aan kan doen.

Ishmael vertelt me hoeveel ik hem verschuldigd ben en ik betaal en voeg aan het eind een grote fooi toe als dank voor het ijs.

"Hoe was het?" vraagt Fabio wanneer we naar buiten komen.

"Het is misschien beter als je me de komende weken vermijdt."

Iets in mijn gezicht moet heel overtuigend zijn. Fabio verbleekt en loopt achteruit, mompelend dat hij moet gaan.

"De resultaten zullen je bevallen," zegt Ishmael. "Je zult zien, je zult terugkomen voor een touch-up."

"Touch-ups?" De vraag komt er als een gil uit. "Is die shit niet blijvend?" In mijn woede vergeten mijn hersenen hoe groot mijn schoonheidsspecialist is en ik ga confronterend op hem af.

Hij schudt zijn hoofd en doet voorzichtig een stap achteruit, blijkbaar redenerend dat een Yorkie met hondsdolheid een mastiff kan verwonden. "Als je loopt, dan creëer je wrijving, wat voor pigmentatie zorgt. De resultaten kunnen ongeveer zes maanden aanhouden, maar niet langer."

Ik haat iedereen. "Het is onmogelijk dat ik dit nog een keer doe."

"Goed." Hij geeft me een crème. "Dat is voor de nazorg. Bel je huisarts als je koorts, anale afscheiding, bloedingen, blaren of open zweren krijgt."

Ik wil kotsen. "Je digitale online aanwezigheid kan maar beter bidden dat ik geen huisarts hoef te zien."

Ik sla de salondeur luid achter me dicht en neem een taxi naar huis. Mijn kont is de hele weg pijnlijk.

———

Ik voel me de rest van de dag ellendig, tot het punt waarop Olive me er tijdens het eten van beschuldigt dat ik stuurs ben. Hé, voor een zeebioloog kan 'stuurs' iets anders betekenen dan voor normale mensen. Het zou haar advies kunnen zijn om mijn kieuwen vochtig te houden.

Als ik naar mijn kamer ga, krijg ik mijn gebruikelijke berichtje na het eten van Max. Zoals altijd is het een afbeelding van een schattig wezen — in dit geval een woestijnvos.

De golf van vreugde doet me de letterlijke pijn in mijn kont vergeten.

Een vos die op een babykonijntje lijkt? Ik schrijf terug. *Ongetwijfeld misleidt het de pluizige wezens door te denken dat het een van hen is en vermoordt hij vervolgens de hele familie in koelen bloede.*

Nou, dat werd snel duister.

Ik zoek een foto van een mol met een stervormige neus en stuur die naar Max, met als onderschrift: *Zo ziet schattig er echt uit.*

Hij antwoordt meteen:

Weer een mol? En deze keer met neustentakels? Ik had nooit gedacht dat ik dit zou typen, maar dat zijn de grofste van alle soorten tentakels.

Ik grijns. *Videobellen?*

Hij zegt dat hij twintig minuten nodig heeft en die tijd gebruik ik om mijn make-up op te frissen en mijn mooiere T-shirt voor thuis aan te trekken.

Als we aan de telefoon zijn, vertelt hij me over zijn dag, maar ik reageer niet. Operatie Laser in Kont is vertrouwelijke informatie en tenzij hij hier is en ik wanhopig naar iets anaals snak, hoeft hij het niet te weten. In plaats daarvan vertel ik hem over het uitje naar het Russische restaurant om te zien of hij het wil vermijden.

"Ik ga graag met je mee," zegt hij en ik wou dat ik hem via internet kon kussen.

Hij is zich er ofwel niet van bewust dat Russen een andere Rus kunnen spotten of hij is bijzonder moedig/eigenwijs.

"Zul je niet te moe zijn?" vraag ik. "Het is de dag dat je terugvliegt."

"Nee, het is goed. Ik heb zelfs tijd om je op te halen."

"Weet je het zeker? Het restaurant bevindt zich in Brooklyn, daar kom je vanaf het vliegveld langs. Mij oppikken zou een grote omweg zijn."

Hij kijkt me grijnzend aan. "Ik sta erop. Op onze

eerste date haal ik je op, zelfs als dat betekent dat ik drie keer langs Brooklyn moet. Misschien vier keer."

"Goed, maar kom naar boven als je hier bent. Als beloning laat ik je mijn kat en de octopus van mijn zus zien."

Zijn grijns wordt breder. "Je poes en een octopussy?"

Warmte bedekt mijn gezicht en andere regio's. "Als je *dat* wil zien, dan zul je misschien tot na het evenement moeten wachten."

Zijn stem wordt grommend. "Ik kan niet wachten."

Daar gaan we. Femme fatale-modus geactiveerd. Ik lik mijn lippen verleidelijk, precies zoals hij wil.

Hij ziet er insta-hongerig uit. "Kleed je uit."

Ik doe wat hij zegt en hij doet met me mee.

Zal mijn kont masturberen in de weg staan?

Nee. De cyberseks die volgt, is de beste tot nu toe. Als mijn hersenen eenmaal in de post-orgastische endorfines baden, is de pijn in mijn kont slechts een verre herinnering.

HOOFDSTUK
Zevenentwintig

Onze werk-dan-cybersex-routine gaat glorieus door terwijl mijn kont geneest, helemaal tot de dag dat Max terug moet komen.

Op die dag werken is moeilijk. In plaats van me op **geclassificeerd** te concentreren, denk ik aan Maximus in al mijn gaten, zelfs in mijn kont, hoewel ik weet dat ik die meer tijd moet geven om te genezen.

Over de kont gesproken, als ik thuiskom van mijn werk, neem ik een anaalfie om het te controleren.

Mooi en roze. Ik weet niet zeker of het de pijn waard was, maar hé, het is nu gedaan en ik voel me op deze manier iets meer femme fatale-achtig. Max kan het maar beter waarderen — ervan uitgaande dat ik het hem laat zien, wat op mijn agenda staat.

Over Max gesproken, hij appt me als hij landt.

Shit. Ik moet me klaarmaken voor het restaurant.

Het kost me meer dan een uur om alle verzorging, make-up en het aankleden te perfectioneren. De finishing touch is wat dubbelzijdig plakband tussen mijn borsten en op het lijfje van de jurk. Ik wil niet dat Sergeant en Kapitein vanavond voortijdig verschijnen.

Als ik tevreden ben met hoe ik eruitzie, maak ik een selfie en stuur ik die naar Fabio.

Geweldig, antwoordt hij.

Probeert hij me na Operatie Laser in Kont nog steeds te sussen?

Voor het geval dat, loop ik naar de woonkamer en vraag Olive wat ze denkt.

"Wauw, zus," roept ze uit. "De spion zal niet weten wat hem overkomt."

Zelfs Machete moet het leuk vinden, althans zo interpreteer ik zijn gewrijf tegen mijn been.

Voel je niet te gevleid, zwak mens. Machete heeft je gemarkeerd zodat de katten buiten zijn kasteel weten dat het eten van je gezicht het voorrecht van Machete is.

"Hé," zeg ik tegen Olive. "Moet je boodschappen doen of iets dergelijks?"

Ze grijnst al wetend. "Komt Max naar boven?"

Ik knik.

"Ik ga zonnebrandcrème halen," zegt ze en ze verbruikt ondanks het late uur een hele tube op haar gezicht en armen.

Hé, wat er ook voor nodig is om wat privacy te krijgen.

Tien minuten nadat Olive is vertrokken, appt Max om me te laten weten dat hij buiten is.

Kom naar boven, antwoord ik.

Terwijl ik wacht, waterboarden vlinders elkaar in mijn buik. Ik heb hem een week niet gezien.

Toegegeven, we hebben elkaar op onze schermen gezien, maar dat is niet hetzelfde. Wat als —

De deurbel gaat.

Als ik de deur opentrek, ruik ik zijn esdoorn-lavendelgeur en dan staat Max in al zijn heerlijke glorie voor me.

"Hoi." Zijn stem druipt van de seks, zijn met honing bespikkelde groene ogen scannen me van top tot teen en worden steeds donkerder.

Ondertussen scan ik hem net zo terug. Hij draagt een perfect op maat gemaakt marineblauw pak dat de indrukwekkende breedte van zijn schouders en de slankheid van zijn taille benadrukt. Het maakt dat ik het van hem af wil rukken — samen met zijn frisse witte overhemd en welke boxer of slip dan ook die probeert om de groeiende bobbel in zijn broek te bedekken. Tenzij hij geen ondergoed draagt?

Oh shit. Alleen al de gedachte daaraan geeft me het gevoel dat ik op het punt sta om te ontbranden. Hoe gewelddadig zou Gia me vermoorden als ik haar show oversloeg om hem gek te neuken?

"Hallo," zeg ik.

Zijn neusgaten trillen en zonder verder inleidend woord grijpt hij mijn bovenarmen, trekt me tegen zich aan en drukt zijn lippen op de mijne.

HOOFDSTUK
Achtentwintig

DE KUS IS HEET. Heter dan al onze cyberseks samen. Terwijl zijn tong sensueel over mijn lippen strijkt en in mijn mond duikt, heb ik het gevoel dat elke smaakpapil op mijn tong in een clitoris veranderd is. Hijgend sta ik op mijn tenen op en druk me tegen zijn harde lichaam, mijn armen gaan om zijn sterke nek terwijl ik de kus met groeiende ijver beantwoord.

Na een paar duizelingwekkende minuten trekt hij zich met tegenzin terug. Zijn stem is ruw van frustratie, zijn kaken staan strak. "We moeten zo gaan."

Ik kijk hem knipperend aan. Ik ben er vrij zeker van dat de verzengende hitte tussen ons in ieder geval een paar van mijn hersencellen heeft verbrand. "Ja. Ik - dat moeten we."

Hij doet een stap achteruit en hij bekijkt me hongerig van top tot teen. "Je ziet er fantastisch uit."

Ik lik aan mijn kloppende lippen. "Dank je. En jij zou altijd een pak moeten dragen of beter nog, helemaal niets."

Een sexy grijns verschijnt om zijn mond. "Genoteerd. Waar zijn de dieren die je hebt beloofd?"

Dieren. Juist. Ik probeer niet aan mijn overprikkelde libido te denken, pak zijn hand vast en leid hem naar de woonkamer, waar ik naar het gigantische aquarium gebaar. "Dat is Beaky."

Max bestudeert de octopus met een mengeling van ontzag en onbehagen. "Wauw. Hij is net als op die foto die je me hebt gestuurd. Er is absoluut iets horrorfilmachtigs aan hem."

Beaky moet zijn uitspraak niet leuk vinden. Het is dat of het is toeval dat hij op dit moment van kleur verandert.

"Kom, laten we de kat zoeken." Ik pak zijn hand weer vast en probeer niet in een plas van nood te smelten terwijl zijn sterke vingers zachtjes om de mijne knijpen.

Als we Machete zoeken, realiseer ik me dat het maar goed is dat ik Max nog niet heb aangerand. Wat als de verdomde kat Maximus aanvalt zoals hij de dildo en kiwi's van Bill had aangevallen?

"Daar is hij," zegt Max, naar een hoek in de keuken wijzend. Een warme glimlach verlicht zijn gezicht als hij de kat nadert. "Hij is prachtig."

De dingen gebeuren te snel voor mij om te reageren.

Max buigt zich en strekt zijn hand uit — een kamikaze-manoeuvre.

Machete rent naar de hand.

Ik krimp ineen, in de verwachting dat scherpe klauwen aan het vlees van Max zullen harken.

In plaats daarvan houdt Max de kat in een

nanoseconde tegen zijn borst en het kwaadaardige wezen begint gewoon te spinnen.

Wat de fuck?

Is Max een kattenfluisteraar?

Dit moet iets zijn dat ze op de Russische spionageschool leren. Ze beginnen met hoe je een mens verleidt, maar bij les negenenzestig gaat het erom hoe je een kat verleidt.

Een spion moet tenslotte een meester in alle soorten poesjes zijn.

Ik knijp mijn ogen tot spleetjes naar Machete. "Verrader."

Het kan de kat niets schelen wat ik zeg.

Machete keurt deze mens goed. Zijn symmetrische gezicht zorgt ervoor dat Machete erop wil kruipen en een lang dutje wil doen.

Echt niet. Het enige poesje op dat gezicht zal die van mij zijn.

"Er komt haar op je pak," zeg ik, terwijl ik weer bij zinnen kom.

"Juist." Max zet Machete zachtjes neer.

De kat geeft mij — of misschien de wereld — een dodelijke blik.

De vacht van Machete is een versiering. Een ereteken dat schaamteloze muggen niet waardig zijn.

We komen met alle vingers en ledematen nog intact uit mijn appartement en Max begeleidt me naar een taxi. Terwijl we tegen het gebruikelijke verkeer vechten, vertelt hij me over zijn vlucht naar huis, waar blijkbaar een praatzieke oude dame naast hem in het vliegtuig zat.

Terwijl ik luister hoe hij haar capriolen beschrijft, kan ik het niet helpen dat ik denk dat ze hem zat te versieren. Welke hetero vrouw zou dat niet doen? Ik weet dat ik voor Maximus zou gaan, zelfs als ik tegen de honderd zou zijn.

Eindelijk draait de taxi Brighton Beach op en passeren we winkelpuien met borden in het Russisch. De mensen die de winkels binnengaan zouden in de straten van Moskou van zo'n twintig jaar geleden niet hebben misstaan.

Ik let op het gezicht van Max op tekenen van nostalgie.

Nee. Hij is ofwel geen spion, hij heeft zijn gezichtsuitdrukkingen onder controle of hij is niet het sentimentele type.

Onze taxi stopt.

Mijn hart zakt in mijn schoenen als ik het restaurant in me opneem dat onze bestemming is. Ik wijs naar de gruwelijke objecten voor ons. "Hallucineer ik dat?"

Max volgt mijn blik en fronst zijn wenkbrauwen. "Als je het over de gigantische kippenpoten hebt die als kolommen voor het restaurant dienen, dan zie ik ze ook."

Ik heb het inderdaad over de gigantische vogelpoten. Als hij zou zeggen dat ze van een of andere duivelse kip zijn, dan zou ik het geloven — niet dat dit de afschuwelijke aanblik er beter op maakt.

Ik grijp mijn hoofd in mijn handpalmen. "Waarom?

Waarom zou iemand dit doen? Is dit een Russische versie van Halloween?"

Zelfs dan zou zoiets angstaanjagends het equivalent van het gebruik van echte kadavers zijn om trick-or-treaters af te schrikken.

Max trekt een gezicht en klopt op mijn schouder. "Ik ben er vrij zeker van dat die poten naar de sprookjes van Baba Yaga verwijzen. Als de Russische versie ook maar enigszins op de Oekraïense versie lijkt, dan is Baba Yaga een boze heks die kinderen eet en ze woont in een hut in het bos die op gigantische kippenpoten staat."

"Ik denk dat dat kan kloppen. Niets zegt meer puur kwaad als iets met lichaamsdelen van vogels. Ze hadden dit restaurant net zo goed de benen van Freddy Krueger kunnen geven als ze toch bezig waren."

"Gaat het je lukken om naar binnen te gaan?" vraagt hij, me bezorgd aankijkend.

Ik onderdruk een huivering. "Ik denk het wel. Ze zijn niet echt. Denk je dat dit betekent dat ze veel kip serveren?"

Hij pakt zijn telefoon en veegt een paar seconden over het scherm. "Niet meer dan normaal. En dat is logisch. Als ik gelijk heb over het thema, dan zou het vlees van kinderen een grotere zorg zijn, maar gelukkig staat dat ook niet op het menu."

"Goed, laten we gaan." Ik pak zijn hand zo stevig mogelijk vast en laat me door hem naar de gruwelijke poten leiden.

Zo moet de ingang van de hel eruitzien. Als we

naast hen staan, sluit ik mijn ogen en laat ik me door Max als een blindengeleidehond leiden.

Waarom moet Gia op locaties met vogelgerelateerde belemmeringen optreden? Heeft het iets met de Zombiemeesslachting te maken? Zij was daar ook bij. Misschien is dit haar manier om dat trauma te verwerken?

Ik hoor een deur open en dicht gaan, gevolgd door het gebrom van stemmen en het zwakke gekletter van bestek op porselein. Heerlijke, hartige geuren komen mijn neusgaten binnen. Voorzichtig open ik mijn ogen en laat mijn dodelijke greep op de hand van Max los.

"Gaat het met je?" vraagt hij met een zachte glimlach.

Ik knik en kijk gefascineerd onze omgeving af.

We zijn in het restaurant. Het wemelt hier van het marmer en kristal en in het midden van de grote ruimte staat een podium. Dat moet zijn waar Gia haar show gaat opvoeren. Voorlopig wordt het podium echter door een mollige kerel met een baard ingenomen die een outfit draagt die eruitziet als een explosie in de glitterfabriek. Oh, en hij zingt 'Wrecking Ball' met een zwaar Russisch accent. Nou ja, zingen... Het is meer afslachten.

"Ik hoop dat hij zijn kleren niet uit gaat trekken of dat hij aan elektrisch gereedschap gaat likken, à la Miley Cyrus in de video," fluister ik tegen Max.

Hij grijnst. "Hebben we een toegewezen tafel?"

Goeie vraag. Ik app het naar Gia.

Terwijl ik op antwoord wacht, valt het me op hoe mooi gekleed alle klanten zijn. Het doet me aan die black-tie-infiltratiescènes denken die in elke spionagefilm en -show voorkomen.

Misschien moeten Max en ik samenwerken en het borsjtrecept uit de keuken stelen?

In plaats van te antwoorden via app, rent Gia naar ons toe.

Wauw. Ze is meestal al nog bleker dan Olive, maar haar make-up van vandaag zou Dracula's geisha er in vergelijking bruin uit laten zien.

"Bedankt dat je bent gekomen," zegt ze. "De show begint over een paar minuten. Willen jullie bij ons komen zitten?" Ze wijst naar een grote tafel met het beste uitzicht op het podium.

"Tuurlijk," zeg ik. "Laten we gaan."

Gia kijkt naar Max. "Wil je ons niet eerst voorstellen?"

Ah. Juist. "Max, dit is Gia, mijn zus en het entertainment van vanavond. Ze is een goochelaar, dus let op je bezittingen."

Oeps. Waarom heb ik hem voor dat laatste deel gewaarschuwd? Ik zou iets over hem te weten kunnen komen als Gia zijn portemonnee zou stelen.

"Aangenaam kennis met je te maken," zegt Max, terwijl hij de binnenzak van zijn jas overduidelijk bedekt.

Gia grijnst. "Bedankt dat je me hebt laten zien waar je iets bewaart dat het waard is om te stelen."

"Niet met mijn date flirten," fluister ik luid.

Ze rolt met haar ogen. "Ik heb zelf iemand."

En tjonge, heeft ze dat. Als we bij de tafel komen, kijkt een *bijna* net zo lekkere man als Max haar bewonderend aan. Dit is codenaam Tigger. Zijn echte naam is Anatolio Cezaroff.

Gia stelt iedereen met de klok mee rond de tafel voor. Terwijl ze dat doet, beoordeel ik ze zoals een spion dat zou doen.

De duistere en broeierige jarige is Vlad Chortsky. Naast hem zit zijn vriendin, Fanny, een schoonheid met een rond gezicht die om een onbekende reden bloost. Alex Chortsky is de vrolijker uitziende broer van Vlad en de vriend van mijn zus Holly. Goed voor haar — de Chortsky's hebben duidelijk geweldige genen.

Over goede genen gesproken, de Cezaroffs zijn ook lekker. Tiggers broer Dragomir is dat tenminste wel. Blijkbaar gaat hij met de Chortsky-zus, Bella, uit — een vrouw die de femme fatale-look veel beter voor elkaar krijgt dan ik. Ik maak een mentale notitie om vriendschap met haar te sluiten en om tips te vragen.

Last but not least zijn de matriarch en patriarch van de Chortsky-clan, de eigenaren van dit restaurant. Ze heten Boris en Natasha en ze zien en klinken precies zoals de personages uit *Rocky en Bullwinkle*. Natasha draagt meer make-up dan alle travestieten vrienden van Fabio bij elkaar, terwijl Boris met een doorlopende wenkbrauw pronkt waar een rups een gepassioneerde affaire mee zou willen hebben.

"Gefeliciteerd, Vlad." Max schudt de sombere man de hand en stopt er een envelop in.

Omkoping om ervoor te zorgen dat hij hem niet als mede-Rus herkent? Het is dat of een verjaardagscadeau — een geweldig idee waar ik aan had moeten denken.

"Je bent te laat, dus je moet voor straf shots

drinken," zegt Boris.

Natasha knijpt haar ogen tot spleetjes naar haar man. "Wat kan jou dat schelen? Je drinkt geen wodka, weet je nog?"

Interessant. Boris houdt de grootste bierpul vast die ik ooit heb gezien en er zit wat donker bier in. Hij is ook de enige. Alle anderen hebben shotglazen voor wodka voor zich staan.

Boris kijkt verlangend naar de wodkafles, zoals ik naar Maximus zou kijken als Max hem voor me tevoorschijn zou halen. "Tradities zijn tradities, ongeacht mijn nuchterheid."

Bier drinken is nuchterheid?

"Zullen we maar op de gezondheid van de jarige proosten?" zegt Max en hij pakt de wodkafles.

Hij schenkt dan voor iedereen behalve voor Boris shots in.

Als Max bij Natasha is, bekijkt ze hem wellustig van top tot teen en ze bedankt hem met een stem die zo hees is dat ze klinkt alsof ze de winter in Canada heeft doorgebracht en een verkoudheid te pakken heeft gekregen. Terwijl Max Gia's glas vult, knipoogt Natasha naar haar. "Jij en je zussen hebben de gave om de meest aantrekkelijke mannen te vinden."

Bella rolt met haar ogen. "Mam! Die mannen omvatten je zoon. Is het te veel gevraagd dat je je voor één avond als een getrouwde vrouw gedraagt?"

Het lijkt alsof Natasha op het punt staat iets snijdends tegen haar dochter te zeggen, maar Dragomir springt overeind en zegt: "Ik wil mijn gelukwensen aan die van Max toevoegen."

Iedereen doet met dezelfde gevoelens mee en Fanny kust de jarige op de wang voordat ze begint te blozen alsof ze net betrapt is terwijl ze hem onder de tafel zit af te trekken.

We drinken de shots op.

Het enige aardige dat ik over wodka kan zeggen, is dat het geen horilka is.

Tegen de tijd dat ik op adem kom, heeft Max al wat Russisch eten op mijn bord geschept. Sommige lijken op de dingen die we in Salo hebben gegeten, maar sommige zijn anders. Het is echter allemaal heerlijk en ik concentreer me een paar minuten alleen op de maaltijd.

Als het meeste van mijn honger is gestild, bekijk ik de borden van mijn zussen.

Gia heeft een mengelmoes die op de mijne lijkt, maar Holly heeft maar één ding op haar bord liggen: de dumplings die *pelmeni* worden genoemd. Om precies te zijn, heeft ze er zeven, wat betekent dat ze nog steeds van haar priemgetallen houdt.

Ik vang haar blik. "Hé, zus, wat is het grootste bekende priemgetal?"

Holly glimlacht verlegen. "Het is een Mersenne-priemgetal, wat betekent —"

"Dat het een even getal min één is," zeg ik, vooral als een manier om haar eraan te herinneren dat ik als onderdeel van cryptografie met priemgetallen omga.

Holly's glimlach wordt stralend. "Dat is niet helemaal verkeerd, maar de precieze definitie is 'een macht van twee min één'. Drie en zeven zouden voorbeelden zijn, maar dertien niet." Ze kijkt de tafel rond en haar glimlach verdwijnt. "Hoe dan ook, het grootste bekende priemgetal op dit moment is twee tot de macht 82.589.933 min één."

Iedereen lijkt klaar voor nog een shot om ons gesprek te blokkeren, maar ik hoop dat ik het zaadje heb geplant dat nodig is voor een samenzijn met Holly buiten familie-evenementen.

Holly kijkt weer de tafel rond. "Nu we het er toch over hebben... Komt er nog iemand met ons mee-eten?"

Ah. Juist. We zijn met z'n twaalven aan tafel en zij heeft liever priemgetal dertien.

"Mijn vriendin Clarice komt zo," zegt Gia geruststellend tegen haar tweelingzus.

Natasha pruilt. "Dan zijn we met z'n dertienen. Dat brengt ongeluk."

"Onzin," kaatst Holly terug en iedereen staart haar aan. "Sorry," zegt ze en ze haalt diep adem. Op kalmere toon legt ze uit, "Dertien is in China geen ongeluksgetal en ze beslaan zeventien procent van de wereldbevolking."

Alex streelt de rug van Holly. "Het is in India ook geen ongeluksgetal. Nog eens zeventien procent van de mensheid."

Natasha opent haar mond, maar vergeet wat ze wilde zeggen als Clarice opduikt.

Ik kan het Natasha niet kwalijk nemen. Het gebeurt niet elke dag dat iemand verkleed als een piraat een restaurant binnenkomt. Of naar een plek gaat waar geen Halloweenfeest wordt gehouden.

Als een gebroken plaat zegt Boris iets over straf shots en zijn vrouw herinnert hem eraan dat hij nu een bierdrinker is. Voordat iemand haar voor het betalen van de boete kan behoeden, schenkt Clarice voor zichzelf een flinke scheut wodka in en drinkt ze die als een professionele Rus leeg.

"Wauw," zegt Boris. "Ze zal op een dag een man veel geluk brengen."

Bella rolt met haar ogen. "Als ze dat doet, dan zal het niet zijn omdat ze drinkt."

Deze keer is het Boris die op het punt staat om iets gemeens tegen zijn dochter te zeggen, maar Dragomir springt weer op. "Het is tijd voor Vovochka-grappen."

Iedereen kijkt hier verheugd over en ik herinner me dat Vovochka het fictieve mikpunt van veel Russische grappen is, een beetje zoals Jantje.

"Ik heb er een," zegt Vlad tot mijn verbazing. Van iedereen had ik niet verwacht dat de sombere een grap zou maken, vooral gezien het feit dat Vovochka een verkleinwoord van Vladimir is — de volledige versie van Vlads naam.

"De jonge Vovochka loopt naar de kleine Fannychka en zegt, 'Mag ik... als vrouw gebruik van je maken?' Ze kijkt hem fronsend aan. 'Je hebt zulke vieze gedachten.' Hij kijkt haar verward aan. 'Mijn tennisbal is het meisjestoilet ingerold.'"

Fanny verslikt zich bijna in haar eten en alle anderen grinniken.

"Ik heb er een," zegt Alex. "De lerares komt naar de klas met een hanger in de vorm van een vliegtuig aan haar boezem. Gedurende de hele les staart Vovochka zonder te knipperen naar de hanger. Ten slotte kan de lerares het niet meer aan en vraagt, 'Wat? Vind je het vliegtuig leuk?' Vovochka schudt zijn hoofd. 'Ik ben dol op de luchthaven.'"

Nog meer gegrinnik en dan springt Gia op. "Ik heb er een, maar de eer ervoor is voor Tigger."

"Oh, ik kan de eer niet aannemen." Tigger raakt haar hand liefdevol aan. "Een Russische diplomaat heeft het me verteld."

"Nou, in ieder geval," zegt Gia. "Vovochka zit met een verrekijker in een boom en kijkt toe hoe zijn lerares zich omkleedt. Ze ziet hem en roept, 'Schaam je! Doe geen moeite om zonder je vader naar school te komen.' Vovochka draait zijn hoofd om. 'Papa, je hebt haar gehoord, toch?'"

De meeste mensen grinniken, maar Tigger, Clarice, mijn zussen en ik lachen uitbundig ter ondersteuning.

"Ik heb er een," zegt Natasha en ze werpt een blik op Bella. "Dochter vraagt haar moeder, 'Wat vind je leuker, hondjes of vlinders?' De moeder fronst. 'Geen tatoeages.' De ongehoorzame dochter fronst ook. 'Maar mama, alsjeblieft. Ik zet het op de minst opvallende plaats.' Dit is wanneer Vovochka zich tot zijn zus wendt en vraagt: 'Op je hersenen?'"

Alleen Boris grinnikt deze keer. We hebben allemaal wel iets van een moeder-dochter spanning tussen de regels van die grap opgemerkt.

"Moeten het Vovochka-grappen zijn?" vraagt Dragomir.

"Het is traditie." Boris zegt het met volumes van betekenis.

"Nou, ik zou graag iets anders horen," zegt Bella nadrukkelijk.

"Oké," zegt Dragomir. "Iedereen die een voorstander van traditie is, kan in de volgende Vika door Vovochka vervangen." Hij schraapt zijn keel. "Kleine Vika vraagt aan haar moeder, 'Waar breng je een tampon in?' Haar moeder verslikt zich bijna in een appel. Als ze zich heeft hersteld, zegt ze, 'Nou... in dezelfde plaats waar baby's vandaan komen.' Vika staart haar moeder aan. 'In een ooievaar?'"

Het gegrinnik is deze keer enthousiaster, maar voordat iemand anders nog een grap kan vertellen, begint de mollige artiest op het podium luid te spreken. "Dames en heren, kom alsjeblieft met me mee naar de dansvloer."

Vlad en Fanny springen overeind, gevolgd door Holly en Alex, en de andere koppels rennen achter hen aan.

Max staat op en steekt zijn hand naar me uit. "Zin om te dansen?"

Schijt een beer in de straten van Moskou?

Als ik zijn grote hand vasthoud, schiet er een rilling door mijn lichaam en ik heb het gevoel dat ik zweef terwijl we ons een weg naar de dansvloer banen.

Een onbekend traag nummer begint te spelen, met Russische teksten die ik nauwelijks kan verstaan. Max grijpt mijn hand in een ballroomdanshouding, waardoor mijn vrouwelijke organen nog een keer worden geprikkeld. Dan legt hij zijn andere hand op mijn onderrug en verdrievoudigt hij de prikkels.

We beginnen te bewegen als de besnorde zanger iets in het Russisch over liefde, ramen en miljoenen scharlakenrode rozen zingt.

Mijn hart bonst sneller. Dit doet me aan elke scène denken waarin James Bond of een in een smoking geklede spion-copycat vlak voor het overvalgedeelte van de black-tie-infiltratie met de femme fatale danst. Of misschien is dit meer een klassiek verleidingsduel, waarvan ik niet zeker weet wie er wint. Maximus staat in volle paraatheid tegen mijn buik en van mijn kant, als het sociaal acceptabel zou zijn, zou ik hier en nu mijn ding met Max doen. Voor nu ben ik extreem in de verleiding om me van Gia's show terug te trekken en een privé-plek te vinden om mijn date aan te randen.

Maar nee. Ik moet mijn zus steunen.

Iemand moet me een medaille geven.

Over beloningen gesproken, mag ik hem op zijn minst kussen? Mag dat in Russische restaurants? Wat nog belangrijker is, kan ik mezelf ervan weerhouden om een exhibitionist te worden als we elkaar kussen?

Max moet hetzelfde idee hebben. Hij leunt naar voren en onze lippen staan op het punt om op elkaar te vallen als iemand haar stomme keel achter me schraapt.

"Wat?" Het randje in mijn stem zou iemand kunnen snijden.

Ik laat Max los, draai me om en kanaliseer mijn seksuele frustratie in een blik.

Ik heb de vrouw die voor me staat eerder ontmoet. Haar naam is Harry en ze is een van Gia's miljoen huisgenoten vriendinnen. Ze houdt van trucs met touwen — de magische soort, geen bondage. Misschien ook bondage. Wie weet?

"Sorry," zegt Harry schaapachtig. "We waren gewoon op zoek naar Gia." Ze knikt naar een stel andere meisjes en ik realiseer me dat dit de bovengenoemde huisgenoten zijn.

"Ze is hier op de dansvloer of ze zit aan onze tafel."

Ik wijs in de richting van de piratenhoed van Clarice.

"Bedankt," zegt Harry en ze loopt achteruit.

Ik draai me weer om naar Max om door te gaan met zoenen, maar de muziek stopt.

"Nu iets om je bloed te laten pompen," zegt de zanger. "Gangnam Style."

En zomaar ineens begint de vrolijke muziek van de K-pop-sensatie en de besnorde man brengt iedereen in positie — benen gespreid, maar niet op de manier die ik wil.

Wacht, zijn zijn teksten in het Russisch?

Yep. Iets met paarden, wat volgens mij logisch is, gezien de 'houd de teugels vast'-dans die iedereen doet.

Is het raar dat Max er lekker uitziet als hij dit doet? Als hij de lasso-beweging uitvoert, wil ik degene zijn die hij vangt. Als hij de teugels laat vieren, dan wil ik degene zijn die hij berijdt. Misschien wil ik later wat ponyspelletjes spelen?

Over 'later' gesproken, wanneer begint Gia's show? Ik wil dat dit uitje voorbij is, zodat ik wat privacy met Max kan hebben. En hoe zit het met de steeds groter wordende menigte mensen die het restaurant binnenstroomt? Zijn ze hier voor de goochelshow?

Lijkt waarschijnlijk. Aangezien er geen ruimte meer is om aan de tafels te zitten, zijn ze hier niet om te eten.

Halverwege 'Gangnam Style' in de Russische stijl roept de natuur, dus ik zeg Max dat ik zo terug ben en ga naar het toilet.

Er is hier een bediende. Luxe.

Ik verlaat mijn toilethokje en kom oog in oog met Bella te staan, Holly's nieuwe BFF en de Chortsky-zus.

Ze grijnst. "Je lijkt zoveel op Holly en Gia dat het griezelig is."

Ik glimlach terug. "Je zou de andere vijf zussen die ik heb eens moeten zien. We zijn letterlijk identiek."

"Dat heb ik gehoord." Ze begint haar handen te wassen. "Ik moet toegeven, ik ben jaloers. Met twee broers heb ik altijd al een zus gewild."

"Het gras is altijd groener aan de overkant." Ik draai de kraan open en de bediende spuit zeep in mijn uitgestrekte handen. Ik knik als dank voordat ik tegen Bella zeg, "Ik denk dat ik namens mijn ouders en al mijn zussen spreek als ik zeg dat we voor één broer minstens twee van ons zouden opofferen."

Bella droogt haar handen af. "Nou, als Holly met Alex trouwt, krijg je er een van mij. Ik zou hem een tien van de tien geven voor zover broers gaan. Vlad ook."

Huh. Dus Bella en ik zouden familie kunnen worden. Dat is cool.

Terwijl ik een handdoek over mijn handen wrijf, vraag ik iets wat ik heel graag wil weten. "Denk je dat mijn date een Rus is?"

Ze kijkt nadenkend. "Gia vroeg ons dat ook. Volgens mij niet. Mijn broers dachten ook van niet."

Is mijn vrolijkheid op mijn gezicht te zien?

"En je ouders?" vraag ik.

"We hebben ze hier niet in meegenomen, omdat ze de definitie van het woord *discreet* niet kennen."

"Klinkt logisch," zeg ik. "En bedankt."

"Geen probleem." Ze werpt een blik op de bediende en zegt iets in het Russisch. Ik denk dat het in de trant is van, "Kun je ons een moment geven?"

Mijn vertaling ondersteunend, knikt ze en ze verlaat de ruimte.

Raar. Wat heeft dit te betekenen?

"Ik wilde je om een gunst vragen," zegt Bella. "En ik ben natuurlijk bereid om je voor je moeite te betalen."

Heeft ze geen bedrijf dat seksspeeltjes maakt? Hoe kan ik daarbij helpen? Als ze mijn toestemming wil om een replica van Maximus te maken, dan zal dat een 'nee' worden. Een hele harde, verrukkelijke 'nee'.

"Wat is de gunst?" vraag ik voorzichtig.

Ze pakt haar telefoon. "Ik heb een nieuwe lijn speeltjes die via internet werkt. Mijn paranoïde broer heeft de app ervoor geschreven en Holly heeft een kijkje genomen en ze beschouwde het als veilig, maar ik maak me nog steeds zorgen dat een of andere viezerik het zal hacken om video's van nietsvermoedende gebruikers te maken, dus ik dacht dat ik eens met jou moest praten."

Oh. Dat klinkt helemaal in mijn straatje. "Tuurlijk," zeg ik. "Laten we informatie uitwisselen, dan zal ik je vertellen wat ik nodig heb om ernaar te kunnen kijken."

Ze strekt haar zorgvuldig gemanicuurde hand uit. "Ontzettend bedankt."

Ik geef haar een zakelijke handdruk. "Hoe heet de app?"

Ze vertelt het me en ik zoek ernaar in de app store. Als ik mijn blik van mijn telefoon ophef, heeft ze een gigantische blauwe dildo in haar handen.

Ik knipper met mijn ogen en kijk haar aan. Waar

heeft ze die vandaan gehaald? Is ze net als de femme fatales in films? Zij verbergen geweren in strakke outfits zoals die van haar, maar de basisvaardigheid is hetzelfde.

Ik doe een stap achteruit. "Ik word liever met bitcoin betaald als je het niet erg vindt. Contant geld is ook prima. Een cheque is zelfs goed."

Ze wiebelt met de dildo. "Dit is geen betaling. Het is een voorbeeldapparaat dat de app bestuurt. Ik dacht dat je —"

"Kun je het naar mijn huis sturen?" vraag ik. "Ik heb op dit moment geen plek om iets van dat formaat op te bergen."

Misschien gaat ze me vertellen waar *zij* het verstopt had?

In plaats daarvan geeft ze me haar telefoon. "Kun je jezelf aan mijn contacten toevoegen?"

Ik doe wat ze vraagt en als ik opkijk, is de dildo weg — en ik heb geen idee waar ze hem heeft gelaten, alleen perverse gissingen.

"We moeten terug," zeg ik. "Als de show begint en ik het mis, dan zal Gia me laten verdwijnen."

Bella grijnst. "Laten we gaan."

Het is maar goed dat we in beweging komen als we dat doen. Als we uit het toilet komen, kondigt de zanger aan dat de show gaat beginnen.

Eindelijk.

Hoe eerder de magie in The Hut voorbij is, hoe eerder het in de slaapkamer van Max kan beginnen.

HOOFDSTUK
Negenentwintig

IK HAAST ME NAAR MIJN STOEL EN KIJK NOG EENS GOED.

Gia zit nog aan tafel.

Hoe gaat ze optreden voor de show als —

De lichten dimmen en een schijnwerper valt op het podium.

Een vrouw gekleed in Amish-achtige kleding staat daar met een strik in haar handen.

"Is dat onderdeel van een van je trucs?" fluister ik tegen Gia.

"Nee, dit is een andere show," zegt ze. "De mijne is hierna."

Er begint melancholische muziek te spelen en er verschijnt een stel dansers op het podium. Een vrouw met een opzichtige outfit en zware make-up voert een vreemd balletnummer op. Een ander danst op een droevig liedje en dan danst de dame met de strik op een heroïsch klinkend deuntje.

Waarom komt dit vaag bekend voor?

Ik kijk gefascineerd toe totdat ik merk dat de heldin een vogelspeld op haar nieuwe outfit heeft zitten.

Gatver. Vogel.

Wacht eens even.

Is dit een niet-geautoriseerde balletversie van *The Hunger Games*?

Dit is een restaurant en als ik gelijk heb, dan kan de subliminale boodschap ervoor zorgen dat mensen meer pelmeni kopen dan dat ze zouden moeten doen.

Yep. De themamuziek komt uit de film en nu ik de connectie heb gemaakt, past de volgende set dansen perfect bij de theorie.

Ik denk dat Russen niet zo dol op trivialiteiten als auteursrechten zijn. Of misschien heeft The Hut daadwerkelijk de rechten in licentie gekregen?

Ondertussen zou ik willen dat *The Hunger Games* — inclusief deze interpretatie — niet zo afhankelijk van vogelbeelden was. De fictieve spotgaai die Katniss op haar speld draagt, is een schepsel van nachtmerries, omdat het beter geluiden kan imiteren dan een papegaai. Niet dat de echte vogel waarvan het is afgeleid — de spotvogel — beter is. Alle vogels zijn spottende klootzakken. Dat is de belangrijkste reden waarom ze geluiden produceren.

Alsof hij mijn onbehagen voelt, schuift Max zijn stoel dichter naar de mijne toe en legt hij een arm over mijn schouders.

Ik vind het geweldig, al wil ik daardoor des te meer weg.

Vanuit mijn ooghoeken zie ik Gia en Tigger naar buiten sluipen.

Aha. Ik hoop dat dat betekent dat haar show snel gaat beginnen.

Het arenagedeelte van het ballet begint. Het doet me aan de dans van de vier zwanen uit *het Zwanenmeer* denken, alleen met meer danseressen.

Ik huiver. *Het Zwanenmeer* is een horrorballet dat wezens verheerlijkt die voor altijd wrok kunnen koesteren. Wat ze extra bloedstollend maakt, is dat ze met honderd kilometer per uur kunnen vliegen en met een klap van hun vleugels botten kunnen breken.

Terwijl het surrealistische ballet doorgaat, kan ik niet anders dan nadenken over wat Bella over Max heeft gezegd. Als Max echt geen Rus is en dus geen spion, dan krijgen onze plannen later vanavond een nieuwe pracht. In plaats van een vijand te verleiden, wat cool is, ga ik eindelijk met mijn vriend naar bed, wat verbijsterend is, omdat het betekent dat ik mijn hart niet hoef te bewaken.

Helaas ben ik er nog steeds niet honderd procent zeker van dat hij *geen spion is*.

Ik richt mijn aandacht weer op de show en realiseer me dat Katniss haar overwinning aan het dansen moet zijn — hoewel het op de "zwarte zwaan"-dans uit het horrorballet lijkt, ook beroemd gemaakt door de film met dezelfde naam, waar het slechtst mogelijke lot Natalie Portman overkomt. Spoiler alert: ze verandert in een vogel.

De dansers vertrekken en de show van Gia wordt aangekondigd.

Oef.

Ik klap en mijn zus en Gia's vriendinnen doen mee. Sommigen fluiten zelfs.

Gia komt naar buiten met Tigger, wat verklaart waarom ze samen zijn vertrokken. Ze draagt haar meest vampierachtige outfit en make-up tot nu toe, terwijl Tigger in een extreem laag uitgesneden, nauwsluitend turnpakje gekleed is, waardoor zijn gespierde borst volledig bloot is.

Of wordt het een tijgerpakje genoemd als *hij* het draagt?

"Bedankt voor jullie komst naar mijn show," zegt Gia en het publiek gaat weer los.

Als ik twijfels had of de extra mensen in het restaurant er voor haar waren, dan zijn ze nu weg. Hun enthousiasme geeft aan dat dit het belangrijkste evenement is waar ze naar uitgekeken hebben.

"Ik zal met een klassieker beginnen," zegt Gia, naar Tigger knikkend.

Hij pakt twee stoelen en brengt ze naar het midden van het podium. Gia maakt mysterieuze gebaren en het lijkt erop dat Tigger in een hypnotische trance gaat. Dat is hij natuurlijk niet echt. Volgens een geheim CIA-dossier is hypnose niet echt, tenminste niet als iets dat als wapen kan worden gebruikt.

Tigger beweegt zich als een zombie, hij loopt naar de stoelen en gaat met zijn hoofd op de ene stoel en zijn voeten op de andere liggen.

Is Gia met de sterke buikspieren van haar vriend aan het pronken?

Nee. Gia trekt de eerste stoel weg en Tigger balanceert alleen nog op zijn nek. Voordat iemand kan reageren, trekt Gia de andere stoel weg en zweeft Tigger in de lucht.

Iedereen in de menigte hapt naar adem, behalve misschien Gia's magische vriendinnen.

Gia zwaait met haar handen.

Tigger zweeft hoger.

De zuchten worden luider.

Gia stopt even met haar voodoo. "Is er iemand die vrijwilliger wil zijn?"

Een miljoen armen schieten omhoog.

Ze kiest een lange man uit en vraagt hem om Tigger op draden te controleren.

Als de man er geen vindt, bedankt ze hem en zegt dat ze hij terug kan gaan naar zijn stoel.

Met nog een zwaai van Gia's hand, beginnen Tiggers voeten op de grond te zakken. Langzaam zweeft hij naar beneden voordat hij wakker wordt en een hoofse buiging maakt.

Gia buigt ook en we applaudisseren allemaal, waardoor er een geluid ontstaat dat evenredig is aan het wonder dat we zojuist hebben gezien.

"Nu iets lichters," zegt Gia. "Ik heb nog een vrijwilliger nodig."

Deze keer kiest ze voor de mollige zanger.

"Hoe heet u, meneer?" vraagt ze.

Hij laat zijn snor bewegen. "Boris."

Wacht, is dat niet ook de naam van de patriarch van de familie Chortsky? Nu ik erover nadenk, lijken de twee Borissen een beetje op elkaar.

"Kun je de tepels van Tigger controleren?" zegt Gia.

Boris is niet zo in de war door het commando als dat

ik zou zijn. Wellustig grijnzend knijpt hij Tigger in zijn rechtertepel en daarna in zijn linker.

Wauw. Ik ben blij dat Gia wat betreft haar assistente voor het andere geslacht is gegaan.

Gia's wenkbrauwen fronsen hoe dan ook. "Heb ik gezegd dat je in de tepels van mijn vriend kon knijpen?"

Boris verbleekt. "Het spijt me."

Ze grijnst. "Oh, het geeft niet. Ik wilde gewoon duidelijk maken wie hier de leiding heeft."

Het publiek grinnikt.

"Nu." Gia wijst naar Tiggers rechtertepel. "Let goed op."

Ze loopt naar hem toe en bedekt de tepel gedurende één seconde met haar gehandschoende handpalm. Als ze haar hand wegtrekt, is de tepel weg.

Ik — en het hele publiek — staren naar de gladde huid aan Tiggers rechterkant.

Hoe?

Waarom?

"Je kunt het aanraken," zegt Gia heerszuchtig tegen Boris.

Boris raakt nog een keer Tiggers borstkas aan en hij kijkt steeds verbaasder terwijl hij blijft voelen.

"Zit het daar?" vraagt Gia.

Boris schudt zijn hoofd en deinst achteruit. "Nee. En laat alsjeblieft geen van *mijn* onderdelen verdwijnen."

Met een grijns herhaalt Gia de truc met de linkertepel en dat is wanneer haar magische vriendinnen eindelijk net als alle anderen naar adem snakken.

Toen ik met Gia opgroeide, heb ik geleerd dat goochelaars hun trucs niet herhalen, omdat dat kan verraden hoe ze het doen. Gia heeft zojuist die regel overtreden en ze is nog steeds niet op iets stiekems betrapt.

Boris controleert het tweede ontbrekende tepelgebied.

Niets.

Gia ziet er terecht zelfvoldaan uit en bedekt beide tepelloze gebieden even met haar handpalmen en laat ons dan zien dat de gespierde borst van Tigger naar zijn natuurlijke staat is teruggekeerd.

Het applaus is denderend.

Gia en Tigger buigen.

Voor de volgende klassieke truc staat Gia in een metalen frame met haar armen gespreid. Er begint dramatische muziek te spelen en Tigger gaat door Gia's buik, zoals in de film *Alien*.

We klappen allemaal, maar ik ben vast niet de enige die denkt: heeft Tigger zojuist voor onze neus Gia een soort van gepenetreerd?

De volgende truc zou ook als een raar kijkje in het seksleven van mijn zus kunnen worden geïnterpreteerd. Tigger bindt haar vast met kettingen en sloten en legt haar vervolgens in een grote kist, alsof ze zijn persoonlijke slavin is. Hij gaat dan op de kist staan en houdt een doek vast. Met een flits van vuurwerk belandt Gia boven op de kist en Tigger zit er ineens in, nu is hij voor Gia's plezier vastgebonden.

"Ik begin te denken dat hij een weddenschap van

haar heeft verloren," fluister ik tegen Max nadat het waanzinnige applaus verstomt.

Als om mijn theorie te bevestigen, snijdt Gia voor haar volgende truc Tigger doormidden en vervolgens stopt ze hem in een watermartelcel.

Hé, hij heeft geluk dat ze de beker-en-ballen-truc niet met zijn ballen heeft uitgevoerd. Of misschien staat dat wel op de agenda.

Nee. Zijn ballen zijn veilig. Gia zet hem op een stoel, bedekt hem met een doek en laat hem verdwijnen.

"Nu zal ik zonder de misleiding van mijn verrukkelijke assistent dubbel zo hard moeten werken," zegt ze en de vrouwen in het publiek knikken veelbetekenend.

De volgende paar trucs zijn mentalisme-effecten, die goed bij Gia passen. Ze vertelt een aantal mensen waar ze aan denken, raadt iemands bankrekeningnummer en verdwijnt dan met een rookwolk, net als Batman, als haar afscheid.

Ik spring overeind en klap tot mijn handpalmen pijn doen, net als iedereen.

Na een paar minuten lopen Tigger en Gia in hun restaurantkleding gekleed naar buiten en maken ze een buiging.

Het geklap neemt weer een waanzinnige vorm aan en Boris begint een ander nummer om iedereen te kalmeren.

"Je was ongelooflijk," zeg ik tegen Gia als ze bij ons aan tafel komt zitten.

Ze grijnst. "Dat is veel lof, afkomstig van familie."

Dat is waar. We waren de magie zat na jaren van leren en ons als proefkonijnen gebruikt te hebben.

De volgende minuten vraagt ze me welke trucs ik het leukst vond en ik vertel haar mijn eerlijke mening.

"Bedankt," zegt ze aan het eind. "Ik ben nog steeds met mijn repertoire bezig."

"Geen probleem." Ik werp een snelle blik op Max, die toevallig met Vlad staat te praten. "Als je vanavond niet meer optreedt, denk ik dat we misschien zo naar huis gaan."

Ze kijkt me veelbetekenend aan. "Succes. Laat me weten wat er gebeurt."

Ik spring overeind en schraap mijn keel om ieders aandacht te krijgen.

Twaalf paar ogen zijn op mij gericht.

"Max heeft vandaag een lange vlucht gehad, dus we gaan vanavond vroeg naar bed," zeg ik zo kalm mogelijk.

Max knipoogt naar me en de rest van de groep ziet eruit alsof ze niet geloven wat ik zeg.

Misschien staat er 'Ik wil Max neuken' op mijn voorhoofd?

"Het was leuk om jullie allemaal te ontmoeten," zeg ik terwijl ik Max bij zijn elleboog grijp. "En nogmaals gefeliciteerd met je verjaardag, Vlad."

Max bedekt mijn hand met de zijne terwijl hij afscheid neemt en we haasten ons naar de deur. Als we door de ingang lopen, sluit ik mijn ogen weer om niet het gevoel te krijgen dat ik uit de cloaca van een kip stap.

Max houdt een taxi aan.

"Naar jouw huis?" fluister ik hem verleidelijk in zijn oor als de taxi bij de stoeprand stopt.

"Fuck, ja," gromt hij en doet de deur voor me open.

Fuck ja, inderdaad. Hem neuken is wat ik al dagen hard nodig heb en nu gaat het eindelijk gebeuren.

Zodra hij bij me in de auto stapt, activeer ik de femme fatale-modus met turbocompressor en kanaliseer ik mijn opwinding in een slipjes-smeltende kus waardoor ik de bestuurder een extra royale ·fooi geef om hem voor het opruimen van de plas te compenseren die ik misschien op de stoel heb achtergelaten.

———

Het gebouw van Max is chic, wat een punt tegen het zijn van een spion is, denk ik, omdat ze er de voorkeur aan geven om gemiddeld te lijken. Wat hij ook echt voor de kost doet moet goed betalen.

We zoenen in de lift en als we zijn appartement binnenkomen, verwacht ik dat we op weg naar zijn slaapkamer een spoor van kleren achter zullen laten, net als de kruimels van Hans en Grietje. Wacht, nee. Ze deden het met snoep en ze waren broer en zus. Wat als ik verwacht dat we elkaars kleren eraf scheuren als iets uit een James Bond-film?

Ja. Dat is beter.

Het is alleen dat Max geen van beide opties initieert, maar in plaats daarvan zegt, "Wil je een rondleiding door mijn appartement?"

Als ik een femme fatale was die kaarten droeg, dan

zou ik tegen hem zeggen, "Fuck, nee, ik wil je in me hebben." Maar omdat ik de verleidster ben die ik ben, knik ik en zeg tegen mezelf dat dit slechts een verkenning is voordat ik toe zal springen.

Max leidt me door een gang met posters van dieren die me aan die in zijn kinderkamer doen denken. Hij laat me een knusse woonkamer zien en vervolgens een studeerkamer met boekenplanken die van boven tot onder met dierenfiguurtjes versierd zijn, gesorteerd op soort. Er zijn ook knuffelbeesten, waaronder de panda die hij op onze eerste date had gekocht. Hij zit tussen andere beren in.

Dat is wanneer ik het zie.

Een gruwelijke plank vol met vogels.

Jasses. Ik heb me nooit gerealiseerd hoe eng speelgoedvogels kunnen zijn. Ze staren me met hun kraaloogjes aan. Die horrorfilmpoppen die tot leven komen, vallen in vergelijking met deze kleine gruweldaden in het niets.

Zwaar slikkend doe ik een stap achteruit.

"Oh, shit, sorry," zegt Max als hij ziet waar ik naar staar. "Ik heb hier niet goed over nagedacht."

"Het geeft niet," lieg ik.

"Nee." Hij draait me naar hem toe en omlijst mijn gezicht met zijn grote handpalmen. Zijn stem is diep en zacht, zijn ogen glinsteren als gepolijste jade. "Ik zal ze wegdoen, dat beloof ik."

Ze? Zoals in de vogels? Om de een of andere reden kan ik me geen vogels herinneren.

Ik maak mijn lippen vochtig. "Je kunt ze gewoon in een doos bewaren. Of in een kast die ik zal vermijden."

"Kom." Hij laat me gaan zonder een kus te geven.

Wat voor de duivel?

Ik volg hem naar een modern ogende keuken.

"Wil je wat koffie om je te helpen om nuchter te worden?" vraagt hij.

"Nuchter te worden?" Mijn ruggengraat verstijft. "Wie zegt dat ik dronken ben?"

Hij knijpt in de brug van zijn neus. "Het spijt me. Je hebt wodka gedronken, dus ik nam aan dat..."

Heeft hij me daarom nog niet aangerand? Is hij bang om misbruik van me te maken?

Het is lief en betuttelend tegelijk.

"Met die veronderstelling heb je jou en mij voor de gek gehouden," zeg ik met een zucht. "Ik ben klaar om zware machines te bedienen." Ik werp een blik op Maximus. "Maar goed, je kunt je gang gaan en een kopje drinken om *jouw* hersenen op gang te brengen."

Hij glimlacht schaapachtig. "Ik denk dat ik in orde ben."

"Geweldig." Ik tik nadrukkelijk met mijn voet. "Is er nog een kamer die je me wilt laten zien?"

"Ja." Zijn ogen glinsteren hongerig. "De slaapkamer."

"Ik kan niet wachten om *die* te zien," zeg ik op een kom-hier-toon die me in de ogen van de Femme Fatale Association of America zou verlossen.

"Weet je zeker dat je klaar bent om het te zien?" De vraag komt er nors uit, waardoor ik 'het' des te meer wil zien.

"Ben je vrij van soa's?" vraag ik.

Hij knikt. "Jij?"

Ik zet een stap naar hem toe. "Ik ben schoon en aan de pil."

"Goed." Hij gaat langzaam verder. "Wil je voor het einde van de tour nog iets weten?"

Dit is mijn kans. Ik ben nog nooit zo dicht bij het hebben van hem bij de ballen geweest — totdat het letterlijk gebeurt, hopelijk snel. "Weet je zeker dat je Oekraïens bent?"

Hij staat stil. "Wat zou ik anders zijn?"

"Russisch misschien?"

Een zweem van een frons trekt over zijn voorhoofd. "Nee, zoals ik al zei, ik ben Oekraïens. En zodat je het weet, sommige Oekraïners zouden beledigd zijn door die vraag."

Nu voel ik me een idioot die haar geopolitiek niet kent. Wat wel zo is. Zoals alle potentiële spionnen zouden moeten. "Het spijt me."

"Het geeft niet," zegt hij schouderophalend. "Ik ben niet een van degenen die snel beledigd zijn. Als tweede generatie koester ik de vijandigheid van mijn ouders jegens Rusland niet."

"Toch spijt het me. Ik bedoelde niet te impliceren dat er geen verschil tussen Rusland en Oekraïne is." Ik haal diep adem. "Die vraag was mijn omslachtige manier om iets anders te stellen."

Hij trekt een wenkbrauw op. "Wat?"

"Het heeft met mijn werk te maken." Ik haal nog een keer diep adem en terwijl ik het uitblaas, flap ik eruit, "Ben je een buitenlandse inlichtingenagent?"

Zo. Zo subtiel als een neushoorn op ijs, maar de kaarten liggen nu in ieder geval op tafel. Als hij me ervan kan overtuigen dat hij geen spion is, dan zal ik nog meer genieten van wat er gaat gebeuren, dus ik houd hem nauwlettend in de gaten terwijl hij reageert.

Tot mijn ergernis trekt hij een pokergezicht. "Ik ben *geen* buitenlandse inlichtingenagent."

Shit. Zijn zijn steenachtige uitdrukking en uitdrukkingsloze toon pogingen om de waarheid te verbergen of is hij gekwetst, omdat hij van zoiets wordt beschuldigd?

Ik neig naar het laatste en daarom ben ik er voor ongeveer negenennegentig procent van overtuigd dat hij geen spion is.

Goed genoeg. Ik pak zijn hand. "Laat me de slaapkamer zien."

Een deel van de stenigheid verlaat zijn gezicht en de honingvlekken in zijn ogen worden donkerder van de hernieuwde honger. Terwijl hij mijn vingers in zijn grote, warme hand knijpt, leidt hij me naar een luxueuze slaapkamer waar iemand bloemblaadjes en kaarsen heeft neergelegd in een scène die meer uit een Hallmark-film dan uit een spionagefilm komt.

Mijn hartslag versnelt. Hij was al van plan om me hierheen te brengen. Ik begon het me al af te vragen.

"Een momentje." Hij laat mijn hand los en steekt de kaarsen aan.

Ugh. Is hij een erg grote plaaggeest?

Als hij klaar is, geef ik hem bijna een militaire groet. Ik ben duidelijk onder de invloed van Sergeant en Kapitein, die in de houding staan.

"Dus?" zeg ik en bijt dan op mijn plotseling droge

onderlip. Al het vocht van mijn lichaam zit duidelijk ergens anders.

Eindelijk channelt hij filmspionnen en stort Max zich op me en claimt mijn lippen.

Ja!

Hij verslindt me en begint mijn kleren uit te trekken.

Dubbel ja.

Hij rukt zijn hemd en de broek van zijn pak samen met zijn ondergoed uit, waardoor Maximus in volle paraatheid te zien is.

"Eindelijk," hijg ik.

Zijn reactie klinkt als een berengegrom als hij me oppakt en op het bed legt.

Daar gaan we.

HOOFDSTUK
Dertig

WE KUSSEN OPNIEUW, onze tongen raken fel in de war terwijl hij gretig zijn handen langs mijn lichaam laat glijden en golven van hitte naar mijn kern stuurt. Zijn geur van esdoorn-lavendel plaagt mijn neusgaten en mijn huid prikt van een aangename rilling terwijl hij me op mijn buik draait en mijn nek begint te kussen.

Fuck. Dit is zo goed.

Hij laat zijn tong langs mijn ruggengraat glijden voordat hij stopt om de kuiltjes in mijn onderrug te likken.

Ik hijg nu, mijn hart bonst een kilometer per minuut. Waarom is dit zo heet? Kan hij ook mijn gebleekte poepgat zien?

Misschien. Hij gromt, "Je bent zo verdomd mooi," en het is mogelijk dat hij tegen mijn kont praat.

Ik herinner me mijn femme fatale-modus en mompel, "Ik wil je. Nu."

Hij pronkt met zijn uitstekende hanteringsvaardigheden terwijl hij me omdraait.

Ondanks het romantische decor danst er iets dierlijks in zijn ogen als hij me naar zich toe trekt. Iets beestachtigs waar ik dol op ben.

Misschien is hij een van die diepe under cover-agenten die niet weten wat ze zijn totdat ze een triggerzin horen die hen 'activeert'. Voor de Winter Soldier was die trigger toevallig 'verlangen, verroest, zeventien, dageraad, oven, negen, goedaardig, thuiskomst, één, goederenwagen,' in het Russisch gezegd. Maar voor Max zou de trigger mijn gebleekte poepgat kunnen zijn.

Maximus trilt als Max Sergeant een harde knabbel geeft.

Kan tepelaandacht je klaar laten komen?

Geen idee, maar ik sta op het punt van *iets* als Max zijn aandacht op Kapitein vestigt en het vakkundig naar binnen zuigt.

Er ontsnapt een kreun aan mijn lippen. Van tepelspel. Misschien zat hij toch op die verleidingsschool?

Als ik weer kreun, ontmoet hij mijn ogen en overlaadt mijn buik met harde kussen, steeds lager bewegend totdat ik zijn adem mijn oververhitte vrouwelijke delen voel verkoelen.

Hij likt en gromt langzaam tegen mijn clitoris, hetzij om trillingen te creëren of omdat hij officieel in beestmodus is gegaan.

Mijn volgende kreun is wanhopiger en het moedigt zijn volgende lik aan om nog verwoestender te zijn.

Mijn ogen rollen naar achter en mijn ademhaling schiet omhoog.

Ik sta op het punt om te komen en het lijkt erop dat zijn slimme tong me daar houdt, net op het randje.

Kwaadaardig. Ik wil die drempel zo graag overschrijden dat ik zou onthullen wat de geheime codenaam van mijn clitoris is, samen met al het andere dat hij wil weten.

Geen wonder dat ze op die scholen verleidingstechnieken aanleren.

Hij omhult mijn rechterborst, terwijl zijn duim Kapitein vakkundig kneedt. Zijn stem is ruw fluweel. "Kom voor me."

En zomaar, het commando en de trillingen die het naar mijn clitoris stuurt, duwen me over de rand. Mijn tenen krommen, elke spier in mijn lichaam spant zich aan en ik heb het gevoel dat ik door het bed zak terwijl vuurwerk in mijn zenuwuiteinden ontploft en ik kom met de luidste kreun tot nu toe.

Hij bekijkt me met puur mannelijke tevredenheid. "Goed gedaan, sonechko."

Met een haperende ademhaling dwing ik mijn slappe spieren om te functioneren en rechtop te gaan zitten. Want dat is wat een femme fatale zou doen. "Jouw beurt om goed te zijn."

Hij trekt een wenkbrauw op.

"Ga op het bed staan." Mijn hese commando komt rechtstreeks uit het regelboek van de Femme Fatale Association of America.

Terwijl hij 'fuck ja' mompelt, staat hij op.

Ik ga op mijn knieën zitten. Wat toevallig — onze lengtes zijn precies goed voor mij om op ooghoogte te zijn met Maximus.

De ogen van Max staan wild als hij op me neerkijkt.

Ik blijf oogcontact houden en geef Maximus een lolly-likje.

Max gromt.

Maximus trilt.

Ik voel me aangemoedigd en channel mijn innerlijke kat terwijl ik Maximus op en neer lik.

Weer een grom. Nog een trilling.

Het is tijd voor escalatie. Ik neem de kop van Maximus in mijn mond.

Verdorie. Het is als zijde dat over kogelvrij glas gespannen is.

Ik neem hem dieper.

De pupillen van Max worden groter.

Met een grijns pak ik zijn ballen (codenaam Kiwi's) met mijn linkerhand.

Max kreunt. "Wat doe je me aan?"

Oh, ik heb nog niets gedaan. Ik plaag de onderkant van de kop van Maximus met mijn tong en trek zachtjes aan de Kiwi's.

Een gekwelde smeek-vloek is mijn beloning.

Ik versnel en doe mijn best om het ritme van het aftrekken van Max te evenaren — iets wat ik tijdens onze week van cyberseks grondig heb bestudeerd.

De Kiwi's voelen steviger in mijn hand.

"Ik ben er bijna." Max klinkt alsof hij pijn heeft als hij die woorden eruit perst.

Ik laat Maximus los om te antwoorden, "Dat geeft niet. Ik wil dat je in mijn mond komt." Daarmee keer ik terug naar mijn bediening, hem diep nemend terwijl ik kijk hoe de ogen van Max groter worden, bijna tot de grootte van kiwi's — de vrucht.

Ik heb echter gelogen. Hoe heet het ook is om hem in mijn mond te laten komen, ik wil hem zoveel meer in mij en als hij komt, dan zal de penetratie moeten wachten, hoelang het ook duurt voordat Maximus hersteld is.

Met die gedachte vertraag ik. Hij hield me eerder op het randje, dus dit is een geval van oog om oog.

Over ogen gesproken, ik sluit de mijne zodat ik me op het ritme kan concentreren. Dit lijkt te helpen. Op deze manier kan ik de kleinste reacties van Maximus en de Kiwi's voelen en dienovereenkomstig vertraag ik mijn tempo. Als ik voel dat een deel van de spanning uit Max zijn lichaam verdwijnt, ga ik weer sneller.

Tijdens de derde cyclus gromt Max als een hongerige beer wiens honing is gestolen.

Ik trek me terug en grijns naar hem. "Je vindt het niet leuk àls ik je plaag, hè?"

Zijn kaak spant zich aan. "Ik vind het niet leuk. Ik hou ervan."

Wauw. Hij moet voorzichtig zijn met het 'H'-woord als ik de Kiwi's in zo'n kwetsbare positie heb. Het vergt al mijn training om niet per ongeluk te hard te knijpen.

"Je verdient een speciale traktatie." Ik lik nadrukkelijk mijn vinger en zorg ervoor dat ik hem met het kwijl bedek dat ik heb geproduceerd toen hij in mijn keel zat.

Zijn ogen hebben er nog niet eerder zo wild uitgezien.

Ik glimlach slinks, neem Maximus terug in mijn

mond en knijp met mijn rechterhand in de Kiwi's, terwijl ik mijn net gesmeerde vinger naar de kont van Max richt.

Dit is zijn kans om me te stoppen.

Ik plaats mijn vinger zo dat mijn bestemming glashelder is.

Hij gromt van genot. Ik denk dat hij ermee instemt. Daar ben ik blij om. Dit is geavanceerd lesmateriaal van de Femme Fatale Association of America.

Heel voorzichtig begin ik naar codenaam Walnoot te zoeken.

Max lijkt te verstijven. Hopelijk is dat een goede zaak.

Zo. Zacht en soepel en interessant om aan te raken — moet Walnoot zijn. Ik masseer het zachtjes terwijl ik met Maximus mijn ritme versnel.

"Fuuuck!" schreeuwt Max.

Heb ik hem pijn gedaan? Ik trek mijn vinger weg van Walnoot, maar blijf op Maximus zuigen, in de veronderstelling dat dat genoeg endorfine zal produceren om eventuele pijn teniet te doen.

Ah. Nee. Dat was in ieder geval geen pijn.

Max gromt als Maximus diamanthard wordt en dan recht in mijn keel ontploft.

Oeps. Ik ben te bekwaam voor mijn eigen bestwil. Coïtus zal nu moeten wachten. Maar goed, ik heb me nog nooit zo sexy gevoeld als toen ik de blik van Max zag en slik demonstratief.

Hij gromt iets in het Oekraïens dat me aan het Russische woord voor 'ongelooflijk' doet denken.

Ja, geloof het.

Hij knielt op het bed. "Jij bent weer aan de beurt."

Ik slik hoorbaar. "Mijn beurt?"

Hij kijkt me aan als een roofdier. "Ga op handen en voeten zitten."

Ik gehoorzaam graag. Dit is een belangrijke femme fatale-pose. Plus, hij zal mijn bleekmiddel zeker op deze manier opmerken als hij dat eerder nog niet had gedaan.

Hij knijpt in mijn billen.

Dat is interessant.

Plotseling komt er een tong van achter mijn geslacht binnen.

Mijn beurt inderdaad. Deze ontwikkeling is niet alleen interessant. Het is meeslepend.

De vinger van Max maakt contact met mijn clitoris.

De verrassingen houden nooit op.

Zijn oh zo slimme tong likt over mijn plooien.

Als hij competitief is en probeert te bewijzen dat zijn verleidingsschool superieur is, dan is het een wedloop waar ik achter kan staan.

De vinger en tong synchroniseren.

Een sappig orgasme kronkelt in mijn kern terwijl mijn ademhaling sneller gaat.

Als hij me weer gaat plagen, kan ik het dan aan?

Hij versnelt.

Ik klem de lakens in mijn handen.

Hij gaat nog sneller.

Hoe lang is zijn tong? Ik zou zweren dat ik voel dat het zenuwuiteinden op mijn baarmoederhals ontsteekt.

"Ik ben er bijna," zeg ik ademloos, in de

veronderstelling dat het alleen maar beleefd is om hem te waarschuwen zoals hij bij mij deed.

Hij gromt iets op een tevreden toon en de vibratie van dat geluid katapulteert me regelrecht in het land van het orgasme.

Elke spier in mijn lichaam spant zich en laat los terwijl ik het uitschreeuw, de hete strepen van genot borrelen door mijn zenuwuiteinden. Als het voorbij is, stort ik bijna in.

"Nee, blijf zo," mompelt hij.

"Oh?" Verdwaasd kijk ik over mijn schouder.

Hij likt demonstratief de vinger af die net op mijn clitoris zat. "Ik ben nog niet klaar met je."

Daarmee legt hij de vinger op de plek waar zijn tong een seconde eerder zat.

Ik draai me om en sluit mijn ogen.

De vinger lokaliseert feilloos mijn G-spot of ik neem aan dat het dat is. Ik voel een tintelende uitbarsting van genot die het begin van een ander waanzinnig orgasme doet ontbranden — wat, als het zou gebeuren, een record voor mij zou zijn.

"Je bent prachtig," zegt hij ruw.

Praat hij weer tegen mijn kont? Om het nog verwarrender te maken, voel ik zijn adem in het midden van het gebleekte gebied kloppen.

Hoe goed kijkt hij naar —

Wacht eens even.

Zijn tong maakt verbinding met het gebied in kwestie.

Mijn hersenen maken kortsluiting.

Dit voelt goed, maar ook raar. Heet en vies en een

beetje kietelend.

Zo moeten de eindexamens bij de Femme Fatale Association of America zijn. Maar misschien zou ik het bij hem moeten doen? Oh, whatever. Ik kan niet helder denken.

Ik zou er ook alles voor over hebben om die vinger die in me zit door Maximus te vervangen. Toch brengt zelfs de vinger me dichter bij een ontlading, maar voordat ik over het randje ga, worden zowel de tong als de vinger kwellend verwijderd.

"Ben je er klaar voor?" mompelt Max hees.

Ik kijk achterom over mijn schouder, meer dan gefrustreerd. "Klaar voor wat?"

En dan vergaap ik me aan de glorieus rechtopstaande Maximus. Het lijkt alsof het eerdere orgasme met een andere lul is gebeurd.

Dat is een serieus snelle hersteltijd. Kunnen ze *dat* op de verleidingsschool leren?

Ik realiseer me dat ik kostbare momenten verspil waarin ik behoorlijk geneukt zou kunnen worden en ik zeg hijgend, "Klaar." Om hem extra aan te moedigen, krom ik mijn rug en til ik mijn kont iets op.

Zijn gezicht strak, Max plaagt mijn opening met Maximus.

Terwijl ik hem omhul, ontsnapt er een kreun over mijn lippen.

Hij gaat dieper, erin en eruit glijdend.

Mijn gekreun stijgt in volume.

Hij stoot langzaam, een, twee, drie keer.

"Meer," hijg ik.

Hij knijpt ruw in mijn kont en zijn stoten worden

dieper. Alleen is het nog steeds niet genoeg en ik merk dat ik om sneller en harder smeek. Ik begin te denken dat Max zoveel van dieren houdt, omdat hij er zelf één is — in bed. Als antwoord op mijn smeekbeden dringt hij me met beestachtige wreedheid binnen en verschijnt de moeder van alle orgasmen aan mijn horizon.

Hij versnelt zich.

Heb ik net als een wolf gehuild? Dit is op z'n hondjes dus —

Hij reikt naar voren en knijpt hard in Sergeant.

Dames en heren, we gaan wat turbulentie ervaren. Doe alsjeblieft jullie gordels om.

Mijn tsunami van een orgasme komt aan land.

Terwijl ik schreeuw en kreun, trekken mijn innerlijke spieren samen over Maximus en melken hem met gewelddadige wanhoop.

Met een grom komt Max in me klaar, waardoor een klein naschokorgasme op de waanzinnige volgt waar ik nog steeds niet van hersteld ben.

"Zo, dan," zeg ik hees. "Ik ben klaar."

Ik laat me op het bed vallen, mijn spieren als de gelatineuze *holodets*.

Ik hoor Max weggaan. Even later komt hij met een vochtige handdoek terug en draait hij me om om me schoon te maken, maar ik ben te uitgeput om zelfs maar mijn ogen te openen terwijl hij de handdoek zachtjes langs mijn plooien haalt.

"Weet je." Ik hoor zijn glimlach en het voelt alsof er een fleecedeken om me heen wordt gewikkeld. "Het is meestal de man die daarna helemaal comateus wordt."

In plaats van te reageren, rol ik op mijn zij, pak zijn kussen en doe alsof ik snurk.

Met een grinnik omhelst hij me en verandert me in zijn lepeltje. Zijn warme adem baadt mijn schouder, zijn lichaam groot en sterk om me heen en ik kan niet anders dan met tevredenheid overspoeld worden.

Slechts één gedachte bederft de perfectie van het moment terwijl ik zachtjes in slaap dommel.

Dat was goed. Misschien te goed. Is hij toch naar die Russische verleidingsschool geweest?

HOOFDSTUK
Eenendertig

IK WORD WAKKER ALS DE EERSTE ZONNESTRAAL DOOR HET SLAAPKAMERRAAM VAN MAX GLUURT.

Heb ik die epische sessie van vannacht gedroomd?

Nee. Een lichte pijn van binnen is het bewijs dat wat we deden heerlijk echt was.

Ik grijns gek naar Max, maar hij slaapt als een beer die een winterslaap houdt. Een prachtige, krachtig gespierde beer met haar dat een eigen Instagram-account verdient en wimpers waarvan ik me afvraag of hij stiekem Latisse gebruikt.

Ik beweeg me zachtjes om hem niet wakker te maken, sta op, pak mijn kleren en zoek in de gang naar een badkamer.

Hoe attent. Hij heeft een verzegelde tandenborstel voor me klaargelegd.

Terwijl ik mijn tanden poets en me aankleed, dringt een zeurende gedachte mijn gelukzaligheid binnen.

Was Max gisteravond attent of berekenend?

Als alles is zoals het lijkt, dan is het de eerste en

krijgt hij een tien als mijn vriendje. Als hij echter een spion is, dan kan het de laatste zijn en dan krijgt hij ook een tien, maar deze keer omdat hij me om zijn vinger heeft gewikkeld. Over vingers gesproken, is het sexy haar op zijn knokkels een onderdeel van zijn verleidingstruc?

Als mijn geest eenmaal in deze ongelukkige richting gaat, duiken er een heleboel gegevenspunten op, die ik kon negeren toen ik onder de invloed van wodka en lust was. Hoe zat het bijvoorbeeld met die poging om bij de Hete Pokerclub iemands telefoon af te luisteren? Waarom sprak hij onder zulke geheimzinnige omstandigheden met die bankiers? Waarom werd zijn telefoon als Fort Knox beschermd?

Ik staar naar mezelf in de spiegel terwijl mijn euforische stemming vervaagt. Hoe is het zover gekomen? Waarom heb ik mezelf toegestaan om gevoelens voor Max te ontwikkelen zonder eerst al mijn twijfels weg te nemen?

Want dat is de ongemakkelijke waarheid: ik heb mijn hart niet beschermd en nu is het idee dat hij een spion zou kunnen zijn net zo angstaanjagend als een boze struisvogel.

Ik vecht tegen de drang om hem wakker te maken en een verhoor te beginnen. Als hij een spion is, dan zal hij eromheen draaien, en als hij mijn vriendje is, dan zal hij ophouden om er een te zijn.

Wat zou een echte femme fatale-spion in deze situatie doen?

Het antwoord ligt voor de hand en het stuurt tentakels van opgewonden angst door mijn lichaam.

Wat als ik in zijn huis rond ga snuffelen terwijl hij slaapt en bewijs ter ondersteuning van een van de twee theorieën vindt?

Ik kan me bijna een duivel op mijn schouder voorstellen (die een beetje op Gia lijkt) die me aanspoort om ervoor te gaan. Wat ik aan het overwegen ben is voor iemand die in mijn vakgebied werkt tenslotte van vitaal belang, want als Max een spion *is*, dan kan de veiligheid van onze natie op het spel staan. Als er een engel op de andere schouder zou zitten, dan zou ze eruitzien als Olive en haar argumenten zouden op het definiëren van het concept van inbreuk op de privacy neerkomen.

Even goed en fout vergetend, als ik dit doe, hoe kan ik er dan voor zorgen dat ik niet betrapt word?

Dat kan ik niet. Het beste wat ik kan doen is een excuus klaar hebben voor waarom ik ergens ben waar ik niet zou moeten zijn.

Er dient zich meteen een plan aan. Niet zo sluw als iets dat Gia in haar door magie verdraaide brein zou kunnen verzinnen, maar het zou in een mum van tijd moeten werken.

Ik pak mijn telefoon. Zoals ik al dacht, heb ik nog ongeveer twintig procent batterij over. Ik zet de modus 'batterijbesparing' aan en in één oogopslag lijkt het alsof mijn telefoon bijna leeg is.

Zo. Ik kan met mijn telefoon in mijn hand door het huis van Max lopen en als hij me op rondsnuffelen betrapt, dan zeg ik hem dat ik op zoek ben naar een telefoonoplader.

Ik denk dat de duivel wint. Als ik geen kompromat

vind, dan zal ik Max mijn grootste geheimen vertellen om mijn geweten te sussen. Of ik zal alles opbiechten... als we tien jaar getrouwd zijn.

Voordat ik mijn moed kan verliezen, loop ik op mijn tenen de woonkamer in en kijk naar de salontafel.

Er is een boek over Afrikaanse safari's. Geweldig. Nu weet ik wat we als een cool cadeau voor Max op ons diamanten jubileum zouden kunnen doen, net voordat ik alles over vandaag opbiecht.

Er is geen telefoonoplader te zien, wat goed is. Ik heb het volste recht om verder te zoeken.

Ik ben volkomen onopvallend als ik zijn thuiskantoor binnenga. Geen bewijsmateriaal te vinden en ook geen telefoonoplader, wat eigenlijk vreemd is.

Ik zucht. Ik heb deze kamer voor het laatst bewaard, maar er is nu niks meer aan te doen. Ik loop de studeerkamer in en krimp ineen onder de blikken van de kwaadaardige vogelpoppen.

Het is maar speelgoed. Ze kunnen niemand kwaad doen.

Ik keer de vogels de rug toe om mezelf even de tijd te geven om op adem te komen — en sta oog in oog met een muurkluis.

Bingo. Een klassieke plek om je geheimen te bewaren. Over klassiekers gesproken, het slot is van het soort met een draaiknop, wat slim is van Max. Deze hebben een laag uitvalpercentage en hebben geen elektriciteit nodig om te werken. En dat is een geluk voor mij, want dit is precies het type kluis dat Gia me heeft geleerd om te kraken.

Ik werp een heimelijke blik op de deur. Als ik hiermee begin en Max binnenkomt, dan zal ik me er niet uit kunnen praten. Hij zal niet geloven dat ik zo stom ben om in een afgesloten kluis naar een telefoonoplader te zoeken.

Ondanks het risico kan ik mezelf niet tegenhouden. Ik druk mijn oor tegen de kluisdeur en draai aan de draaiknop tot ik twee klikken na elkaar hoor. Vanaf daar gebruik ik mijn telefoon om de gegevens op te nemen die ik nodig heb om verder te gaan en na wat als een uur aanvoelt, kan ik eindelijk de kluis ontgrendelen.

Ik staar naar de inhoud die erin ligt, en mijn maag vult zich met vloeibare stikstof.

Fuck.

Fuck.

Fuck.

Hij is toch een spion.

Het harde bewijs ligt hier en het is een pistool. Ook een stapel valuta en een assortiment aan paspoorten.

Dit moet zijn ontsnappingsvoorraad zijn, het is met een reden een spionageklassieker. Verdwaasd open ik het Franse paspoort. Felix Stone. Is dit een nepnaam of is Maxim Stolyar nep? Het paspoort is vorig jaar verlopen, wat slordig is, maar alleen al het bestaan ervan is vernietigend.

Ik bekijk het Duitse paspoort. Nog een andere naam, ook verlopen. Waarom heb je dit als je geen spion bent?

De implicaties treffen me als een elleboogstoot in mijn maag.

Ik ben met de vijand naar bed geweest, omdat ik dacht dat hij mijn vriendje kon zijn.

Ik voel me gebruikt. Vies en niet op een goede

manier. Ook al heb ik Max ontmoet omdat ik dacht dat hij een Russische spion was, voel ik me meer dan verraden. Op de een of andere manier had hij me ervan overtuigd dat hij niet was wat ik dacht dat hij was — of ik was erin geslaagd om mezelf ervan te overtuigen.

Ik kan niet geloven hoe verrast en gekwetst ik ben. Ik kan niet geloven hoe diep ik rouw om het verlies van een relatie die nooit echt heeft bestaan.

Mijn nekharen gaan omhoog en ik weet niet eens wat nekharen zijn. Max is het kwaad zelve. Hoe durft hij me al die schattige dierenfoto's te sturen? Hoe durft hij me al die orgasmes te geven? Hoe durft hij te doen alsof hij zo'n geweldige vangst is?

Het ergste is hoe hulpeloos ik me voel. Ik heb geen idee wat ik nu moet doen. Dit is niet alleen een geval van een gebroken hart. Ik moet beslissen of ik hem aan moet geven. Ik zou hem waarschijnlijk wel aan moeten geven. Maar zelfs nu ik gekwetst ben door zijn verraad, maak ik me zorgen over wat er met hem zal gebeuren als ik dat doe. Wat zal er bovendien met mij gebeuren? Ga ik mijn baan verliezen als mijn bureau verneemt dat ik met een buitenlandse agent naar bed ben geweest? Zullen ze me als een veiligheidsrisico beschouwen?

Heel even vraag ik me af hoe erg het zou zijn als ik hem niet aan zou geven. Zal ik met mezelf kunnen leven? Zal mijn land lijden?

Ik vraag me ook even af of ik de zaken in de richting van de finale van de *Homeland*-serie moet laten gaan.

Maar nee. Ik ben lang niet zo'n goede actrice als Claire Danes. Verdorie, ze heeft meer acteervermogen in haar kin dan ik in mijn hele lichaam.

Misschien ben ik gek, maar wat me het meest van streek maakt, is niet dat hij mijn land kwaad wil doen, maar dat hij gisteravond tegen me had gelogen toen ik hem vroeg of hij een spion was. Hij wist dat ik het als voorwaarde vroeg om mezelf toe te staan om met hem naar bed te gaan en toch had hij gelogen — wat hetzelfde is als liegen dat je vrijgezel bent terwijl je dat niet bent.

Misschien nog erger.

Oh shit. Heeft hij in Rusland een vrouw? Waar eindigen de leugens?

Wacht eens even. Ik ben het belangrijkste punt van allemaal vergeten. Aangezien hij een spion is, als hij me hier betrapt, dan is mijn leven in gevaar. Hij heeft me emotioneel pijn gedaan, dus het is maar al te gemakkelijk om je voor te stellen dat hij me ook fysiek pijn kan doen.

Nou, niet als ik dit pistool pak.

Ik pak het op, maar ik merk dat het niet geladen is. Er zijn ook geen kogels te zien. Dat is nogal nutteloos.

Oké, ik zal wat bewijs pakken en de kluis sluiten zodat ik gracieus kan ontsnappen. Ik pak mijn telefoon en maak een foto van een paar paspoorten. Ik kan dan later uitzoeken of ze door de overheid zijn uitgegeven of nep zijn.

Mijn hartslag schiet omhoog. Als hij niet als vriendin in me geïnteresseerd is, wat wil hij dan echt van me? Heeft hij de voordeur op slot gedaan? Zal hij me laten gaan? Ik moet iets instellen als een dodemansknop — een e-mail naar iemand op het werk plannen om hen hiervan op de hoogte te stellen en het later verwijderen als ik het er levend vanaf breng.

Met trillende handen haal ik een app tevoorschijn die me noodtoegang tot mijn zakelijke e-mail geeft. Regelmatig gebruik hiervan wordt afgekeurd, maar dat is nu niet van belang.

Ik sta op het punt om mijn bericht te verzenden wanneer ik een e-mail in mijn inbox zie. Het onderwerp is 'Re: Persoonlijke gunst' en het is van de Canada-expert.

Excuses voor de vertraging. Ik heb eindelijk de kans gekregen om voor je naar Maxim Stolyar te kijken. Geen wonder dat je problemen had. Ik heb hierover contact met de mensen van de CSIS op moeten nemen en ze zeiden dat hij een van hen was. Ze —

Ik stop met lezen, verbijsterd.

De paradigmaverschuiving beneemt me bijna de adem.

Ik zou me opgelucht moeten voelen. Opgewonden zelfs. Max is geen Rus. Hij is Canadees, precies zoals hij had gezegd dat hij was. CSIS staat voor Canadian Security Intelligence Service. Ze hebben een jaarlijks budget van een half miljard en zijn een geduchte bondgenoot.

Maar om de een of andere reden is mijn woede niet afgenomen. Iedereen die 'een van hen' is, kan *niet* beweren geen buitenlandse inlichtingenagent te zijn.

Max heeft gisteravond nog steeds recht in mijn gezicht gelogen. En daar had hij minder reden toe.

Verdomde klootzak. Waarom had hij niet kunnen zeggen, "Ik kan je vraag niet beantwoorden" of "Het is geheim?" Maar om te liegen, toen ik hem vertelde dat ik deel uitmaakte van de N —

Iemand schraapt kwaad zijn keel.

Fuck.

Ik draai me om en kijk naar de bron van het geluid.

Het is Max. Als in een verwrongen spiegel toont zijn uitdrukking de woede die in mij woedt.

"Wat is dit verdomme?" vraagt hij met harde stem.

Ik stop mijn telefoon in mijn zak en pas me aan zijn toon aan. "Zeg jij het maar."

Max zet een zware stap de kamer in. "Ik heb je gevraagd of je me voor je baan onderzocht. Je hebt nee gezegd."

Hij klinkt gekwetst. Het lef van deze man.

Ik klem mijn tanden op elkaar. "Dit is niet voor mijn werk. Het is meer een persoonlijk onderzoek."

Zijn bosgroene ogen worden ongewoon koud. "Hoe sociaal aanvaardbaar."

Mijn armspieren trillen als ik me tegen de neiging verzet om hem een klap te geven. "Gisteravond heb ik je gevraagd of je een buitenlandse inlichtingenagent was. Je ontkende het, maar de laatste keer dat ik het controleerde, was Canada geen onderdeel van de VS."

Aha. Nu kijkt hij schuldig. Althans voor een moment. Dan vormen zijn lippen een streep en schieten zijn ogen verse ijspegels. "Ik heb je de waarheid verteld. Ik zit niet in het CSIS. Niet meer."

"Bullshit!" roep ik over de hartslag heen die in mijn oren bonkt. "Ik heb je clandestiene operaties zien uitvoeren."

Fuck. Misschien had ik dat niet moeten toegeven.

Hij ziet eruit alsof ik hem een klap heb gegeven. "Je hebt wat?"

"Laat maar," grom ik. "Wat is het nut van dit gesprek? Wat dit ook was, het was duidelijk een vergissing, een die nu voorbij is."

Correctie. *Nu* ziet hij eruit alsof ik hem een klap heb gegeven. Misschien zelfs alsof ik hem een knietje heb gegeven. "Prima."

"Prima?" Ik draai me op mijn hielen om. "Prima."

Met brandende ogen haast ik me het appartement uit en sprint naar de lift alsof ik door een hondsdolle valk achtervolgd wordt.

HOOFDSTUK
Tweeëndertig

Ik vecht tegen de neiging om de hele taxirit naar huis te huilen. Als Olive me begroet, kan ik nog net haar bezorgdheid wegwuiven en naar mijn slaapkamer gaan. Daar laat ik eindelijk mijn emoties de overhand krijgen en gedurende de volgende, ik weet niet hoelang, lig ik te huilen en wentel ik me in zelfmedelijden.

Op een gegeven moment komt er een harig wezen naar me toe die bij me gaat liggen. Ik hou hem tegen mijn borst aan en voel me een beetje beter als hij begint te spinnen.

Machete houdt er niet van dat iemand behalve hijzelf zijn onbeduidende mens van streek maakt. Richt Machete's klauwen gewoon in de goede richting en kijk dan weg voordat de aanblik van het daaropvolgende bloedbad je voor het leven zal tekenen.

Ik begin te hikken. Hoe rot deze hele situatie ook is, ik wil niet dat Machete Max kwaad doet. Er is zelfs een goede kans dat de verraderlijke kat zichzelf tegen de bron van mijn angst aan zal wrijven. Die van hen leek een bromance op het eerste gezicht te zijn.

Mijn wekker gaat.

Shit. Ik was het werk vergeten.

Mijn reis naar mijn gebouw gebeurt in een roes. Scènes van mijn tijd met Max spelen zich in mijn geestesoog af: de videosessies, de dates, de geweldige seks...

Om de een of andere reden dacht ik altijd dat het uitmaken met iemand hetzelfde zou zijn als het ervan aftrekken van een pleister — in het begin doet dat pijn, maar je voelt je al snel beter nadat je de juiste beslissing hebt genomen. Bullshit. Dit voelt als het omgekeerde daarvan. Alsof je de pleister eraf trekt, maar als resultaat die beroemde 'dood door duizend sneden' krijgt.

Ik ontbijt aan mijn bureau en het smaakt nergens naar. Het werk aan het project dat mijn baas me geeft, gebeurt op de automatische piloot. Mijn lunch smaakt naar karton en misschien is er zelfs een huilsessie in het toilet.

Ik moet het mijn collega's nageven. Niemand maakt het 'Heb je een blauwtje gelopen?'-grapje. Ik denk dat ze een goed gevoel voor zelfbehoud hebben.

De rest van mijn werkdag is nog meer robotachtig.

Als ik naar huis ga, krijg ik een app van Olive.

Sorry dat ik het pas zo laat meld, maar mijn eerste sollicitatie is zo goed gegaan dat ze willen dat ik naar Florida kom voor een vervolggesprek. Ik heb voor vanavond hele goedkope tickets voor een vlucht gescoord. Kun je Beaky alsjeblieft te eten geven?

Dit wordt door gedetailleerde instructies over de verzorging en voeding van octopussen gevolgd.

Geweldig. Nu heeft zelfs mijn zus me in de steek gelaten. Wat komt er nog meer? Een wolkje recht boven mijn hoofd, zoals in een antidepressivumreclame?

———

Als ik thuiskom, is het leeg en eenzaam en mijn avondeten is smakelozer dan het ontbijt en de lunch samen. Na nog een korte huilpartij, voer ik Beaky en app Olive dat ik het heb gedaan.

Haar telefoon tingelt vlakbij.

Arm ding. Ze is het in haar haast om naar Florida te gaan vergeten. Hopelijk laten onze grootouders haar er een van hen lenen.

Ik voel me uitgeput, pak Machete en streel zijn vacht. Terwijl hij spint, begint de boze mist in mijn hoofd eindelijk op te trekken en begin ik semi-coherent te denken.

Dus Max is een spion. Of dat was hij. Hoera voor mijn instinct. Het belangrijkste is dat hij nu geen spion meer is of beweert dat niet te zijn. En zelfs toen hij dat wel was, was hij geen vijandelijke agent, maar een van onze bondgenoten.

Als je het vanuit een bepaalde hoek bekijkt — iets dat tot nu toe moeilijk was om te doen — dan heb ik misschien een *beetje* overdreven gereageerd toen ik het met hem uitmaakte. Tenminste, als het echt waar is dat hij niet meer bij de CSIS zit. Als dat het geval is, dan heeft hij niet echt gelogen. Hij is *momenteel* geen buitenlandse inlichtingenagent. Het zou zelfs de verlopen paspoorten verklaren.

Maar als hij niet bij de CSIS zit, waarom gedroeg hij zich dan als een spion? Waarom probeerde hij dan om bij de Hete Pokerclub iemands telefoon af te luisteren? Waarom gebruikte hij tijdens zijn ontmoetingen met de investeringsbankiers spionagetechnieken?

Ik haal mijn werk-e-mail tevoorschijn en ga terug naar het bericht van de Canada-expert voor het geval het iets kan verduidelijken.

Fuck.

Ik ben zo'n idioot.

Als ik vanmorgen de hele e-mail had gelezen, dan had het gesprek bij Max thuis heel anders kunnen verlopen.

Misschien. Of misschien niet. Hij zou nog steeds kwaad zijn geweest dat ik had lopen snuffelen.

Ik herlees in ieder geval alles nog een keer, van het begin tot het einde.

Excuses voor de vertraging. Ik heb eindelijk de kans gekregen om voor je naar Maxim Stolyar te kijken. Geen wonder dat je problemen had. Ik heb hierover contact met de mensen van de CSIS op moeten nemen en ze zeiden dat hij een van hen was. Ze hebben niet gezegd wat hij voor hen deed, maar dat hij Oekraïner van de tweede generatie is, is onze aanwijzing. Ze zeggen dat hij een paar jaar geleden met pensioen is gegaan en nu voor bedrijven consulteert, hoewel als ik tussen de regels door lees, ik het gevoel krijg dat hij het veld niet helemaal heeft verlaten. Hoewel zijn werk in de privésector stil wordt gehouden, klinkt het als bedrijfsspionage, van de juridische soort.

Hoe dan ook, ik hoop dat dit helpt — en dat we nu quitte staan.

Ik lees het nog twee keer.

Max is met pensioen.

Met pensioen.

Dat betekent dat hij niet tegen me heeft gelogen. Hij is momenteel *geen* buitenlandse inlichtingenagent.

Niet op dit moment.

Maar... hij doet wel aan bedrijfsspionage, wat gemakkelijk zou kunnen verklaren wat hij met de bankiers en die telefoon deed. Het zou ook kunnen zijn waarom hij er door mijn "Ben je een spion?"-vraag schuldig uitzag. Noem je iemand die aan bedrijfsspionage doet een spion?

Ik denk het wel. Vooral een voormalige spion. Eens een spion, altijd een spion. Toch had ik 'agent van een buitenlandse inlichtingendienst' gezegd en dat is hij niet.

Dit zou ook de reden kunnen zijn waarom hij terughoudend was toen hij me vertelde dat hij een 'bedrijfsadviseur' was.

Maar waarom? Als hij me had verteld dat hij zich bezighield met bedrijfsspionage, dan had ik het supergaaf gevonden. Misschien had ik hem zelfs om een baan gevraagd. Ik ben zo door mijn dromen over de CIA in beslag genomen dat ik nooit over deze richting heb nagedacht, maar het is voor iemand zoals ik een veel realistischere optie.

Ik spring overeind en begin te ijsberen, mijn eerdere dip begint te verdwijnen.

Het was een vergissing om het uit te maken met

Max. Dat zie ik nu duidelijk in. Maar ik heb het met hem uitgemaakt en dat kan ik niet veranderen. De belangrijke vraag is: hoe kan ik dit oplossen?

Geen idee, maar waarschijnlijk is er een groot gebaar nodig. En misschien moet ik op mijn knieën. Ik was tenslotte ook niet helemaal eerlijk tegen hem.

Als ik een gebaar maak, wat moet dat dan zijn?

Ik begin weer te ijsberen en krijg van zowel Beaky als Machete vuile blikken.

Eindelijk weet ik het.

Ik kan Max met zijn huidige opdracht helpen. Ja, dat is het. Met de nieuwe context van bedrijfsspionage zie ik eindelijk de connectie tussen de Hete Pokerclub en de investeringsbankiers. Tenminste, ik denk dat ik dat weet.

Het is Slordige Stapel. Dat is wiens telefoon Max probeerde af te luisteren.

Slordige Stapel moet de sleutel zijn, of meer specifiek, het softwarebedrijf waarvoor hij werkt — het bedrijf dat handelsplatforms maakt.

Jippie. Ik hou van het gevoel als dingen in elkaar klikken.

Ik spring op mijn laptop en mijn vingers dansen over het toetsenbord.

Zoals ik theoretiseerde, zijn de twee banken klanten van het bedrijf van Slordige Stapel en als mijn theorie klopt, dan zijn ze ook de klanten van Max.

Ik ga in analistenmodus en lees alles wat ik te pakken kan krijgen, tot ik twee artikelen over de betreffende investeringsbanken tegenkom. Blijkbaar hebben beide banken een hoop geld verloren toen een aantal beleggingsfondsen op een grote beweging anticipeerden die ze net in de markt hadden gemaakt. Beide banken zeiden dat er een misdrijf in het spel was. Geen van beiden had bewijs.

Geweldig. Ik heb nu genoeg bevestiging van mijn theorie om het iets minder legale deel van mijn onderzoek te rechtvaardigen.

Het belangrijkste eerst. Ik lanceer een reeks tools die niet geheim zijn, maar die ik liever niet in detail wil onthullen.

De eerste is het minst schadelijk. Het is zelfs iets dat mijn vader voor zijn volkomen legitieme baan als penetratietester gebruikt, die — zoals mijn vader zegt — 'niet zo vies is als het klinkt.'

Wat ik doe, is de beveiliging bij het softwarebedrijf van Slordige Stapel testen. Dat is geen kwaadaardig iets. Als ik ze mijn resultaten zou vertellen, dan zou het zelfs een openbare dienst zijn.

De beveiliging is over het algemeen niet verschrikkelijk, maar voor een stelletje computerwetenschappers belabberd. Ik kon binnenkomen en liep zeker geen risico om gepakt te worden.

Dit volgende deel doet mijn vader hopelijk nooit. Ik ga naar het intranet van het bedrijf van Slordige Stapel en dan lokaliseer ik de coderepository waar de bestanden van het handelsplatform leven, met de nadruk op de onderdelen waarvoor Slordige Stapel verantwoordelijk is.

Gatver. Slordige Stapel is niet alleen slordig met

pokerfiches, hij is ook slordig met zijn code. Maar uiteindelijk vind ik nog steeds wat ik zoek.

Een achterdeur.

Zoals ik al vermoedde, had de stiekeme Slordige Stapel voor zichzelf een manier gecodeerd om erachter te komen wat de klanten van zijn bedrijf met de handelsplatforms doen die ze kopen, zoals bijvoorbeeld veel geld in een specifiek aandeel pompen, waardoor de prijs van dat aandeel dramatisch zou stijgen.

Ik durf er al mijn bitcoin om te verwedden dat Slordige Stapel deze illegaal verkregen informatie aan de hoogste bieder verkoopt — wat zou verklaren hoe hij aan het geld kwam om voor de inleg van de Hete Pokerclub te betalen.

Aangemoedigd kleed ik me aan en haast me weer naar mijn werk.

Het kantoor is leeg, wat goed is.

Ik start **geclassificeerd** en doe wat Max probeerde om te doen, maar wat hem niet lukte: in de smartphone van Slordige Stapel komen.

Wauw. Slordige Stapel heeft een gokprobleem. Een groot probleem als zijn e-mails en berichten iets zijn om vanuit te gaan.

Volgens sommigen is hij geld aan louche mensen schuldig. De dummy zit zelf op dit moment in de Hete Pokerclub en is hij waarschijnlijk zijn illegaal verkregen geld opnieuw kwijtgeraakt.

Wacht.

Als hij bij de wedstrijd is, zou Max er dan ook kunnen zijn? Per slot van rekening heeft hij zijn telefoonafluisteroperatie nooit afgemaakt op de dag dat we elkaar voor het eerst hadden ontmoet en ik kan zien dat Slordige Stapel tot vandaag een pauze van de Hete Pokerclub had genomen.

Mijn hartslag gaat sneller. Ik stel me voor dat Max betrapt wordt met de bug en dan door Bogdan gepakt wordt, de gevaarlijke eigenaar van de Hete Pokerclub.

Fucker. Hoe groot is de kans dat Max de telefoon van Slordige Stapel buiten de wedstrijd van een bug heeft voorzien? Klein. Hij was tot gisteren in Canada. Vandaag is waarschijnlijk de eerste keer dat hij de kans krijgt om die poging te herhalen. Dat is wat ik zou doen.

Shit. Ik zou Max moeten waarschuwen. Moet hem waarschuwen.

Maar hoe? Ik kan hem niet echt bellen. Ze dwingen je om je telefoon uit te zetten en weg te leggen.

Mijn benen beginnen te bewegen voordat mijn hersenen het zelfs maar inhalen.

Het antwoord is simpel. Ik moet naar The Palace en persoonlijk met hem praten.

Ja. Dat is het. Dat is wat ik zal gaan doen.

In recordtijd baan ik me een weg naar mijn Aston Martin en zodra de motor tot leven komt, trap ik het gaspedaal in.

Tijd voor een James Bond-achtige autorace.

HOOFDSTUK
Drieëndertig

V<small>OLGENS DE</small> GPS <small>ZOU DEZE RIT VIJFENTWINTIG MINUTEN</small> <small>MOETEN DUREN</small>. Mijn doel: er in tien minuten zijn.

Alles verloopt in het begin soepel. Dan, als ik de derde bocht om ben, piepen mijn banden en slipt de auto, maar ik ben in de volgende straat en leef, hoewel ik vanaf nu misschien wat voorzichtiger wil doen in de bochten.

De snelheidslimiet is veertig kilometer per uur. Wat een grap. Als ik kan, ga ik vier keer zo snel.

Een gele taxi stopt bij een stopbord — het lef van de kerel. Ik zwenk scherp uit, verander in een oogwenk van rijstrook en vlieg dan langs hem heen alsof het bord niet bestaat. Ik doe op de volgende kruising hetzelfde met een rood licht.

Twee blokken later moet ik vaart minderen om het leven van een paar dronken voetgangers te sparen en vijf blokken verder zie ik een politieauto, dus ik rem weer af. Zelfs als ik me onder een boete uit zou kunnen flirten, dan zou de stop een vertraging zijn die ik me niet kan veroorloven.

Binnen negen minuten en dertig seconden stop ik bij The Palace.

Ik struikel bijna als ik uit mijn auto stap en de sleutels naar een parkeerbediende gooi.

"Kun je hem in de buurt van de ingang houden?" Als aansporing geef ik hem een biljet van honderd dollar in zijn hand.

Hij knikt met grote ogen en ik haast me naar de ingang.

Dat is wanneer ik me een probleem herinner dat ik volledig uit mijn hoofd heb geblokkeerd.

Een enorme nachtmerrie van een probleem.

Vogels.

Heel veel vogels.

HOOFDSTUK
Vierendertig

HEEL EVEN HOOP IK DAT IEMAND MISSCHIEN GEZOND
VERSTAND HEEFT GEKREGEN EN DE LOBBY HEEFT ONTSMET.
Als ik echter naar binnenstap, wordt die hoop, als een
bosbes onder de wrede snavel van een pauw,
verpletterd.

De vogels zijn er nog.

Pauwen met hun afschuwelijke staarten en
papegaaien die dankzij de adrenaline die door mijn
aderen stroomt nog meer op kwaadaardige clowns
lijken.

Ik ga achteruit de lobby uit en pak de
parkeerbediende die ik net een fooi heb gegeven. "Ik
moet de achteringang van het hotel gebruiken. Ik weet
dat er een is. Die heb ik pasgeleden ook gebruikt."

Als in iemand die me er geblinddoekt doorheen
heeft geleid, maar hé, dan ben ik nog steeds degene 'die
hem heeft gebruikt'.

Hij schudt heftig zijn hoofd. "Daar mag niemand
komen. Veiligheidsmaatregelen."

Fuck. Ik heb geen tijd om ruzie te maken of naar deze achteringang te zoeken. Ik denk dat vandaag de dag is dat ik mezelf moet dwingen om door een door vogels geteisterde lobby te lopen. Ik wou alleen dat ik zo'n pak had om me tegen bommen te beschermen, zoals ze in *The Hurt Locker* droegen.

Ik haal diep adem en loop de lobby weer in.

Het komt wel goed. De papegaaien zitten in kooien. Hoe groot is de kans dat ze vandaag zullen ontsnappen?

Dat helpt. Een beetje.

Ik doe nog een stap naar binnen.

Ik kan dit. Ik ben verdomme een spion.

Mijn volgende stap is zekerder.

Maar dan, alsof hij op dit moment zat te wachten, komt er een pauw op me afgestormd.

Met een onwaardige kreet ren ik weg van het beest — en het kost me al mijn wilskracht om in de richting van de lift te rennen in plaats van terug naar buiten.

Een andere pauw moet bloed in het water ruiken. Hij probeert mijn weg te blokkeren.

Ik zigzag naar rechts en maak een brede cirkel om het kwaadaardige wezen heen. Mijn keel is rauw van mijn ononderbroken gil en het voelt alsof er iets mijn beenspieren scheurt terwijl ik met alles wat ik in me heb naar de lift sprint.

"Gaat het goed?" roept de conciërge me na.

Ik heb niet de energie om hem te vertellen dat het natuurlijk helemaal niet goed gaat. Goed is ondergedompeld in teer, met veren bedekt, en hij zit me op dit moment achterna.

Ik sluit de resterende afstand tot de lift, druk op

de knop en bereid me voor om met botverpletterende Krav Maga-trappen aanvallende pauwen af te weren.

De pauwen moeten beseffen dat ze een wild dier in het nauw hebben gedreven en dat het gevecht misschien niet de moeite waard is. Vermoedelijk geeft iemand in dit hotel ze te eten — en ze weten niet hoe goed ik zou kunnen smaken.

Eindelijk komt de lift. Ik spring naar binnen en druk op de knop naar de kelder alsof mijn leven ervan afhangt — omdat dat waarschijnlijk zo is. De deuren schuiven dicht en sluiten de verschrikkingen buiten. Ik doe mijn best om op adem te komen en bepaal mijn volgende stappen.

Ik sta op het punt om ergens heen te gaan waar ik niet heen zou moeten gaan. Een privéwedstrijd crashen. Hoe ga ik ermee wegkomen?

Ik verwerp meteen een heleboel ideeën. Doen alsof ik van de roomservice ben, zal niet werken, hoe leuk het ook is om de spionagefilmklassieker te doen waarin ik een dienstmeisje beroof of haar omkoop voor haar outfit. Misschien moet ik via de ventilatieopeningen gaan? Nee. Nogmaals, hoe graag ik ook ergens een kabel zou willen laten vallen, in *Mission Impossible*-stijl, denk ik niet dat er een ventilatieopening in de sauna is waar de wedstrijd van de Hete Pokerclub wordt gehouden, hoewel er misschien wel een in de kleedkamer zit.

Nee. Ik ga het goede oude KISS-principe gebruiken, populair onder softwareontwikkelaars: Keep It Simple, Stupid (Hou Het Simpel, Dombo).

Alsof ik word uitgedaagd, zoek ik naar het toilet. Dat is het.

Ik kan die dekmantel gemakkelijk naspelen. Ik hoef me alleen maar te herinneren hoe ik tijdens de aanval van de pauw in de lobby bijna in mijn broek plaste.

De liftdeuren schuiven open. Ik ga naar buiten en haast me naar de dichtstbijzijnde gang.

Er is op dit tijdstip geen personeel. Dat is goed.

Ik snuif de lucht op. Een vage geur van chloor en citroen is waarneembaar, dus de Hete Pokerclub kan niet ver zijn.

Ik ren over vloerbedekking en neem met gebruik van mijn neus en intuïtie de bochten. Een van die dingen is betrouwbaar, want bij de volgende bocht is het tapijt onder mijn voeten in tegels veranderd — wat ik me van mijn eerdere bezoek herinner.

Geweldig.

De geur die ik volg, is bij de volgende bocht extra sterk en dan zie ik in de verte een deur.

Ik wed dat dat de kleedkamer is.

Het probleem is dat er twee stevige kerels voor staan.

Als ik dichterbij kom, herken ik er een. Hij is de dappere ziel die een duif voor me heeft weggejaagd.

Shit. Nu zal ik me rot voelen als ik me een weg naar binnen vecht — wat misschien ook niet het beste idee is, aangezien deze mannen gewapend kunnen zijn.

Ik blijf bij mijn eenvoudige plan en gebruik al mijn acteervermogen om als een vrouw te rennen met een blaas die op het punt van barsten staat.

"Wat de fuck?" zegt de onbekende bewaker terwijl ik naar hen toe ren.

"Ik moet naar de wc." Ik spring van voet tot voet alsof een stromende fontein op het punt staat om uit mijn urinebuis te spuwen.

De man die ik herkende, lijkt mij ook te herkennen. Hij fronst. "Speel je vandaag? Ik wist niet dat je nu een vaste klant bent."

"Ik heb gewoon de wc nodig," herhaal ik en zonder te wachten tot ze me stoppen, ren ik de kleedkamer in.

"Wacht!" roept iemand.

Dat doe ik niet. In plaats daarvan sprint ik naar de sauna alsof alle pauwen en papegaaien van de wereld me op de hielen zitten.

Als ik de kamer binnenstorm, blokkeert de stoom eerst het zicht op de spelers.

Knipperend herken ik de eigenaar, Bogdan, met zijn fiches weer in een sculptuuropstelling. Slordige Stapel is er ook, zijn stapel pokerfiches is voorspelbaar slordig.

De twee uitsmijters stormen achter me aan. Ze steken hun hand uit om me vast te pakken, maar Bogdan houdt ze met een nauwelijks zichtbare blik tegen.

Peentjes zwetend en niet alleen van de hitte, scan ik nog een keer mijn omgeving — en dan realiseer ik me dat er twee dingen niet kloppen.

Eén: Max is er niet.

Twee: Clarice wel, al herken ik haar in eerste instantie niet zonder haar piratenoutfit.

Het ontbreken van Max is mysterieus. Heb ik hem al gemist? Lijkt twijfelachtig, omdat er geen lege stoel is.

De aanwezigheid van Clarice is logisch als ik erover nadenk. Ze zou hier komen spelen. Ik heb haar zelf het inleggeld gegeven.

Haar speeldag is blijkbaar vandaag.

Hmm. Heeft haar haar er onder die bicorn altijd zo mooi uitgezien, of hoe haar hoed ook mag heten? En waarom is ze zo wellustig naar Bogdan aan het staren? Heb ik haar niet verteld dat hij gevaarlijk is?

Over gevaar gesproken, Bogdan knijpt zijn ogen tot spleetjes. "Wat doe je hier?"

Clarice draait zich van hem naar mij om, haar ogen worden groot. "Blue?"

Shit. Tijd voor een exit-strategie. Mijn hand duikt in mijn tas alsof hij een eigen wil heeft.

Gia zou trots zijn op mijn volgende list.

Mijn hand komt naar buiten met een tampon. Ik haast me naar Clarice en duw het in haar handen met de ernst van een estafetteloopatleet die een stokje overhandigt.

Zoals te verwachten is, gedragen de mannen zich alsof de tampon iets besmettelijks is en ze trekken zich allemaal als één terug.

Als goochelaar is Clarice net zo bedreven in bedrog als Gia. Ze grijpt de tampon zoals Gollum zijn kostbare ring zou pakken. "Bedankt, Blue. Je bent een redder in nood."

Ik maak oogcontact met Bogdan. "Sorry voor de onderbreking." Ik bereid me voor om hem te vertellen dat ik een overheidsagent ben en dat mij doden erg slecht voor zijn zaken en gezondheid zou zijn.

"Hoe heb je deze plek gevonden?" vraagt hij, zijn

uitdrukking steenkoud. "Hebben ze je de vorige keer onderweg niet geblinddoekt?" Hij werpt een blik op de uitsmijters.

"Oh, ze hebben me heel goed geblinddoekt," zeg ik snel. "Vooral deze meneer." Ik wijs naar de man die me van de duif heeft gered. "Ik heb toevallig een heel goed richtingsgevoel en mijn vriend heeft me verteld in welk hotel de wedstrijd werd gehouden. Hij is een vaste klant."

Bogdan trekt een wenkbrauw op. "Maxim Stolyar?"

"Hoe weet je dat?" flap ik eruit.

Hij grijnst. "Ik kijk altijd wat er aan tafel gebeurt."

Juist. Hij heeft onze lichaamstaal opgepikt en geëxtrapoleerd. In meer dan één opzicht een gevaarlijke man.

"Over Max gesproken, ik ben hem vandaag eerlijk gezegd uit het oog verloren," zeg ik. "Hij is niet hierheen gekomen, toch?"

Clarice schudt haar hoofd.

"Cool, cool." Ik wou dat ik op dit moment echt de wc *kon* gebruiken. "Ik denk dat ik maar ga?"

Verdomme. Een ijzersterke spion zou dat laatste niet zo erg als een vraag hebben laten klinken.

"Begeleid haar," zegt Bogdan heerszuchtig tegen de uitsmijters.

Ik ga achteruit. "Bedankt." Ik zwaai naar Clarice. "Succes."

Nadat we de sauna hebben verlaten, vraag ik, "Mag ik de wc gebruiken?"

Hebben de uitsmijters geoefend om, à la tienermeisjes, zo synchroon met hun ogen te rollen?

De duivendoder wijst naar de nabijgelegen hokjes. "Ga je gang."

Ik maak gebruik van de faciliteiten en laat me dan gedwee door de gangen leiden. Als ik zie dat we naar de gewone lift gaan, blijf ik staan. "Kun je me misschien via de achteringang brengen?"

"Waarom?" vraagt de duivendoder.

Ik bestudeer het tapijt onder mijn voeten. "Er zijn vogels in de lobby."

Meer oogrollen wordt door een schoorvoetend, "Deze kant op," gevolgd.

Jippie. Ze leiden me door een deur aan de achterkant en wijzen me de weg naar de voorkant van het hotel.

De parkeerbediende die ik een fooi heb gegeven, haalt snel mijn auto.

Zodra ik naar binnen klim, trap ik het gaspedaal in en rij ik met piepen banden van de plek vandaan voordat iemand van gedachten verandert om me te laten vertrekken.

Als ik eenmaal ver genoeg weg ben, denk ik over mijn bestemming na.

Moet ik Max thuis bezoeken?

Het is laat, dus het is misschien een beetje raar. Aan de andere kant, als ik het niet doe, dan lig ik de hele nacht wakker, wensend dat ik daarheen was gegaan.

Dus nu ik dat besloten heb, rij ik er rechtstreeks heen. Of, beter gezegd, race ik erheen.

Zeven minuten later bel ik bij Max aan. Hij doet niet open. Zijn kijkgaatje wordt ook niet donker, dus hij is waarschijnlijk niet thuis. Of misschien is hij gewoon zo goed? Hij weet dat ik het ben en hij komt niet eens naar de deur.

Ik vecht tegen de drang om het slot te openen. Als hij thuis is, dan zou ik mijn zaak niet helpen, en als hij dat niet is, wat heeft het dan voor zin om in te breken?

Zuchtend loop ik terug naar mijn auto en rijd langzaam naar huis, als in met een dubbele snelheidslimiet.

Nadat ik mijn auto in de parkeergarage heb geparkeerd, neem ik de lift naar boven en twijfel of ik Max moet bellen, aangezien ik er niet in ben geslaagd om hem persoonlijk te spreken.

Voordat ik een beslissing neem, stopt de lift in de lobby en komt er een bekende man naar binnen.

Waar ken ik hem van? En hoe kent hij mij? Want hij moet me kennen. Zijn neusgaten staan wijd open en zijn kaken zijn strak als hij naar me kijkt, wat je niet bij vreemden doet.

Tenminste, normaal gesproken niet. Tenzij je een psychopaat bent.

"Heb je je verdomde haar geknipt?" zegt hij grommend. Zijn adem ruikt naar een distilleerderij.

Ah. Ik weet het nu weer. Ik heb zijn gezicht op een foto bij Olive thuis gezien.

Dit is Brett, haar klootzak van een ex. Hij denkt dat ik haar ben. Maar wat doet hij hier?

"Hoe heb je me gevonden?" vraag ik, in de veronderstelling dat ik maar mee moet spelen.

Hij krult zijn bovenlip omhoog. "Stomme trut. Ik kan je altijd vinden."

Mijn ogen veranderen in spleetjes. "Wat zei je net tegen me?"

In een flits realiseer ik me dat hij moet denken dat Olive hier is vanwege een app die hij op haar telefoon heeft gezet — de telefoon die ze bij mij thuis was vergeten.

Is het hypocriet van mij om hem een veel grotere klootzak te vinden, aangezien ik zelf een tracker op *zijn* telefoon heb gezet? Al was ik helemaal vergeten om een alarm in te stellen om me te waarschuwen als hij in de buurt van Olive komt. Ik zal die fout moeten corrigeren — en het bereik dertig meter moeten maken.

Godzijdank is hij mij tegengekomen in plaats van Olive.

"Ik zei 'verdomde fucking trut'," blaft Brett, van elk woord genietend.

Ik neem een Krav Maga-houding aan. "Je maakt een grote fout. Je hebt één kans om te vertrekken en nooit meer aan mij te denken. Slechts één kans."

Hij grijnst. "Door dat kapsel zie je eruit als een flikker."

Ik bal mijn vuisten en laat ze weer los. "Goed dan. Nog één kans. Laat me je geen pijn doen."

De lift stopt.

"Ga weg," zeg ik ijzig en stap uit de lift. "Nu het nog kan."

Met een gnuif valt Brett me aan.

Ik denk dat hij mijn elleboog wil grijpen, maar dat gaat niet gebeuren. Ik draai op de bal van mijn voeten en hij vindt lucht waar de elleboog net was. Voordat hij zich kan herstellen, sla ik een vuist in zijn buik.

Lucht verlaat zijn longen met een hoorbaar gesuis, maar het klinkt als 'trut', dus ik geef hem een klap in zijn gezicht.

Ik geef het hem na dat hij zich snel herstelt en me probeert te slaan.

Ik duik weg, maar voordat ik dit gevecht met een kenmerkende Krav Maga-balbrekende trap kan beëindigen, is er een vage beweging achter me.

Ik draai me om en kijk verbijsterd gefascineerd toe hoe een sterke vuist Bretts kaak raakt en de klootzak neerslaat.

Ik knipper niet-begrijpend naar Max — de eigenaar van de vuist. "Wat doe jij hier?"

"Wie is dit?" Max schopt met de punt van zijn schoen tegen Bretts bewusteloze lichaam.

"Brett, de ex van Olive. Serieus, ik was net naar je op zoek."

"Eén seconde." Hij pakt zijn telefoon en toetst een nummer in.

"Alarmlijn, wat is uw noodgeval?" zegt een heldere stem aan de andere kant van de lijn.

"Een man heeft net mijn vriendin aangevallen," zegt Max. "Kunt u alstublieft iemand sturen?" Hij geeft haar het adres.

Hij heeft me zijn vriendin genoemd! Betekent het dat hij het me vergeven heeft of was het gewoon de makkelijkste manier om de situatie aan de telefoniste uit te leggen?

Als Max ophangt, sta ik op het punt om hem te vragen wat hij bij mij thuis doet, als hij zegt, "Heb je handboeien?"

Juist. Brett zou bij kunnen komen.

"Geef me een momentje." Ik ren mijn appartement binnen en struikel bijna over Machete.

Doe geen moeite met de politie. Laat Brett alleen met Machete. Hij zal nooit meer iemand lastigvallen.

Ik vind een paar handboeien bedekt met luipaardbont — iets dat ik ooit op Max hoopte te gebruiken.

Als ik terugkom en ze aan Max overhandig, bevestigt hij Brett aan de trap voordat hij me met een onleesbare uitdrukking aankijkt.

"Zocht je mij?" vraagt hij.

Ik knik heftig. "Waarom ben jij hier?"

Hij zucht. "Ik zocht jou. Lijkt me duidelijk."

"Waarom?" vraag ik.

Brett begint te vloeken en tegen zijn boeien te vechten.

Ik knik naar mijn deur. "Wil je binnen praten?"

Max stemt ermee in.

We gaan mijn appartement binnen en ik sluit de deur, zodat ik de vervelende geluiden die uit Bretts mond komen buitensluit.

Machete begroet Max door tegen zijn broekspijp te wrijven.

314

Machete weet niet wat er zo leuk is aan deze onbeduidende mens, maar Machete gaat met de stroom mee en doet wat Machete wil.

Beaky verandert van kleur en Machete maakt zich uit de voeten.

Ik plof op de bank en tik op het kussen naast me.

Max gaat zitten waar ik had voorgesteld. "Ik wilde me verontschuldigen."

Ik spring bijna weer overeind. "Ik ook!"

Een glimlach raakt zijn ogen. "Ik eerst."

Ik doe net alsof ik pruil. "Dat is niet erg galant van je, maar ga je gang."

Zijn gezicht staat weer ernstig. "Toen je me vroeg of ik een buitenlandse agent was, had ik je over mijn CSIS-verleden moeten vertellen."

Ik knik. "En ook over de bedrijfsspionage."

Zijn ogen worden groot. "Ik stond op het punt... Hoe weet je dat?"

Met een slinkse glimlach vertel ik hem dat ik niet alleen weet van zijn werk in het algemeen, maar dat ik specifiek zijn huidige onderzoek heb uitgevogeld en dat ik het voor hem heb opgelost.

"Ik ben sprakeloos," zegt hij. "Oké, misschien toch drie woorden: je bent gevaarlijk."

Ik kruip dichter naar hem toe. "Gevaarlijk op een geweldige manier, toch?"

Zijn ogen met de kleuren van het donkere bos worden warm. "De meest geweldige manier."

Ik leg mijn hand op zijn knie. "Als je wilt, kan ik ervoor zorgen dat de wandaden van Slordige Stapel aan de SEC worden gerapporteerd en dan kun je aan je klanten vertellen dat jij het hebt gedaan."

Hij bedekt mijn hand met de zijne. "Ik herhaal, ik ben sprakeloos."

"Goed," zeg ik. "Nu is het mijn beurt. Het spijt me dat ik je privacy heb geschonden zoals ik dat heb gedaan en het spijt me vooral dat ik heb gezegd dat het over was tussen ons."

Hij buigt zich naar me toe. "Nee. Het spijt mij dat ik niet heb geprobeerd om je te overtuigen om te blijven en dingen uit te praten. En dat ik de hele dag nodig had om te beseffen dat ik je terug moest krijgen. Je bent —"

Ik laat hem zijn mond houden door mijn lippen op die van hem te drukken en hij kust me met de meest wonderbaarlijke hevigheid terug.

Terwijl zijn handen over mijn lichaam over mijn kleren dwalen, wil ik me heel graag uitkleden.

Waarom is dit zo heet? Staan we op het punt om goedmaakseks te hebben?

Ik reik naar voren om zijn broek open te ritsen als mijn stomme deurbel gaat.

Max trekt zich terug. "Dat moet de politie zijn."

Oh. Juist. Ik was Brett vergeten en de rest van het menselijk ras.

Ik sta op en trek mijn outfit recht. "Weet je, je had me niet tegen die klootzak hoeven te beschermen."

Max lacht. "Oh, dat weet ik. Ik denk eerlijk gezegd dat ik de ballen van die klootzak aan het beschermen was. Het was een kwestie van mannelijke solidariteit."

Lachend open ik de deur voor de politieagenten en bied ze koffie aan. Met drankjes in de hand, zitten we in mijn keuken en praten. Ik vertel ze dat ik voor de overheid werk, wat ze meteen voor zich weet te winnen. Ik leg dan uit hoe Brett afschuwelijk tegen mijn identiek uitziende zus was en dat hij me vandaag voor haar aanzag en dat ik een aanklacht in wil dienen. Ze verzekeren me dat Brett vast zal blijven zitten om de alcohol in zijn systeem weg te slapen en ze raden aan om mijn zus een straatverbod te laten nemen.

"Dus waar waren we?" vraag ik Max wanneer de agenten zijn vertrokken.

Hij wiebelt met zijn wenkbrauwen. "Ik denk dat je op het punt stond om me een rondleiding door je appartement te geven."

Ik grijp mijn niet-bestaande parels vast. "Er is maar één kamer die je op dit moment nog niet hebt gezien: mijn slaapkamer."

Hij kijkt me hongerig aan. "Laat me alles zien."

Dat zal ik heel graag doen. Zodra we in de slaapkamer zijn, vallen we elkaar aan.

De seks is urgenter dan gisteravond. Zweteriger en wanhopiger.

Terwijl we daar in de nagloed liggen, leunt Max op een elleboog en kijkt hij me aan. "Excuses aanbieden was slechts een van de redenen waarom ik je persoonlijk wilde spreken," zegt hij met een lage en serieuze stem.

Ik bijt op mijn lip. "Oh?"

"Ik wilde je ook iets vertellen."

Mijn hartslag schiet omhoog. "Ik jou ook!"

Zijn ogen krijgen rimpeltjes in de hoeken. "Ik eerst."

Ik heb het gevoel dat ik van opwinding zou kunnen

barsten. "Nogmaals niet erg galant van je, maar ga je gang."

Zijn ogen glanzen. "Je bent een paar voor mijn three of a kind. Een bamboe voor mijn panda. Een —"

"Een geschudde, niet geroerde, martini voor je James Bond," flap ik eruit. "Salo op je brood. Een —"

Hij legt zijn hand op mijn wang. "Wat ik probeer te zeggen is dat ik van je hou, sonechko. Met alles wat ik in me heb."

"En dat probeerde ik ook tegen jou te zeggen! Ik bedoel, ik hou ook van jou."

De glimlach die hij me schenkt, verlicht mijn hele wereld en als onze lippen elkaar weer ontmoeten, weet ik dat waar we ook heen gaan, ik me dit moment altijd zal herinneren. En hopelijk zullen er nog veel van zulke momenten komen.

Epiloog

MAX

"WAT IS DAT?" Ik wijs naar een van de twee kleine wezens die op antilopen lijken. Ze zijn mijn huidige koploper voor het schattigste dier dat ik ooit heb gezien.

Blue lacht stralend, iets wat ze tijdens deze reis naar de boerderij van haar ouders veel heeft gedaan. "Degene met hoorns is Buzz," zegt ze. "Degene zonder hoorns is Bean."

Ik schud mijn hoofd. "Je weet dat ik vroeg wat voor soort wezen Bean en Buzz zijn. Niet hun namen."

Ik ben hier op de boerderij vaker met stomheid geslagen dan ik wil toegeven — en slechts gedeeltelijk door de harige bewoners. Vaker dan dat was ik verbijsterd door het gedrag van Blue's schattige hippieouders, zoals de keer dat haar moeder ons een reeks zeer specifieke tips voor in de slaapkamer gaf. Of de keer dat ze ons een preek over het belang van een glijmiddel gaf. Of toen haar vader mijn voeten na die van Blue masseerde en ik terugkwam van een lange wandeling en de fout maakte om te zeggen dat mijn voeten moe aanvoelden. Of de keer dat haar vader me een schoudermassage gaf — dit was nadat ik zijn zegen had gevraagd om te doen wat ik ga doen — omdat hij dacht dat ik te gespannen was. Of de keer dat haar vader zonder enige reden mijn hoofd masseerde. Of —

"Dat is een dikdik," zegt Blue, mijn gedachtegang doorbrekend.

Ik staar naar het kleine antilope-achtige wezen. "Een wat?"

"Je hebt het goed gehoord. Dat is een dikdik." Ze grijnst. "Ze zijn inheems in de zuidelijke regio's van Afrika."

Ik neem deze keer niet de moeite om haar twijfelachtige verklaring op mijn telefoon te controleren, zoals ik pasgeleden met Salty had gedaan — die precies bleek te zijn wat Blue beweerde: een roze gordelmol dat in centraal Argentinië veel voorkomt.

Ik gooi wat bosbessen naar Bean and Buzz. "Ik kan niet geloven dat ik dit ga zeggen, maar dikdiks zijn schattig."

Ze gnuift. "Ik denk dat je wilt zeggen" — ze maakt haar stem zwaarder — "'Ik hou van dik-dik.'"

Ik verzet me tegen het maken van de voor de hand liggende grap over haar voorkeuren en mijn lul — die ze belangrijk genoeg vond om de codenaam Maximus te geven. "De dikdik is schattiger dan gordelmollen."

Ze hapt theatraal naar adem. "Je bent niet goed. Salty is het meest schattige wezen hier op de boerderij. Hoeveel andere dieren ken je die roze zijn?"

Ik weet wel beter dan vogels als de roze lepelaar en

de flamingo te noemen, vooral op deze speciale dag. "Bedoel je hier op de boerderij? Varkens. Als je in het algemeen bedoelt, dan is er de zeenaaktslak en andere zeedieren."

Ze bijt op haar lip. "Ik zou graag op jouw naaktslak willen rijden."

Fuck. Bloed verlaat mijn hersenen en snelt zich naar Maximus.

Misschien kan ik mijn plan uitstellen en haar terug naar onze kamer slepen?

"Mam maakt het huis schoon," zegt Blue, duidelijk mijn gedachten lezend. "Pap is paardenmest aan het scheppen, dus zelfs een duik in het hooi is niet mogelijk." Ze leunt naar voren, likt mijn oor en zegt hees, "Zullen we gaan wandelen en weer langs die weide gaan?"

Fuck, ja. Dat is de weide waar ik haar sowieso mee naartoe zou nemen, maar nu slaan we twee vliegen in één klap — een uitdrukking die ik tegenwoordig alleen mentaal gebruik.

We gaan op pad en maken onderweg ruzie over de schattigheid van dieren, vooral wanneer wezens ons pad kruisen. Als ik vogels zie, schiet ik ze neer met een Nerf-pistool. De kleine oranje pijltjes zouden de gevederde beestjes geen kwaad doen, zelfs niet als ik ze zou raken, maar ik mik op de tak waar ze op zitten en ik ben een goede schutter.

We praten ook over de volgende missie die we gaan doen. Ik heb Blue kunnen overtuigen om voor mij te gaan werken in plaats van voor de CIA. Ze beweert dat ze alleen maar naar *Duplicity* hoefde te kijken, een bedrijfsspionagefilm met Clive Owen en Julia Roberts.

"Wat is dit?" vraagt Blue wanneer we de wei bereiken.

Ik grijns.

Op mijn verzoek had ik aan haar moeder haar gevraagd om eerder vandaag even een 'meiden onder elkaar'-gesprekje te houden, zodat ik de kans had om naar buiten te glippen en rozenblaadjes over de grond te verspreiden, om de romantiek van deze toch al mooie plek te versterken.

Ik draai me naar haar om. "Ik wil je iets vertellen."

Haar ogen worden groot. "Ik jou ook."

"Ik eerst." Ik stop een lok roodblond haar achter haar oor. Haar haar is in de zes maanden dat we samen zijn uitgegroeid en het lijkt nu op de pruik die ze op de dag dat we elkaar ontmoetten had gedragen. De dag dat ze dat ze bijna naakt bij de pokerwedstrijd naar binnen was gestormd.

De dag dat ik besloot om haar de mijne te maken.

Ze houdt haar hoofd schuin. "Nog steeds geen heer, maar ga je gang."

Ik vis het sieradendoosje eruit en geniet van de blik van verbaasde vreugde op haar gezicht terwijl ik op één knie val. Mijn stem wordt heser. "Blue, sonechko... Ik kan me mijn leven niet zonder jouw 'heel bijzondere vaardigheden' voorstellen. Je brengt eer aan de Femme Fatale Association of America en nu zou ik graag de eer willen hebben om jou mijn vrouw te maken."

Ik haal diep adem en open het doosje.

"Ja," zegt ze hijgend en ze heeft haar vinger al in de

ring zitten voordat ik hem zelfs maar uit de doos heb gehaald. "Sta nu op. Ik ben aan de beurt."

Terwijl ik opsta, ervaar ik dat nu bekende gevoel van perplex zijn. "Wil je me nog steeds iets vertellen?"

"Nou, ja." Ze staart gefascineerd naar haar ring en draait haar vinger heen en weer.

Het lijkt erop dat ik haar vriend Fabio een grote gunst verschuldigd ben. Hij was perfect toen hij beweerde dat ze "gek" zou gaan worden door deze ring.

Eindelijk richt ze haar blik op mijn gezicht. "Wat ik te zeggen heb, gaat terug naar schattige wezens. In dit geval denk ik dat we ook een overeenstemming zullen hebben." Ze haalt een voorwerp uit haar zak dat op een stokje lijkt en duwt het in mijn handen. "Daar wil je waarschijnlijk niet aan likken," voegt ze eraan toe. "Ik heb erop geplast."

Ik staar naar het plastic stokje. Er zijn in het kleine venster twee streepjes zichtbaar.

Een zwangerschapstest.

Twee lijntjes en op de zijkant staat een uitleg.

Twee lijntjes betekent zwanger.

Zwanger.

Schok en vreugde stralen als een shot kokende horilka warmte door mijn lichaam.

Hoe? Wanneer? Wat boeit het? We hebben het over een klein wezen dat deels Blue is. Het zal zeker schattiger zijn dan een panda. Misschien nog wel schattiger dan een dikdik.

Blue klinkt ongewoon onzeker als ze zegt, "We

hadden een condoom moeten gebruiken toen ik dat antibioticum nam, denk ik. Ik weet dat het —"

Ik leg haar het zwijgen op met een kus. Ik til haar van de grond en draai haar rond, zoals ik met de codenaam Klein Wezentje zou doen.

"Ben je vergeten dat ik Krav Maga ken?" zegt ze giechelend.

Met een grijns zet ik haar neer. "Nu je van me hebt gekregen wat je nodig had, ga je met de balbrekende schoppen dreigen?"

"Nee." Ze knoopt de bovenkant van haar shirt los, waardoor de gladde, likbare huid en de zwellingen van haar heerlijk ronde borsten zichtbaar worden. "Ik heb nog steeds behoefte aan je kiwi's." Het shirt valt op het gras. "Dringende behoefte."

Het beest in mij ontwaakt. Mijn kleren voelen zo strak om mijn lichaam alsof ik op het punt sta om in een werebeer te veranderen, pik eerst. Ze reikt naar de sluiting van haar beha en ik val op haar aan terwijl ik me uitkleed.

Giechelend begint ze te rennen en ik jaag haar naar het midden van de weide, waar ik preventief een deken had neergelegd. Als ik haar daar te pakken heb, haal ik haar neer als een dikdik, maar voorzichtig.

Omdat ze een zwangere dikdik is.

Ik houd haar armen boven haar hoofd en glimlach naar haar rode gezicht. "Ik hou van je," zeg ik in het Oekraïens tegen haar.

Ze grijnst terug. "Ik hou ook van jou. Trouwens, wie verleidt nu wie?"

Ik bijt in haar oorlel zoals ze het prettig vindt en inhaleer haar zoete vrouwelijke geur. "Ik, jou?"

"Niet eerlijk," hijgt ze.

Ik knabbel aan haar tere nek. "Dat heb je met spionnen. We spelen nooit eerlijk."

Ze kreunt. "Dat is waar. Zo verdomd waar."

We verstrengelen onze vingers en ik begin met mijn verleiding. Of misschien begint zij met de hare — dat is moeilijk te zeggen.

Terwijl we daarna samen knuffelen, met haar ronde kont tegen de nu tevreden Maximus genesteld, kijk ik naar de blauwe lucht en stel ik me onze toekomst samen voor, evenals hoe codenaam Klein Wezentje eruit zou kunnen zien.

Een grote grijns vormt zich op mijn gezicht. Deze toekomst van ons zal vol avontuur, liefde en vreugde zijn. En met elkaar spelen.

Ik zou dit nooit hardop zeggen, maar ik loop met Blue aan mijn zijde niet het risico om de blues te krijgen.

Voorproefjes

Bedankt voor je deelname aan de reis van Blue en Max!

Op zoek naar meer romcoms om hardop te lachen? Als je dat nog niet gedaan hebt, dan moet je de familie Chortsky ontmoeten! Lees Vlads verhaal in *Moeilijke code*, Bella's verhaal in *Hardware* en het verhaal van Alex in *Harde byte*.

Kan je geen genoeg van de zusters Hyman krijgen? Lees dan het verhaal van Holly in *Harde byte* en het verhaal van Gia in *Koninklijk bedrogen*!

Meld je aan voor mijn nieuwsbrief op www.mishabell.com/nl/ om van mijn toekomstige boeken op de hoogte te blijven.

Misha Bell is een samenwerking tussen het schrijfteam van een man en zijn echtgenote, Dima Zales en Anna

Zaires. Als ze niet bezig zijn om je als Misha te laten lachen, dan schrijft Dima sci-fi en fantasy en Anna schrijft duistere en eigentijdse romantiek.

Sla de pagina om om previews van *Koninklijk bedrogen* te lezen!

Fragment uit Koninklijk bedrogen door Misha Bell

Een waaghals prins wil me megaveel geld betalen om
hem te trainen om tien minuten lang zijn adem in te
kunnen houden? Meld mij maar aan.

Het is alleen dat ik een goochelaar ben, geen stunt
consultant. Mijn recordduik zonder lucht was een truc.
Natuurlijk kan ik dat niet aan mijn cliënt vertellen, de
koninklijk hete Anatolio Cezaroff, alias Tigger. Niet als
ik mijn huur wil kunnen betalen.

Ik voel me ook niet echt op mijn gemak bij
ziektekiemen. Alle ziektekiemen, ook die bij uber-
aantrekkelijke mannen op de loer liggen. Dus voor mijn
prachtige cliënt vallen is uitgesloten, en ik ben volledig
van plan om afstand te houden.

Dat wil zeggen, tot hij aanbiedt om me in bed te trainen.

———

"Holly?" zegt een onbekende mannenstem vanaf de straat.

Ik werp een blik op de nieuwkomer en plotseling is het mijn beurt om te staren.

Ik wist niet dat dit soort mannelijke perfectie buiten Hollywood bestond.

Gebeeldhouwde gelaatstrekken. Een Romeinse neus. Vaag katachtige, lichtbruine ogen die roofzuchtig over mijn gezicht dwalen, waardoor ik me als een gazelle voel die op het punt staat om verslonden te worden.

Ik slik de overvloed aan speeksel in mijn mond met een luide slik door.

De breedgeschouderde, gespierde torso van de vreemdeling is in een strak wit T-shirt gekleed en ondanks de rafelige spijkerbroek die laag op zijn smalle heupen valt, heeft hij iets koninklijks - een indruk die door het vreemde ontwerp op de gesp van zijn riem wordt ondersteund. Het lijkt op een wapen dat een middeleeuwse ridder op zijn schild zou kunnen dragen.

Er is me verteld dat ik mensen te veel met beroemdheden vergelijk, maar het is moeilijk om dat met deze man te doen. Misschien als de liefde tussen Jake Gyllenhaal en Heath Ledger in *Brokeback Mountain* vruchten had afgeworpen?

Nee, hij is nog knapper dan dat.

Ik realiseer me dat ik te aandachtig naar zijn gezicht staar om het als beleefd te beschouwen, dus ik sla mijn blik neer en zie dat hij twee leren banden in zijn vuisten houdt. Riemen, vermoedelijk.

Half in de verwachting om gewillige seksslavinnen

aan de andere kant van die riemen te zien, zie ik in plaats daarvan twee rare honden.

Ik denk tenminste dat de wezens honden zijn.

De ene heeft zwart-witte vlekken waardoor hij op een panda lijkt. Gezien de gigantische omvang van het wezen, kan ik de mogelijkheid niet uitsluiten dat het een beer *is*. En alsof het niet vreemd genoeg was om er als een bedreigde berensoort uit te zien, draagt het beest ook nog een veiligheidsbril.

Is het vanwege slecht zicht of staat de panda op het punt om te gaan snowboarden?

Het tweede wezen heeft geen bril en doet me aan een koala denken, alleen veel groter en met een hangende hondentong.

Ik dwing mijn blik terug naar hun belachelijk knappe eigenaar. "Hé," is het enige wat ik uit kan brengen. Mijn overactieve hormonen lijken me van het vermogen om te spreken te hebben beroofd.

De vreemdeling vernauwd zijn lichtbruine ogen. "Jij *bent* Holly, toch?"

Dit is je kans, mijn innerlijke goochelaar komt naar boven. *Bedrieg de hete vreemdeling. Houd hem voor de gek totdat zijn broek afzakt.*

Met een heroïsche wilsinspanning verjaag ik de lust en wrijf ik in mijn hoofd als een kwaadaardige schurk in mijn handen. Voordat ik mijn toneelpersonage met huidige bleke huid en ravenzwarte haar adopteerde, werd ik regelmatig voor mijn identieke tweelingzus aangezien, zelfs door mensen die het dichtst bij ons stonden. Onze ovale gezichten zijn precies hetzelfde, tot de scherpe jukbeenderen en sterke neus aan toe. Ik ben letterlijk voor dit specifieke bedrog geboren.

Ik voeg een vleugje deftigheid aan mijn stem toe en zeg, "Wie zou ik anders zijn?"

Zo. Als hij weet dat Holly een tweelingzus met de naam Gia heeft (als in, ik), dan zal hij die gok nu uiten en dan zal ik ermee stoppen.

Misschien.

Ik wed dat ik hem kan overbluffen, zelfs als hij weet dat ik besta.

Hij staart me aandachtig aan. "Je hebt je haar veranderd."

"Verkleedpartijtje voor de *Addams Family*," zeg ik met mijn beste Morticia Addams-stem. Het is niet mijn meest overtuigende leugen, maar het lijkt erop dat de man erin gaat trappen. Dan zie ik een probleem. Waldo, die verward met zijn ogen knippert, staat op het punt om iets te zeggen. Ik schop onder de tafel tegen zijn been en vraag de vreemdeling opgewekt: "Ken je Waldo al?"

Ik hoop dat de hottie zijn hand zal uitstrekken en zichzelf zal voorstellen, zodat ik zijn naam kan leren kennen.

Mijn kwaadaardige truc wordt door de panda gedwarsboomd. Het trekt met zijn tanden aan de broekspijp van de hottie. Als hij dit ziet, doet de koala hetzelfde aan de andere kant, behalve dat zijn bewegingen onhandig en puppyachtig zijn en een gat in de broek achterlaten.

Als dit de manier is waarop de honden zijn aandacht trekken, dan is het geen wonder dat hij zoiets haveloos draagt. Het is ook vies. Ik hoop dat hij dat hondenspeeksel zo snel mogelijk van zijn broek wast.

"Een ogenblikje, jongens," zegt de vreemdeling op een warme, vaderlijke toon tegen zijn viervoeters, wat me raakt. "Zien jullie niet dat ik met Holly praat?"

Gescoord! Hij gelooft dat ik Holly ben.

De vreemdeling kijkt op van de honden en bekijkt Waldo van top tot teen. Vindt hij ook dat mijn vriend op Willem Dafoe lijkt, alleen toen hij de mentor van Aquaman speelde, niet de Green Goblin uit *Spider-Man*?

Voordat ik het kan vragen, keert de blik van de vreemdeling naar mij terug. "Dat is niet je vriendje."

Ik knipper. Kent hij Holly's vriend? Waar vindt mijn zus al die lekkere mannen? Deze is nog lekkerder dan haar Alex.

"Inderdaad," zeg ik, terwijl ik haar weer nadoe. "Deze kerel is gewoon een *vriend*."

De goddeloze grijns van de vreemdeling is als een tik op mijn clitoris. "Ik denk niet dat mannen en vrouwen gewoon vrienden kunnen zijn."

Dat kunnen ze echt wel. Mijn zussen en ik zijn ons hele leven al met een bepaalde man bevriend en hij heeft nooit bij een van ons een versierpoging gedaan. Toegegeven, hij is homo, maar toch.

Waldo gaat staan, een en al gewonde waardigheid. "Luister, makker, ik ben allergisch voor honden, dus als je het niet erg vindt..."

"Makker?" De katachtige ogen van de vreemdeling zijn spottend terwijl ze in de mijne kijken. "Zie je wel? Hij vindt het niet leuk dat ik in zijn territorium kom."

De warmte die door mijn lichaam flitst is geen lust

meer. Het lef van deze man. "Ik ben niemands territorium." En zeker niet dat van Waldo. Hij heeft ook nooit geprobeerd om me te versieren, niet in de hele achttien maanden dat we elkaar kennen.

Waldo's gezicht wordt rood en hij verstevigt zijn greep op het mes dat hij nooit heeft teruggegeven.

Serieus? Kan testosteron je zo dom maken?

"Ze heeft gelijk, makker," zegt Waldo met zijn meest dreigende stem, die, als we eerlijk zijn, een beetje klinkt alsof hij een Koekiemonster-imitatie doet. "Je kunt maar beter ophoepelen."

De vreemdeling trekt zijn bovenlip naar hem op. Als hij van het mes weet, dan laat hij het niet zien. Ongetwijfeld een ander slachtoffer van testosteronvergiftiging.

"Ophoepelen?" Hij kijkt me aan. "Waar heb je deze Waldo-gast gevonden?"

Oké, dat is het. Ik ben de enige die "Waar heb je Waldo gevonden?" grappen ten koste van mijn vriend mag maken.

De hete vreemdeling heeft net een grens overschreden.

Ik duw mijn stoel naar achteren en sta tot mijn volledige lengte van anderhalve meter op. "Wat dacht je van 'ga verdomme weg?' Is dat een betere woordkeuze voor je?"

Dit is het moment waarop de panda naar Waldo gromt - een dreigend geluid dat je niet van zo'n schattige, zij het te grote hond zou verwachten. Het doet me aan een nieuwsbericht over een man denken die in de dierentuin een panda probeerde te knuffelen, maar die uiteindelijk in het ziekenhuis belandde nadat de bange beer hem had toegetakeld.

Waldo verbleekt en legt het mes op tafel. Er zitten duidelijk minstens tien hersencellen in die dikke schedel van hem.

De vreemdeling klopt op de kop van het bebrilde beest en mompelt iets rustgevends in een taal die Oost-Europees klinkt.

Huh. Hij had geen accent toen hij tegen me sprak, maar Engels moet zijn tweede taal zijn. Anders zou hij zijn honden niet in die vreemde taal aanspreken.

Shit. Met ons geluk is de hottie een Russische gangster.

"Ga zitten," sis ik naar Waldo en tot mijn opluchting doet hij wat ik zeg.

Maak daar twintig hersencellen van.

De mooie ogen van de vreemdeling dwalen over mijn gezicht voordat hij ze weer tot spleetjes samenknijpt. "Jij bent Holly niet. Zij is aardig." Een vleugje van die kwaadaardige grijns keert weer terug naar zijn lippen en zijn stem wordt dieper. "Terwijl *jij* ondeugend bent."

Dat doet het. Geen mevrouw Vriendelijke Goochelaar meer.

Langzaam slenter ik naar hem toe.

Hoewel... misschien is dit niet zo'n goed idee.

Nu ik dichterbij ben, besef ik hoe groot hij is. En breedgeschouderd. De gigantische honden hebben mijn perspectief in de war geschopt en hebben een visuele illusie gecreëerd dat hun eigenaar van een normale lengte was. Dat is hij niet. Erger nog, hij ruikt goddelijk, zoals de branding van de oceaan en iets onuitsprekelijk mannelijks.

Een truc onder deze omstandigheden zal al mijn vaardigheden testen.

Wacht even. Zullen de honden boos worden dat ik zo dichtbij ben?

Alsof hij mijn gedachten kan lezen, geeft de vreemdeling hen een streng bevel en ze vallen schaapachtig achter hem neer.

Was dat bevel bedoelt om *mij* me als een goede, gehoorzame teef te laten gedragen? Want dat wil ik zo graag.

Nee, niks daarvan. Ik blijf bij mijn plan, wat vereist dat ik binnen zakkenrollersafstand moet komen.

"Wil je zien hoe ondeugend ik kan zijn?" vraag ik met de zwoelste stem die ik op kan brengen.

Is het normaal dat menselijke ogen zulke kleine spleetjes kunnen worden, alsof hij een leeuw is?

"Hoe ondeugend is dat, *myodik*?" mompelt de vreemdeling.

Zei hij net "me pik?" Nee. Het was iets in welke taal dan ook die hij ook voor de honden gebruikte. Toch zit zijn pik nu stevig in mijn gedachten, wat de hormonale overbelasting niet helpt.

Ik dwing de ongepaste afbeeldingen uit mijn hoofd en lik doelbewust mijn lippen. "Ik zal je portemonnee stelen. Of je horloge. Jouw keuze."

De veronderstelde keuze is natuurlijk misleiding. Mijn echte doelwit is geen van beide, maar dat hoeft hij niet te weten.

Zijn neusgaten trillen terwijl zijn blik naar mijn lippen zakt. "Is het stelen als je me waarschuwt?"

Als het voor mij mogelijk was om mijn zorgen over ziektekiemen te vergeten en te overwegen om mijn lippen op die van iemand anders te plaatsen, dan zou ik dat nu doen. Het is de sterkste drang die ik ooit heb gevoeld.

"Wat is er aan de hand?" zeg ik ademloos. "Bang?"

Hij klopt op de rechterzak van zijn spijkerbroek. "Wat dacht je van het stelen van mijn portemonnee?"

Ik adem rustig in. "Bedankt dat je me hebt laten zien waar die is."

Voordat hij kan antwoorden, duik ik in die zak. Ik heb een grote misleiding nodig voor wat ik echt probeer te stelen.

Bij Houdini's wenkbrauwen, is dat wat ik denk dat het is?

Yep. Er is geen twijfel mogelijk. Terwijl ik met mijn gehandschoende vingers over de portemonnee strijk, voel ik iets anders achter de stof van de broek.

Iets groots en heel hards.

Nou. Iemand is dolgelukkig om zijn zakken te laten rollen.

Misschien had *hij* toch "me pik" gezegd?

Ik doe mijn best om zijn blik vast te houden en mijn plotseling droge keel niet te schrapen. "Kun je voelen dat ik het steel?"

Terwijl ik praat, werk ik aan het losmaken van de mooie gesp - zijn riem is mijn echte doelwit.

Zijn oogleden komen halfstok te hangen en zijn stem

wordt dieper. "Je behendige vingers zijn precies waar ik ze wil hebben."

Shit. Tussen mijn handschoenen en zijn belachelijke sexappeal heb ik problemen met de sluiting.

Maar nee. Ik kan niet gepakt worden. Dat zou hetzelfde zijn als het onthullen van een magisch geheim - het grootste taboe dat ik kan bedenken.

"Deze vingers?" Vraag ik hees en streel zachtjes zijn hardheid door de lagen stof, waarbij ik de afleiding gebruik die deze sletterige beweging creëert om met mijn andere hand harder aan de sluiting te trekken en hem uiteindelijk te openen.

Ik zou David Blaine *dat* graag zien doen.

Het lage, keelgeluid van de vreemdeling is dierlijk en maakt mijn tepels zo hard dat ze op het punt staan om zich binnenstebuiten te keren. Hij ziet er nu uit als een leeuw die op het punt staat om toe te slaan.

Ik slik terwijl ik mijn hand uit zijn zak trek en gluiperig naar hem probeer te glimlachen. In plaats daarvan komt het er haperend uit. "Ik heb me bedacht. Ik zal je horloge stelen."

Ik pak zijn pols en knijp er stevig in terwijl ik met mijn andere hand de riem naar buiten trek.

Ja! Hebbes. Ik verstop de riem achter mijn rug en pruil naar het horloge. "Bij nader inzien denk ik dat ik je je bezittingen laat houden."

Hij ziet er triomfantelijk uit, waarschijnlijk ervan overtuigd dat zijn sexappeal mijn zakkenrollerkunsten heeft verslagen. Aangezien het bijna het geval was, kan ik het hem niet echt verwijten dat hij dat dacht.

Ik ga voorzichtig achteruit. "Oh, tussen haakjes, ben je dit kwijt?"

Ik laat hem mijn prijs zien.

Met grote ogen beweegt hij zijn blik tussen mijn hand en zijn broek heen en weer.

"Hoe?" vraagt hij.

De vraag klinkt mij als muziek in de oren.

"Heel goed," zeg ik, maar ik krijg mijn gebruikelijke bluf niet voor elkaar.

Hij strekt zijn hand uit om de riem terug te krijgen. "Je bent een gevaarlijke vrouw."

Er gebeuren twee dingen tegelijk als ik naar hem toe stap om de riem terug te geven.

De panda probeert zijn aandacht weer te krijgen door aan zijn linker broekspijp te trekken. De koala wil niet achterblijven en doet hetzelfde aan de rechterkant - alleen deze keer is er geen riem die de broek omhooghoudt en hij glijdt naar beneden.

Helemaal naar beneden.

Fuck. Mij.

De grootste erectie in de geschiedenis van fallussen steekt naar voren en - hoewel dit mijn verbeelding zou kunnen zijn - knipoogt naar me.

Heeft hij al die tijd omhoog gestaan?

Als we het over me pik hebben.

Ik vergaap me aan de reusachtigheid. Ook al heb ik het aangeraakt en voelde ik het formaat toen ik in zijn zak aan het rommelen was, had ik me het nooit zo voorgesteld.

Glad. Recht. Heerlijk aderig. Het smeekt er gewoon om om aangeraakt, gezogen of gelikt te worden, maar dat kan ik niet doen om redenen die ik me nu maar moeilijk kan herinneren.

Er zou een vergunning om verborgen te mogen dragen nodig moeten zijn om dat soort heerlijkheid bij je te hebben. En welke vergunning je ook maar nodig hebt om zware machines te mogen bedienen. En een jachtvergunning. Misschien zelfs een 007-achtige vergunning om te mogen doden-

Achter me hoor ik Waldo naar adem snakken. Arm ding. Ik wed dat zelfs *hij* er klaar voor is om op zijn knieën te gaan om te proeven en voor zover ik weet, is hij hetero.

Ik kan mijn blik niet wegtrekken.

Als die pik een toverstaf was, dan zou het er een van de Relieken van de Dood zijn - degene die Voldemort aan het einde hanteerde. En als het een banaan was, dan zou het precies de juiste maat snack voor King Kong zijn.

De vreemdeling zou rood moeten worden van schaamte en bezig moeten zijn om zichzelf als een gek te bedekken, maar in plaats daarvan tilt een arrogante grijns zijn mondhoeken op. "Vind je het leuk wat je ziet?"

Ik wel. Ik wil zo graag mijn telefoon tevoorschijn halen en er een selfie mee maken.

Tot mijn enorme - en ik bedoel ook *enorme* - teleurstelling trekt hij zijn broek op. Zijn zware stem is hees. "Zoals ik al zei. Ondeugend. Heel ondeugend."

Hij rukt de riem van mijn zenuwloze vingers, doet hem terug in zijn broek en slentert weg met zijn honden en laat me daar met open mond staan.

"Snap jij die kerel?" vraagt Waldo van ergens in de verte, zijn toon verontwaardigd.

Nee. Dat doe ik niet.

Ik kan niet geloven wat er net is gebeurd, punt uit.

Ik weet alleen dat dit niet was wat ik in gedachten had toen ik die vent voor de gek wou houden totdat zijn broek af zou zakken.

———

Bezoek www.mishabell.com/nl/ om jouw exemplaar van *Koninklijk bedrogen* vandaag nog te bestellen!

Over de auteur

Ik ben dol op het schrijven van humor (vaak de ongepaste soort), happy endings (beide soorten) en personages die eigenzinnig genoeg zijn om rare snuiters te worden genoemd (omdat... rare ballen). Als je van romance houdt die veel komedie en feel-good vibes bevat, ga dan naar www.mishabell.com/nl/ en meld je voor mijn nieuwsbrief aan.

www.ingramcontent.com/pod-product-compliance
Lightning Source LLC
Chambersburg PA
CBHW011147100726
47899CB00010B/3200